TASCABILI MAXI

Dello stesso autore
nel catalogo Marsilio

Un delitto fatto in casa
L'isola che brucia
Lampi nella nebbia
Regina di cuori
La verità del serpente
Rebus di mezza estate
Prima di morire
Il ballo degli amanti perduti

Gianni Farinetti

Il segreto tra di noi

Marsilio

«Tascabili Marsilio» periodico mensile n. 411/2016

Direttore responsabile Cesare De Michelis
Registrazione n. 1138 del 29.03.1994
del Tribunale di Venezia
Registro degli operatori di comunicazione-ROC n. 6388

Pubblicato in accordo con Grandi & Associati, Milano
Prima edizione: aprile 2016
ISBN 978-88-317-2365-7
www.marsilioeditori.it

Stampato da
Grafica Veneta s.p.a., Trebaseleghe (PD)

EDIZIONE

8 7 6 5 4 3 2 1

2020 2019 2018 2017 2016

IL SEGRETO TRA DI NOI

Alle due parti, i Farinetti e i Marchisio

Era, in profondo, cielo del Piemonte, austero, con rallentatissime evoluzioni di nuvole e una promessa di pioggia; non gli uscì voce per salutarlo, ma un minuto restò col dito puntato a quel cielo.

Beppe Fenoglio, *Il partigiano Johnny*

Il segreto

Eccoci qui, tutti insieme noi del Valèt. Lena, come sempre, pare muoversi a scatti: sistema con le mani nervose il mazzo di fiori che hanno mandato i cugini di Pieve, poi è vicino alla porta, scaccia Tom che ha infilato il muso nel battente semiaperto – vorrei che entrasse ma non si può –, passando accanto a Carla le tocca rapida la nuca. Una carezza? Un gesto automatico di protezione piuttosto, l'azione di chi fa ordine, lenisce, aggiusta.

Carla – el me Carlin, così la chiamava il pa' – è come franata nella carrozzella, in un suo grembiule da estate a piccoli disegni scuri, la testa che ciondola sulla spalla sinistra, senza sguardo. La nostra sorella più sfortunata. Dietro di lei, in piedi, dritto e asciutto, ancora bello, molto bello, Giovanni, Giuanin. Tiene le mani posate leggere sulle spalle di Carla.

Giovanni mi centra con i suoi occhi azzurri che non hanno perso negli anni un grammo di lucentezza, quel celeste così aereo oppure fosco a seconda del tempo e dell'umore. Ma poche volte glielo abbiamo visto mutarsi in scuro quello sguardo, fissato in un costante essere benigno, se non sempre sereno.

Dietro Carla e Giovanni, ma già sullo sfondo giallino della parete in ombra, sfuocati, i gemelli, anche loro in piedi, immobili e silenziosi. Giacomo tormenta il berretto, con quello allontana una mosca che ronza instupidita nella stanza. Germano alza lo sguardo alle travi del soffitto, la fronte ampia e rugosa.

Sul piano della credenza, in bell'ordine, le fotografie dei nostri vecchi. Quella di nonna Maddalena, la stessa che c'è sulla lapide al cimitero smaltata nell'ovale; una del pa' qui sull'aia con mama che si ripara gli occhi dal sole. Ai loro piedi, accucciato, c'è un antenato di Tom, mezzo volpino e mezzo da pagliaio, le setose orecchie ricadenti, una chiara e l'altra marrone scuro nel seppia svaporato della fotografia. Poi zio Spirito da ragazzo, in divisa nel '18, un gomito appoggiato a una fioriera e alle spalle un sipario dipinto, e zia Madrina ad Alba in via Maestra. Una fotografia, questa, che ci è cara e ci ha fatto sempre sorridere, noi tre. Zia Madrina ha un cappello a tesa larga con un enorme fiocco di gros-grain e un vestito elaborato. Sembra infastidita sotto il torreggiante cappello e fa una smorfia – fra il divertito e lo sbrigativo – che le era propria. Andava a un matrimonio in duomo e un po' non ne aveva voglia, un po' si rallegrava di essere della partita. E poi Giuanin in fasce in braccio a Piero, il marito di Carla, e noi tre sorelle alla festa dell'Assunta a Ferragosto, a braccetto davanti alla calandra, trent'anni fa, forse di più, forse nel '75 o '76. Già mezzo anziane, come lo diventiamo presto noi donne di campagna.

Tutti qui, al Valèt, in una mattina di luglio. C'è altra gente nella stanza, e di là in cucina e sul pianerottolo della scala. Un brusio da mattino d'estate, come quello tremulo che fanno le foglie del pioppo sotto la casa. Si sente anche, adesso, il rumore di un'auto che frena in cortile.

Lena esce dalla stanza. Con lo spegnersi del motore anche il vocio si attenua, il silenzio è quasi palpabile. C'è un armeggiare sulla porta d'ingresso, poi l'urto attutito di un bastone contro il legno del pavimento. Lena rientra tenendo aperto il battente. Fa il suo ingresso il marchese seguito da Giubino, il tremolante domestico che subito si lascia risucchiare dalla penombra al fondo della stanza. Lena fa uscire gli altri. Restano, non strettamente di famiglia, solo i gemelli.

Il marchese porta con sé un profumo di desueta acqua di Colonia, i polsini consunti della camicia che spuntano sbottonati dal lino sdrucito della giacca. Fa un cenno col capo a nessuno in particolare, si avvicina e mi guarda.

Sai, mi piace ricordarti giovane, Gregorio, con la protervia del tuo profilo fisso alla vallata, alla terra, alla tua roba, lo sguardo d'ira trattenuta – o lasciata esplodere nelle tue celebri mattane –, rumore di vetri che tremano, il pugno piantato sul tavolo, le tue mani forgiate in altri tempi secondo selezionate mescolanze, che sapevano comandare ma anche fremere di tenerezza. Sei stato caro, marchese, anche quando le tue collere ci facevano rinchiudere in casa, quando ti pigliavi a male parole col curato di una volta, quel don Lovera, l'unico che sapeva e poteva tenerti testa, gridavate anche in chiesa voi due, in mezzo alle donne sbalordite. E mi è caro, anche adesso, ravvisare nei tratti del tuo volto quelli di tuo fratello, di Ottavio, per sempre ragazzo perché scomparso nel vortice della giovinezza. Ti chini sul mio viso, e il tuo rimane sospeso così, a mezz'aria, specchiato nel mio. Non siamo mai stati così vicini, o forse sì, una volta, e i tuoi occhi cangianti, trafitti ancora da antiche furie, riflettono un rimpianto, un senso di spreco che non posso alleviare.

Lascio che il pensiero abbandoni piano la stanza. Lancio ancora un'occhiata alle fotografie, agli scoloriti quadretti sul camino dipinti da zio Spirito, a Tom che scaltro si è accucciato sotto una sedia – ma che rizza il muso verso di me e, soltanto lui, mi segue –, e salgo al piano di sopra, ma da fuori, lungo il tronco della vite appoggiato al muro. Spio dalle finestre socchiuse la mia stanza che già mi appare estranea come l'illustrazione di un giornale; quella di Lena col grande letto che fu del pa' e mama; la camera di Giovanni. Questa invece è viva, così bianca e semplice, la stanza di un soldato, di un santo. Il lettino di ferro, l'anta dell'armadio a muro, un'unica sedia sulla quale è piegata, stirata, una camicia. E gli scaffali di libri e riviste bene in ordine. Anche qui, sopra il comodino, c'è un olio di zio Spirito, la veduta di ciò che si scorge dalla finestra di questa stanza che un tempo era la sua: l'aia, il tetto del forno, il gelso che non c'è più e, lontani, i boschi di Bormida e il campanile di Monesiglio.

Guardo il cuscino del tuo letto, Giovanni, e vedo che ti corichi, gli occhi azzurri da eterno ragazzo fermi alle travi del soffitto, nel buio, la notte che verrà.

Posso adesso salutare il nostro Valèt – com'è piccolo, sparuto visto da quassù, una macchia grigiorosa nel caldo del mezzogiorno. Tom mi segue nelle fasce del terreno dietro casa, sopra i ciliegi e dove c'era il vigneto del pa', oltre l'orto e il filare di rose selvatiche e le felci. Imbocchiamo, Tom sotto e io sopra, il sentiero dove il bosco subito si chiude a riparare la sorgente, nel misterioso infittirsi dei castagni, delle querce. Il bosco che apparteneva al marchese vecchio, dove ci sono i ruderi del Mazzulin. Arriviamo ai distesi prati della Madonna dei Cavalli, il nostro posto preferito, soleggiato e ventoso in autunno, una distesa di neve in gennaio, introvabile come un'isola spersa nel gran mare delle Langhe. Il luogo delle belle ombre.

Da quassù si vede tutto ciò che è ed è stato, anche il paese, il castello, il gerbido lungo la curva di Bormida, il cimitero arrampicato sotto San Martino. Fra poco saremo là – vedo già la fila delle auto incolonnarsi dietro il carro funebre e Giovanni che spinge nell'aia la carrozzella di Carla. Ma c'è ancora tempo, prima ci sarà messa in paese e la benedizione. Per me, la più giovane delle sorelle del Valèt.

Mi fermo a guardare una ragazza, ancora quasi bambina, con un grembiule rosso e la treccia avvolta sulla nuca. È in piedi al centro della radura, un bastoncino in mano. Osserva le vacche pascolare. Un cagnèt – eri amoroso e di gran carattere, Orso, e quanto ti ho pianto – guata vigile le bestie, poi gira di scatto il muso al folto del bosco, si rizza sulle zampe, un ringhio basso. La ragazza volta anche lei la testa, senza apprensione, verso il nero degli alberi.

Rimasi a lungo a guardare in quella direzione mentre Orso correva da me, il muso puntato agli alberi, e mi pareva che una voce mi chiamasse: «Anna, dove sei, Anna.» Tutta una vita chiusa nel cerchio di quel segreto, di quella remota estate.

Mentre nel cielo incedono vaporose nuvole di Langa guardo un'ultima volta laggiù, nel cortile di casa. E vi scorgo uno a uno, e vi benedico, voi sopravvissuti complici di quel segreto.

Il paese

Il paese sta un po' in alto e un po' in basso su due colline di qua e di là di Bormida. In alto c'è il castello avvitato su se stesso, in bilico sul bricco franoso, tenuto su, così appare da basso, dagli ippocastani del parco che lo asserragliano. Un'unica palma, altissima, vigila come una sentinella la terrazza. Sotto il castello, lungo la cascina del podere, nella piazza vecchia, ci sono la chiesa di San Dalmazzo, il municipio, il dispensario e la scuola elementare.

In basso, sulla piazza del mercato, la parrocchiale di San Sebastiano con la canonica, la pesa, il pozzo della calandra, la censa di Rina che ha anche i giornali e il tabacco, il negozio del barbiere, che una volta si chiamava Nino. La parte alta del paese qui viene chiamata il bric, quella sotto il piasc, il pascolo.

La calandra era una vena d'acqua solforosa, ottima e leggera da bere, che serviva il lavatoio pubblico. Fu chiusa dopo la Seconda guerra quando Bormida s'infiltrò in una falda sotterranea inquinando la sorgente naturale.

Le cascine – nelle loro sparse frazioni – sono nascoste sulle due colline a levante e ponente di Bormida. Per arrivare al Valèt dal paese si fa un po' di strada del fondovalle, poi, prima di un pioppeto, si svolta a destra lungo un rittàno e si va su un bel pezzo a curve mentre la vegetazione cambia diventando quasi montana. È una zona selvaggia che in paese chiamano «il bosco delle torte», forse per un'antica consuetudine di merende all'aperto. L'ultimo tratto di strada non è asfaltato – un tempo la via comunale era un'altra, sterrata e più scoscesa ancora e passava nell'aia del Valèt, così il cortile era una sorta di piccola piazza della frazione. C'è anche un pilone votivo dedicato a san Rocco con il santo che indica la macchia di peste su una coscia e il cagnolino con un pane in bocca.

Casa e paese sono gli stessi da sempre. C'è qualche abitazione nuova vicino alla piazza del mercato, con archi posticci di pietra, intonaci a buccia d'arancia e la gettata di cemento davanti, qualche garage, nanetti o cani lupo di gesso dipinto nelle aiuole, pini e cedri del Libano piantati lì per bellezza in anni in cui si tentava di abbellire, come se ce ne fosse stato bisogno, il paesaggio. La piazza ora è lastricata – un tempo, quando Bormida tracimava, diventava un largo pantano –, superflua come il parcheggio di un cinema chiuso, enorme rispetto al paese che è piccolo e sta tutto lì intorno alla chiesa.

Vetuste piante di rose si arrampicano sulle facciate delle case e chi in paese non ha il giardino mette dei vasi davanti all'uscio: un oleandro, piante grasse, gerani per tener lontane le zanzare. I vasi sono a volte delle vecchie tolle di lamiera o di plastica, ma in ordine, puliti. Il giorno di mercato, quando si teneva, era il venerdì.

Nel bric, sulla facciata del municipio, c'è una targa che ricorda i morti del '15-18. Un monumentino di pietra serena – di uno stridente grigioazzurro che non c'entra niente col resto – è quello dedicato ai caduti dell'ultima guerra. Il cancello di ferro del castello è sempre chiuso da un lucchetto arrugginito. Sopra i piloni ai lati del cancello c'è lo stemma dei Fey: due spighe incrociate e un fiordaliso. Le chiome ricadenti di una sophora mai potata sfiorano l'acciottolato di sassi di fiume.

Il cimitero è tutto in salita, a nord, il primo prato che prende l'ombra a sera, vigilato in basso da un'ansa del fiume. La cappella dei marchesi somiglia a un altro piccolo castello dominante sulle tombe, in mattoni rossi e con una cupoletta. Quella dei Valetto, semplice tempietto in pietra intonacata, è entrando a destra a metà salita. Anna è sepolta tra zio Spirito e sua madre, Anna Delpiano. Ci sono soltanto altre tre celle libere nella tomba, per Lena, Carla e l'ultimo dei Valèt, quando verrà la sua ora.

Novembre 1994, dopo i Santi

«Le faccio un bel pacchetto, ben chiuso. Ha visto che acqua?»

«Piove da ieri.» Giovanni guarda fuori dalla vetrina. Il macellaio batte lo scontrino alla cassa: «Non s'era mai vista tanta acqua così a Carrù. Lei di dov'è?»

«Del Bormida.»

«Ah, è lontano. Va a casa, adesso?»

«Sì, prima che venga notte.»

«Sembra già notte.»

Giovanni paga, ringrazia con un cenno del capo.

«Dove ha la macchina?»

«Qui dietro.»

«Aspetti, che l'accompagno.»

L'uomo esce dal bancone, prende un grosso ombrello a quadretti. I due vanno alla porta: «Viene che Dio la manda», il macellaio spalanca l'ombrello. Fanno una corsetta sotto la pioggia scrosciante fino al furgoncino. Giovanni apre lo sportello posteriore, infila i sacchetti della spesa nel baule: «Grazie.»

«Vada piano, con 'sto tempo.»

Per strada ci sono pochissime auto, quasi nessun passante. Giovanni imbocca la circonvallazione del paese. Vuole andare a Clavesana a ritirare la bilancia, non sono ancora le quattro del pomeriggio. Però, forse, non è stata una grande idea muoversi oggi, piove troppo, piove strano.

Prende la strada che scende verso la stazione, a fondovalle. Guarda le cime degli alberi frustate dal vento, guida con prudenza. Vicino alla stazione nota i resti di una fornace, i muri mangiati dall'edera, i tetti crollati. Tutto gli sembra – è passato di qui centinaia di volte – di una desolazione infinita. Deve muoversi, gli uffici della ditta delle bilance chiudono alle cinque e vuole tornare a casa. Fra poco c'è il ponte sul Tanaro, poi la frazione di Madonna della Neve. Perché, si domanda, sono così nervoso? È solo pioggia, tanta certo, ma solo pioggia di novembre, la più noiosa.

Questa mattina al Valèt sembrava quasi sereno, soltanto un poco di nebbia in cresta alla collina. Mama e mama Lena lo avevano pregato: «Ma devi proprio andarci oggi a prendere quella bilancia?»

«Mi han detto che è pronta, perché non oggi?»

«Fa brutto, un tempo da lupi, viene a piovere.»

«Ma siete proprio vecchie, eh? Come se due gocce...»

Mama Anna non si era alzata dal letto, non si sentiva bene. Lui prima di partire era salito a salutarla. E anche lei, pallida: «Vai a Clavesana? Ma sei sicuro?»

«Sì, passo anche a Carrù dal macellaio.»

«Senti, Giuanin, non andare.»

«Ma cosa avete tutte, questa mattina?» ridendo.

«Non prendermi in giro, ho un presentimento.»

«Ma dài, mama. Su, riposa tranquilla, freddo fa freddo, e tanto. Stai ben coperta e questa sera ci facciamo cucinare le cotolette da mama Lena, eh? Prendo anche un po' di tritata di quella buona.»

«Giuanin.»

«Cosa c'è?»

Lei lo aveva fissato, aveva alzato una mano a fargli una carezza: «Fa' attenzione, mi raccomando.»

Le mie vecchiette apprensive, scherza fra sé Giovanni pensando più ai suoi quarantanove anni che a quelli delle tre sorelle. Quarantanove, poi, molto ben portati. E lo trattano come un ragazzino, una masnà.

Svoltando verso il ponte scorge nel grigiore diffuso il lampo arancio di una macchina della polizia, o forse è un'ambulanza, oltre la riva opposta del fiume. Vede anche un uomo compiere ampi gesti con le braccia alzate. Un incidente? Rallenta imboccando il ponte.

Di colpo è notte, peggio che notte. È come se il cielo si fosse tuffato in una melma nera. I tergicristalli non riescono a pulire il vetro, si intravedono solo il lampeggiare arancio e le sponde confuse del ponte. Anche il rumore è insolito, come una mandria di tori in corsa, eppure non è tempesta, grandine, questa. Giovanni si accorge di avere le dita sudate, strette al volante. Vede ancora le braccia alzate dell'uomo. Un agente? Un carabiniere? Frena leggero e non sente più la strada sotto le gomme dell'auto. Sente, invece, un dolce precipitare, un affondare come nel burro, come essere – gli viene di colpo in mente l'immagine – in una slitta sulla neve fresca. E nello slittare sente l'acqua, la vede che sommerge il ponte, fiume sul fiume, grigio su grigio. Il furgone è fuori controllo, ma tutto è lento, quasi calcolato, molle. Il fragore della piena investe il parabrezza e Giovanni vede il proprio volto riverberato nella morte.

Poi il gusto della sabbia in bocca e un gran tossire. Ma prima, per un lunghissimo istante, le tre mame lassù, strette l'una all'altra, le mani intrecciate. Pensa a quella stupida bilancia, ai sacchetti della spesa nel baule, è contento di non aver portato con sé Tom, il cucciolo nato a settembre. Che imbecille, considera sentendosi risucchiare dal vortice, le lascio sole al Valèt. Mama Lena sa dove sono i documenti, le aiuterà il sindaco a sbrigare le pratiche. Venderanno la casa, la campagna? Certo, come possono arrangiarsi tre vecchie da sole. Pensa anche alla cisterna che in primavera voleva far ripulire, alla grondaia del fienile da riparare. Pensa alla sua stanza, al libro lasciato sul cassettone e che questa sera avrebbe ripreso a leggere. È anche una morte stupida, come tutte le morti.

Invece, ecco il sapore di sabbia in gola, un soffocamento che lo stupisce e lo fa arrabbiare. S'impunta, le gambe che scalciano, il giubbotto intriso di fango che lo trattiene. Poi l'aria, un'inaspettata sorsata d'aria e il picchiettio feroce della pioggia sul volto. Una voce che grida, braccia che annaspano, qualcuno lo afferra per una spalla. È riverso sulla terra fradicia. Il carabiniere, un ragazzo pallidissimo, è più spaventato di lui, gli dice: «Respiri, ecco, così.»

Non glielo hanno detto subito che il muretto vicino alla cisterna la pioggia se l'era portato via in un niente. Era come un torrente in piena, il cortile non c'era più, la siepe di ribes divelta, mezzo orto andato. Solo il noce accanto al fienile era rimasto lì fermo dov'era, indifferente e tenace.

E il furgone trascinato via dal Tanaro. La carne? La spesa fatta a Carrù?

«Ne hai poi di tempo per andare di nuovo a Carrù, Giuanin.» Mama Anna gli teneva una mano, sorrideva più per incoraggiare se stessa che lui. Carla piangeva piano ai piedi del letto d'ospedale, mama Lena le toccava decisa una spalla: «Cosa piangi? Non vedi che è vivo?»

«Credevo morisse.»

«Invece no, è vivo e sta bene.»

Quattro settimane all'ospedale di Alba, a sputare sabbia e fango dai polmoni. Alla televisione non si parlava d'altro che dei morti, dei feriti, delle case buttate giù da Tanaro, della gente sfollata come in guerra. Giovanni osservava le immagini confuse, ascoltando le voci concitate dei giornalisti. I danni nelle valli, le bestie portate via dalla corrente, le auto risucchiate dai gorghi. Certe notti, che strano, gli dispiaceva quasi di essere vivo, gli batteva il cuore pensando a quella povera gente morta. Non riusciva a dormire, entrava un'infermiera giovane, con un camice che le disegnava le curve: «Eh, signor Giovanni, le do un bel sonnifero.»

Ad Anna – non s'era mossa dal capezzale neppure un giorno – veniva su un'espressione ostile: «Cos'è? Non è troppo forte?»

«Ma no, signora, stia tranquilla.» Poi a lui, strizzando un occhio: «Ma lei, signor Giovanni, quante mamme ha?»

«Tre, ne ho tre.»

«Ma è già ben fortunato, allora.» La ragazza rideva lasciando le compresse in un bicchierino di plastica.

Anna lo aiutava ad alzarsi un poco, gli dava dell'acqua: «Ecco, fa piano, Giuanin. Sei stanco?».

«No, mama, come faccio a essere stanco se sto tutto il tempo in questo letto?»

E se di turno c'era Lena: «Tirati giù subito, dormi e stai zitto.»

Lui sorrideva alla ruvida dimostrazione d'amore della mama più anziana, la stuzzicava: «Io dormo ma tu non russare.»

«Ma cosa dici, mai russato in vita mia. E poi come fai a sentirmi russare se sto tutta la notte a vegliare te?»

«La scorsa notte dormivi, altro che veglia. E russavi

forte. È venuto persino il dottore a vedere chi faceva 'sto chiasso.»

«Non dirlo neppure per scherzo, fulatùn.» Che vuol dire scioccone.

Per Natale era a casa, smunto e dimagrito, a guardarsi il muretto trascinato via dalla pioggia. Quello nuovo, che lui aveva subito riparato con l'aiuto dei gemelli, ben ricostruito con le pietre di Bormida, lo ha poi pagato il comune, un po' di anni dopo.

Lena

Lena è del '23, di ottobre. Prima di lei c'erano stati un maschio morto subito e una bambina morta anche lei dopo due mesi, di rosolia. Sua madre aveva fatto un voto al Santuario del Todocco: se mi nasce un altro figlio e cresce non mi metterò mai più gli orecchini. Così, dopo Lena e Carla, e dopo Anna, le figlie ci avevano provato: «Ma scioglilo quel voto, mama, siamo tre e tutte ben cresciute.»

«No, adesso è tardi e ho sempre paura che possa succedervi qualcosa.»

«Ma cosa vuoi che ci capiti? Guarda lei» e indicavano Carla, la più robusta e rotonda delle tre.

«Eh, el me Carlin.»

Quando era nata Carla si aspettavano un maschio, così il pa' l'aveva sempre chiamata il Carlin. E nel tempo anche le sorelle, ogni tanto: «Carlin non ha nessuna voglia di studiare. È proprio drola, la più stupida di noi tre.» Oppure: «Senti, Carlin, è ora che ti sposi. Piero dei Milàn ti muore dietro.»

Carla, Carlin, era la più paciosa delle sorelle Valetto. Robustissima e muscolosa – una di quelle donne che nella mezza età si possono definire grasse mentre da vecchie si asciugano fino a tornare come bambine – le piaceva di più andare in campagna col pa' che frequentare la scuola. Era brava a vendemmiare, non disdegnava i lavori pesanti come voltare il letame e fare il fieno. La mamma avrebbe voluto facesse la sarta – Lena non era granché portata e poi neppure Anna – e si disperava: «Tre fie e non una che sappia cucire un orlo. Solo Spirito l'è bûn.»

Zio Spirito era lo scapolo di famiglia – un vero barba 'n ca'. Oltre a dipingere e cantare, cuciva bene e ricamava con perizia. Il pa', che era suo fratello minore, lo chiamava «Spirito mia suréla», ma senza malignità, con rispetto e devozione, anzi. Spirito rideva: «Guarda che il cé – il nonno – il Valèt lo ha lasciato a me e io lo lascerò a voi che siete i miei eredi. Però mi tenete in casa e la terra la fate andare voi che io ho altro per la testa.» La madre lo adorava: «Solo Spirito è bravo, ho tre figlie ma solo Spirito mi tiene compagnia.»

Sorella del pa', ancora più anziana, era zia Madrina. Aveva studiato da maestra e insegnava ad Alba. Veniva a trovarli d'estate, in giugno arrivava con la corriera, si metteva le sue vecchie pantofole e un grembiule e diceva alla cognata: «Nuccia, adesso pulisco io i bigàt.»

«Oh, è arrivata la prufssurssa d'n'Alba, adesso che coi bigàt il grosso del mestiere lo abbiamo già fatto noi.»

I bigàt erano i bachi da seta che rendevano abbastanza ma erano faticosi da seguire. Le uova dei bachi si compravano intorno alla festa di San Marco, a fine aprile. Andavano Spirito e il pa' a prenderne un po' a Cortemilia. Tornavano contenti: «Guarda, Nuccia, stanno in un ditale.»

La mamma prendeva le minuscole uova, le avvolgeva in una garza asciutta e le infilava sul seno fra la sottoveste e il busto: «Stan caldi una settimana.» Poi mandava le bambine ad aiutare il pa' a raccogliere le foglie dei gelsi. Bisognava preparare la stanza più grande e ben aerata della casa e le traverse sulle quali posare i bachi una volta che le uova si fossero dischiuse. I bigàt cominciavano a mangiare le foglie e a crescere a dismisura. E sporcavano.

«Sent' che rabel.»

«A mangiu d'la grosa.»

I gemelli del Bambin venivano ad aiutare, erano troppo poveri per allevare i bachi in proprio. Il pa' li pagava a giornata e mangiavano al Valèt. A volte si fermavano anche a dormire sulle balle di paglia del fienile. Erano orfani di madre e il padre, il vecchio Giachin del Bambin, beveva forte e faticava a seguire le sue tre capre e il pezzetto di terra intorno alla cascina. Quando i ragazzi tornavano su al Bambin il vecchio requisiva i soldi guadagnati e li picchiava. Loro scappavano nel bosco e al mattino tornavano al Valèt, sporchi e ridenti, e zio Spirito li accoglieva: «Ecco la manovalanza, forza che oggi c'è polenta per tutti. Nuccia, da' a questi poveretti del latte con un po' di caffè.»

A metà giugno i bigàt erano quasi pronti. Arrivava zia Madrina e annunciava che avrebbe finito lei il lavoro di pulizia. In realtà voleva essere presente quando i bachi avessero iniziato a fare i cochèt, cioè i bozzoli. Esclamava eccitata: «Ci siamo!»

Stavano tutto il giorno intorno ai bigàt, le bambine a preparare le ceste da portare alla filanda.

Poi litigavano. Madrina, che era molto religiosa, diceva perentoria: «Bisogna scegliere i migliori da regalare al parroco.»

E il pa': «Ah no, sacramentu! Al parcu non regaliamo un bel niente».

«Ma Bepìn, facciamo peccato.»

«Il peccato è che c'è il clero.»

Nuccia, pur essendo sempre d'accordo con lui, tentennava: «Portiamone solo un mazzetto, un mazzetto cit» e univa le mani a formare un piccolo nido.

«Eh già, così facciamo brutta figura con la gente. Eh no. Sentiamo Spirito.»

Zio Spirito, il più mangiapreti di tutti, decretava: «A don Lovera facciamo una donazione per la chiesa, ma i nostri cochèt no, nemmeno uno». E tornava sulla poltrona preferita col suo gatto bianco, sordo, con un occhio celeste e l'altro giallo, in braccio.

Zia Madrina si disperava: «Che vergogna, che vergogna, ah fosse vivo il cé.»

A San Giovanni, dopo aver portato i bozzoli alla filanda e guadagnato i primi soldi dell'anno, il paese faceva festa. La marchesa apriva ai paesani il giardino del castello e, guardando dall'alto della terrazza tutta quella gente che vociava in mezzo alle sue ordinate siepi di mortella, diceva in francese al marito, col suo forte accento austriaco: «*Je n'accepterai jamais cet usage barbare de donner les meilleurs vers à soie au curé: il a bien plus d'argent que nous!*»

Lena, fin da piccola, aveva il piglio del primogenito. Di fisico era una Valetto dalla testa ai piedi: alta, snella, un po' legnosa, castana scura più che bruna, gli occhi neri e fiammeggianti, i modi bruschi di chi nasconde sempre con cura la paura di commuoversi. Dopo che erano nate le sorelle il pa' le diceva: «Come facciamo con la terra, senza un maschio?»

«Sono meglio io di un maschio, pa'.» Aveva imparato presto a leggere, scrivere e far di conto. Era quest'ultimo il suo talento evidente. Sapeva amministrare, Lena, e il pa' negli anni le aveva affidato il disbrigo di tutte le questioni legate al denaro e «agli strumenti», gli atti di compravendita. Era Lena che aveva iniziato e portato saldamente avanti le trattative per comprare altra terra e, soprattutto, l'annosa questione con i cugini di Pieve di Teco.

La campagna era stata acquistata dal nonno del cé nel 1840. Di casa ce n'era già una, un semplice ciabòt di pietra inglobato in seguito, stanza dopo stanza, nella casa com'è ancora adesso. La parte più antica sono le due camere con le finestre a nord, quelle dove una volta si mettevano le mele a maturare sull'assito di legno. Sotto c'era la cucina vecchia col camino, e ancora più sotto, interrata, la giasèra, una magnifica cantina.

Attorno alla casa si stendevano solo cinque giornate di terra, sottili striscioline sui terrazzamenti. Il figlio più giovane del fondatore, Battista dei Valèt, era emigrato in Francia nel 1859. Dopo aver lavorato da pastore nel Var si era impiegato in una ditta di vini a Bordeaux. Era bravo a commerciare e il padrone lo mandava in giro a vendere fidandosi di lui. C'era un cliente, un vecchio che aveva un ristorante in città vicino al porto, e Battista si fermava lì ogni tanto a pranzare. Si fermava anche per vedere la figlia dell'oste, Françoise, una bella ragazza coi capelli neri e gli occhi ardenti che serviva ai tavoli e rideva se qualcuno le faceva un complimento, ed erano in tanti a fargliene. Anche a lei piaceva quel giovanotto piemontese che arrivava con una camicia pulita e si toglieva il cappello mentre mangiava. Dicevano avesse una gran parlantina, ma quando si sedeva al tavolo vicino alla finestra che guardava la Garonne se ne stava zitto e impettito sulla sedia, solo sorrideva un poco quando lei gli posava la minestra davanti. Così, e dài e dài, a forza di vederselo lì muto e bene educato, una sera dopo la chiusura se lo portò di sopra, in camera sua.

Battista era vergine, e questo la intenerì. Era anche delicato e sapeva di sapone e non solo di cantina e di uve, o peggio, come altri avventori. Françoise ci mise qualche sera – mentre suo padre, vecchissimo, russava di là – a insegnargli l'amore.

Battista l'adorava, nascondeva nel portafogli una violetta che subito seccava e gliela posava sul seno. E lei, a forza di violette e sospiri, s'innamorò del suo bel piemontese che si lavava le ascelle prima di infilarsi nel letto.

Meno di un anno dopo l'oste moriva. Françoise era un po' chiacchierata nel quartiere ma a molti faceva comunque gola una bella brunetta che ereditava un ristorante avviato e l'appartamento di sopra. Lei l'idea di passare la giovinezza in cucina a friggere salsicce per i carrettieri non la poteva soffrire e disse al suo 'Tiste: «Se mi sposi erediti con me e ce ne andiamo in Italia, che tutte le volte che nomini il tuo paese ti vengono le lacrime agli occhi.»

A vederseli arrivare al Valèt, Battista e la francese, ci fu subito gran sgomento e diffidenza. Perché Françoise era la più ricca fra le cognate, e con i suoi soldi Battista comprò i terreni meglio esposti. E con quello che aveva imparato in Francia piantò i vigneti più pregiati del paese.

Françoise detestava la suocera – autoritaria come se non più di lei – e le cognate le trattava da bergére, com'erano infatti, e senza tanti grilli per la testa. Lei invece si faceva fare un vestito nuovo tutti gli anni e una volta acquistò persino un paio di guanti di capretto in un negozio da signori ad Alba. Battista la scongiurava di non indossarli per non suscitare invidie e maldicenze, ma non resisteva quando lei gli accarezzava il torace con la pelle morbida dei guanti.

In famiglia, oltre alla dote, portò i primi segnali di anticlericalismo, che attecchirono poi con manifestazioni diverse nei discendenti, e quel certo taglio a mandorla degli occhi che si ripeté talvolta nelle successive generazioni dei Valetto. Ebbero un solo figlio, anche lui chiamato Battista, e che fu poi padre del cé, il quale ereditò la sua parte di campagna e della casa, la porzione maggiore. Il resto della terra con un ricovero per gli animali – il ciabòt chiamato il Mazzulin – andò ai cognati di Françoise. Due generazioni dopo, quella di Lena e delle sue sorelle, di questo ramo dei Valetto era rimasta solo una cugina, Rita, che si era *sposata bene* con un commerciante di stoffe a Pieve di Teco. Già il padre della cugina Rita aveva abbandonato da giovane il Valèt ed era andato a vivere, e a morire di noia, dalla figlia in Liguria. Rifiutandosi ostinatamente, però, di vendere la sua porzione di terra al pa'. È di questa parte di eredità che Lena si occuperà poi per quasi trent'anni, fra litigi, sorde rivendicazioni, improvvise rappacificazioni con la cugina.

Françoise è sepolta in una fossa sotto San Martino, sulla lapide una fotografia che s'era fatta fare a Ceva da un vero fotografo, bella, straniera e soddisfatta.

Ma per il bosco del marchese no, neppure i soldi di Françoise erano bastati. Il vecchio Fey non aveva nessun motivo, e nessuna voglia, di venderlo il bosco sotto la Madonna dei Cavalli. Lo teneva per la caccia e così, vicino a casa, in autunno era sempre uno sparo dietro l'altro e i cavalli dei signori venivano a dissetarsi alla sorgente del Valèt. A volte il marchese vecchio – altissimo, canuto, inutile come il due di picche – entrava a cavallo sull'aia. Faceva un guardingo cenno di saluto arricciando le labbra e dava un colpo di frustino al baio. I Valetto stavano impettiti al suo passare e poi, quando i cavalieri erano lontani, scoppiavano a ridere: «Che fòl d'n om!» ragionando sottovoce che anche i Fey dovevano il grosso dei loro averi a una donna, la madre del marchese vecchio – un donnino energico che aveva fatto restaurare il castello riempiendolo di pesanti mobili scolpiti, molto ammirati nei dintorni per la loro modernità, e stoffe a fiori – ed era stata la più grande ereditiera piemontese dei suoi tempi (si diceva che persino re Vittorio l'avesse chiesta sposa per uno dei suoi cadetti).

Il bosco, immenso, mezza Langa fra Gorzegno e Niella, era rimasto immutato e selvaggio, solo coltivato intorno alla cascina del Bambin, dov'erano nati i gemelli, fittavoli del marchese.

Lena, dopo la guerra, si era messa d'impegno a cercare di comprare la terra dei cugini – e quel benedetto Mazzulin lassù che quella scema di Rita lasciava andare in malora! – soprattutto quando era nato Giovanni, nel 1945, e lei sapeva che non si sarebbe più sposata.

Lena non ne accennava mai. Si era innamorata solo una volta e aveva passato la vita a cercare di cancellare, e invece alimentando, covandolo, quel suo amore. Si chiamava Giorgio, era il figlio del medico condotto di Bossolasco. Si conoscevano fin da bambini e in paese, fin da bambini, li prendevano in giro: «Eh, Lena del Valèt e Giorgio si parlano.»

«Faranno una bella coppia, tutti e due alti come un salice.»

Lui era serio ma non noioso, gli piaceva salire al Valèt nelle sere d'inverno e accompagnare col violino le cantate di zio Spirito. Mettevano le castagne ad abbrustolire nel camino, Lena tentava di ricamare ma, subito, posava il tombolo sulle ginocchia e restava immobile ad ammirare Giorgio che pizzicava il violino. Carla e Anna ridacchiavano dandosi di gomito. Ne venivano di giovani a vié, a vegliare nelle notti invernali. Quando si era in tanti si stava al caldo nella stalla e dal Bambin scendevano anche i gemelli con la fisarmonica. Se nevicava, a mezzanotte e passa, Giorgio andandosene si legava le racchette alle scarpe, Lena lo accompagnava fin dopo il pozzo, si sorridevano senza toccarsi. Poi Giorgio spariva nel buio della notte.

Il ragazzo studiava anche lui da medico, a Torino, ma il sabato prendeva il treno e poi la corriera da Alba e tornava al paese. Mama e il pa' erano contenti, un ragazzo perbene e un futuro dottore. Promesse certe non ce n'erano, almeno non ufficiali, i ragazzi erano troppo giovani, però tutti sapevano che si sarebbero sposati. Lena preparava il corredo, lenzuola di canapa ingentilite da elaborate cifre che zio Spirito le disegnava: «Ma metti solo le tue? E una bella *G* intrecciata?»

«Dài, zio, smettila!»

«Ah, le spose...»

Non dimenticherà mai quel martedì di giugno del '40. La lavorazione dei bigàt era in pieno fermento, Lena, nell'orto, raccoglieva manciate di piselli posandoli in una cesta. Il cane si era messo ad abbaiare, erano le sette del mattino e la giornata si annunciava calda. Se lo era visto davanti, la bicicletta buttata accanto al pozzo, gli occhi incupiti: «Mussolini ha dichiarato guerra a Francia e Inghilterra.»

Mama era uscita sull'aia, le mani giunte, gli occhi pieni di lacrime. Il pa' si era tolto il berretto: «Cosa dice il Re?»

«Il Re è con lui.»

Lena non aveva ancora compiuto diciassette anni, Giorgio appena i ventuno. Era stato subito richiamato allievo ufficiale in una caserma a San Rocco di Cuneo, negli alpini.

L'ultima sera avevano camminato a lungo nel bosco delle torte: «Finisce in due mesi, vedrai.»

«No, non così in fretta.»

«E tu come lo sai?» Giorgio le aveva preso una mano.

«Le guerre sono sempre lunghe.»

«La Francia è già sconfitta.»
«E ne sei contento?»
«Ma vinceremo noi. Parte anche mio fratello.»
Lei si era scostata, aveva raccolto un rametto secco, spuntava da dietro i castagni una maligna luna rossastra.
«Torno e ci sposiamo.»
Lei gli aveva voltato le spalle, un'ombra risentita sulle labbra.
«Perché fai così?»
«E se succede qualcosa?»
Allora l'aveva abbracciata, piano, con delicatezza, cercando di farla ridere: «Di cosa hai paura? Della guerra o che ti dimentichi?»
Lena si era appoggiata al ragazzo respirando il suo buon odore. Sarebbe tornato, ne era certa.
Invece Giorgio era morto subito, in Grecia, in un'isola. Il moschetto che stava pulendo si era inceppato e gli era esploso fra le mani sfigurandolo. Il corpo era ritornato in una luminosa giornata di novembre. Lo avevano seppellito nel cimitero di Bossolasco. Il fratello fu dichiarato disperso in Russia nel '42.
Lena era andata una volta ad Alba a trovare la madre del ragazzo. L'anziana signora sembrava impazzita, l'aveva accolta in una casa completamente al buio, i mobili coperti da teli: «Eravamo fascisti anche noi, capisci? Ci credevamo in Mussolini, capisci? Avremmo vinto la guerra, capisci?» Il dottore aveva fatto sedere la moglie cercando di calmarla, e poi a lei: «Cosa ti posso offrire, Lena? Abbiamo del caffè vero.»
«Grazie, dottore, sto bene così.»
«Come va in campagna?»
«Eh, si fa fatica. Come sempre.»
«E i tuoi?»

«Bene, ma stanno invecchiando.»
«Torna a trovarci.»

Lena non parlò mai della sua gioventù. Da allora iniziò a odiare tutto ciò che gliela ricordava. Nel 1945, dopo la nascita di Giovanni e la morte, in dicembre, di zio Spirito, divenne il capofamiglia.

Luglio 1982

A luglio, sui prati del Valèt, ci sono migliaia di farfalle. E di notte le lucciole, raccolte anch'esse a migliaia nel cortile fra il fico e la vite americana. Delle farfalle ce n'è una specie con ali nerissime e iridescenti come l'ardesia dei tetti. S'inseguono a coppie in una danza febbrile posandosi sui petali di camomilla e sul glicine fiorito. Altre, arancio picchiettato di ocra, si distinguono meno, nascoste tra i fiori del caprifoglio. Bisogna star fermi al centro del cortile e arrivano a frotte per scrutare, subito fuggendo, cos'è quella cosa – uomo o animale – ferma nel prato. Verso il tardo pomeriggio le poiane, a volte sole, a volte a coppie, planano nel cielo senza una nuvola e gli altri uccelli zittiscono in attesa che volino via. Talvolta un falchetto, più in basso, dal volo più asciutto e radente.

Dalla casa giunge un rumore come di ghiaia smossa, poi un boato, un confuso scoppiettare di voci. La cagna drizza le orecchie, si riaddormenta subito all'ombra della scala. Nell'aia non c'è nessuno, sono tutti in casa, dietro le imposte socchiuse per il gran caldo. Dalla finestra del soggiorno si sente una voce rauca, affannata: «...Ros... Cabrin... passagg... Altobel... Kaltz... Dremmler...»

Fuori è una sinfonia di cicale, la cagna si gratta un'orecchia, sbadiglia. La gatta preferita di Anna mette il naso fuori dalla stanza, cerca uno spicchio di sole sulla soglia della cucina.

«...Gentil... sbaglia... Tardel... Littbarski... s'impossessa della pal... angolo...»

Carla versa nei bicchieri due dita di menta, prende la caraffa d'acqua, scrolla i cubetti di ghiaccio dal frigorifero, le mani le tremano un po' mentre di là sale come un'onda il mormorio smozzicato: «...traversa... Bearzot... ancora Graziani...»

Torna in soggiorno, porge a Giacomo un bicchiere, un altro a Germano che dice grazie senza guardarla. Lena si sventola il mento, si alza, si risiede sulla sedia: «Non ne posso più.» Anna si mordicchia l'indice, sospira: «Fan morire, questi.»

Giovanni ride: «Zitte!»

Dallo schermo: «...Rossi... Coelho... Juan Carlos... Pertini... mancano venti secondi... impossibile... Madrid... dieci secondi... cinque».

Una mosca si posa sull'orlo del bicchiere di Carla, sugge beata il bordo zuccherino. Ancora la voce: «Ci siamo... ecco...» Poi un grido da infarto: «Campioni del mondo! Campioni del mondo! Campioni del mondo!»

La cagna e la gatta vengono a vedere cosa sta succedendo e perché tutti si abbracciano e gridano come matti.

«Ma cosa ci andiamo a fare in paese?»

Giovanni prende le chiavi del furgone, a Carla: «A festeggiare, no?»

Anna cerca uno scialle: «Dài, Carlin, se non vieni tu non va nessuno.»

«Sembrate pazzi.»

«Oh, senti, mica si vincono tutti i momenti i mondiali di calcio. Chissà se ne vedremo mai un altro.»

Lena entra ridendo nella stanza: «Venite a vedere!» Escono sull'aia. In mezzo al prato i gemelli hanno imbandierato il trattore di Giovanni. Germano sventola un gagliardetto tricolore: «Andùma sì o no?»

Il fratello si mette al volante: «Ce lo presti, Giovanni?»

«Ma certo! Anzi, attacchiamo il carro, portiamo giù le mame col trattore.»

«Ah, no, eh!» Carla fa una faccia scura, da badessa: «Io lì non salgo, a farmi prendere in giro da tutto il paese.»

Le sorelle ridono forte: «Ci scambiano per delle masche!»

Carla piantata sull'erba a braccia conserte: «Masche sarete voi.» «Facciamo così» Giovanni si avvia verso il furgoncino, «noi andiamo con la macchina, i gemelli ci seguono col trattore.» A Lena e Anna: «O preferite con loro?»

«No, no, non facciamo goffaggini. Forza, Carlin, sali sul furgone che si va a far festa.»

Così il piccolo corteo – e già si udiva uno sgangherato strombazzare sulla provinciale di Bormida – si era avviato per la discesa.

(Erano poi tornati a notte avanzata, un po' ciucchi, continuando a cantare e sventolare una bandiera italiana. Giovanni aveva persino proposto una cenetta notturna nel bosco delle torte, idea strampalatissima subito bocciata dalle mame. Scherzare va bene, ma di notte nei boschi, eh no, non si fa!)

Carla

Carla è del '26, di gennaio. Dai conti fatti sarebbe dovuta nascere a metà del mese, ma pa' e mama avevano sbagliato le lune. Il giorno di Santo Stefano il pa' era andato in paese ad avvertire Betta, la levatrice. Si erano accordati, Betta sarebbe salita al Valèt dopo l'Epifania.

Ma il mattino di Capodanno s'era messo a nevicare e ne veniva tanta come non si vedeva da anni. Nuccia guardava dai vetri tutto quel biancore posarsi sull'aia come strati e strati di lenzuola stirate e ben ripiegate nell'armadio, e il pensiero – seppure un tantino ossessivo – un po' la confortava. Sentiva che il tempo era arrivato cogliendola di sorpresa. Poco prima, sul presto, mungendo una mucca, aveva avvertito una fitta alla schiena. Si era fermata posandosi una mano sul ventre: «Sei già ben grosso, Carlin.» Si era abbracciata da sé accarezzandosi le spalle e non era riuscita a portare in casa il recipiente del latte. Al pa' non aveva detto niente, solo, dopo pranzo, si era coricata fissando il riverbero della neve sulle pareti della stanza. Era in anticipo e il cuore si era messo a battere furioso.

Madrina era bloccata ad Alba con una bronchite, Spirito sbuffava davanti al camino con nessun desiderio di uscire a vegliare in qualche cascina – non lo avrebbe mai ammesso ma sentiva il parto imminente come fosse lui a doversi sgravare, e non la cognata. Il pa', sorriso a filo d'erba, aveva spaccato legna sotto il portico tutto il pomeriggio, lieto della gran nevicata che gli riportava frammenti d'infanzia. A un certo punto si era voltato verso la casa, era già quasi buio, da dietro i vetri della cucina era spuntato il musetto di Lena. Le aveva inviato un bacio con la punta delle dita, si era accorto di aver freddo e di essere sudato sotto il pastrano. Così era entrato in cucina e, dopo aver baciato davvero la bambina, stupito nel trovarla sola, era salito in camera per cambiarsi la camicia chiedendosi dov'era la moglie.

Nuccia era sdraiata sul letto, gli occhi spalancati al soffitto, un tormento su una guancia. Le era andato vicino, di colpo preoccupato: «Cosa c'è, cos'hai?»

«Bepìn, ci siamo.»

«Cosa ti senti?»

«Nasce, Bepìn, nasce adesso.» Era scoppiata in lacrime.

Il pa' non è uomo da perdere la testa, solo le lacrime di sua moglie hanno il potere di tramortirlo, annullarlo. Sente nel petto come un'onda inspiegabile, una sorta di vergogna di cui non conosce l'origine. Un sentire che ha il colore del rimorso. Rammenta a volte, lui nato in campagna, il turbamento provato da ragazzo per aver ucciso un pettirosso con la fionda. E come a volte gli monti un misterioso disgusto nell'ammazzare un capretto, un coniglio. Agli atti normali della vita si sovrappone l'immagine di Nuccia: anche lei sembra un animale indifeso. Qualcosa, non saprà mai spiegarselo e mai cercherà di farlo nemmeno nel segreto dei suoi più segreti pensieri, che va oltre l'amore di un uomo per la sua sposa. Una tenerezza così sconvolgente, così terrificante, da lasciarlo attonito come se la quotidiana porzione di felicità che gli è stata data fosse, insieme, un immenso baratro.

Ma è ingiusto dire che Bepìn non abbia indagato in se stesso questo sentire. Lo ha fatto, lo fa, con gli strumenti che ha a disposizione. E dato che è un uomo semplice, e non ha la fede in un Dio che ad altri sembra far tutto concordare e tutto sopportare, lascia che la sua natura faccia da sé, e se sente di provare commozione per l'incanto della neve sul prato di casa – o il solo accenno di un sorriso di Nuccia in un punto qualsiasi della sua esistenza – l'accoglie con gioia, con tutti gli onori, come ha da essere.

«Betta, va' a chiamare Betta.»

«Ma non posso lasciarti qui sola» e guardando fuori atterrito: «Ci sono due metri di neve.»

«Bepìn, io muoio.»

«Non dirlo neppure per scherzo, adesso...» cerca di pensare in fretta: scendere, piantarsi in qualche modo giù per la strada, e Lena? Come si fa senza una donna in casa?

Ma le mani di Nuccia lo afferrano con forza inaudita alle maniche del maglione: «No, stai qui, non lasciarmi, senti...»

«Nuccia...»

«...Se muoio, e muoio, risposati Bepìn, giuramelo.»

«Smettila.»

«Non stare solo, giuramelo, e fai studiare Lena, dalla a Madrina, che la porti ad Alba con sé, la mandi alle Magistrali.»

«Va bene, Nuccia, però...»

«Prendi Dora della Cagnalupa, o Bianca dei Ninìn. È una brava ragazza Bianca, bella e lavoratrice. Sposa lei, che ti dia un maschio. Non sono neppure riuscita a darti un maschio, Bepìn, forse questo che nasce adesso, salva lui non me. E ricorda ai miei fratelli che ti devono il prato della

Costa, quello che mi hanno lasciato i miei e non abbiamo mai diviso, ricordati.»

Il pa' abbranca quelle mani, cerca di accarezzare la fronte che scotta: «Stai ferma, stai ferma adesso.» Si stacca con uno strappo dalla moglie, scende le scale con gran fracasso, urlando: «Spirito, Spirito, Nuccia compra!»

Il fratello è in cucina, sta dando una scodella di latte fumante a Lena che beve spaventata da questa agitazione. Spirito ha già il tabarro addosso: «Vado io, prendi la bambina, mettila a letto, di' a Nuccia di resistere.»

«Il cavallo non ce la fa con la neve.»

«Vado a piedi, dài muoviti, bùgia.»

In un lampo il pa' prende la bambina in braccio sussurrandole frasi di conforto, la porta nella stanza vicina alla loro, le sfila la vestina: «Mettiti la camicia da notte, va tutto bene, la mamma sta bene.»

La bambina esegue, s'infila sotto le coperte, sta lì ferma senza una parola, conscia che non è il momento di fare un capriccio, o scoppiare a piangere. Non ha mai visto il pa' così sconvolto, ha paura e insieme la voglia di essere lei a proteggere lui. Il pa' accende un lume, lo posa sul cassettone, esce ancora di corsa. La perdo, la perdo, pensa Bepìn riprendendo fra le sue le mani della moglie. Che ora sono fredde. Nuccia ha le labbra livide: «Ti guarda con certi occhi, Bianca dei Ninìn. Tu sii gentile con lei, come sei stato con me. E non vendere la terra.»

«Nuccia, è sceso Spirito a chiamare Betta. Stai tranquilla.» Si maledice: perché hanno sbagliato i calcoli? Perché questa mattina, prima che nevicasse, non è sceso in paese a...

«E il prossimo giugno regala un cesto di bigàt al curato, ha ragione Madrina, è la tradizione. E di' a Spirito che si prenda qualche messa anche lui, che non fa poi così male. E pregalo anche tu Nostro Signore, qualche volta.»

Le promette qualsiasi cosa, ma che stia ferma e tranquilla per l'amor di Dio.

Quasi non sente un insistente picchiare alla porta di sotto. Spirito già di ritorno? Possibile? Corre da basso. Spalanca la porta e si trova davanti due scuri fagotti di scialli. Sono Nora e Netina del Robertiero, due sorelle – vecchiette quasi nane – della cascina più prossima al Valèt: «Ci ha avvertite Spirito. Dài, Bepìn, togliti da lì.»

In un momento sono già una di sopra e l'altra in cucina a far bollire l'acqua. Il pa' fa per entrare nella stanza da letto, Netina lo scaccia: «Va' a prendere dei panni puliti e sparisci, che non sta bene che un uomo veda certe cose.» Un attimo prima che il battente gli si chiuda sulla faccia intravede il volto scomposto di Nuccia. E il lenzuolo zuppo di sangue.

Betta e Spirito erano arrivati due ore dopo, quasi alle dieci di sera, e Carla era nata all'alba del nuovo anno. Bepìn se la ricorda bene l'alzata di spalle di Nora del Robertiero: «Ajé mac 'na fia.» Un'altra femmina. Ma lui quanto le aveva benedette quelle due nane che si erano mosse come api premurose per la casa con i loro fitti stridii più da topo che da api. E aveva benedetto anche il Carlin, pesante più di cinque chili, un involto grasso e urlante che subito s'era attaccato al seno di Nuccia e puppava che era un piacere. Spirito aveva preso per mano Lena – era stata tutta la notte dura come un sasso nel letto – portandola a vedere la sorellina e la mamma: «E guai» minaccioso alle sorelle del Robertiero, «guai se tirate fuori quelle vostre storie balorde che la bambina l'abbiamo trovata nel rio o sotto un castagno.»

Le due nane arretravano segnandosi davanti a monsù Valèt: «Cosa volete dirle, mica la verità?»

«Che è nata da sua madre? Sì.»

«O Maria vergine, che vergogna! Son cose che non si dicono!»

Ma avevano accettato ben volentieri la larga banconota che Bepìn aveva dato loro e la copiosa colazione imbandita lì per lì dall'instancabile Betta.

Poi: «E ades a ca' vostra». Spirito le aveva spedite nel baluginio gelido del mattino ed era risalito a godersi la nuova nipote: «E tu, Nuccia, santo ciclo, non ci far più prendere uno spavento così.»

Nuccia aveva voltato il viso stanco al suo Bepìn sorridendogli grata ed esausta (ma, quando erano rimasti soli loro due, gli aveva sussurrato un po' scherzando e un po' no: «Guai a te se ti pesco che guardi Bianca dei Ninìn, son ben viva, neh!»).

Lena l'avrebbe odiata quell'ingombrante intrusa non fosse stata per l'infinita pazienza del pa' e soprattutto di Spirito. Che invece le insegnava a fasciare la sorellina sotto lo sguardo divertito di Nuccia. Così a Carla, di secondo nome e con grande sconcerto del curato, era stato imposto il nome dello zio.

Stava scomparendo a quel tempo l'uso di benedire le puerpere dopo quaranta giorni dal parto. Nuccia lo raccontava poi alle bambine che ancora sua madre era dovuta andare da sola dal prete a farsi benedire, una candela in mano e nell'altra un involto con dentro sei uova. A farsi togliere il peccato dell'aver partorito. Ma ancora, e così capitò anche a lei, non era permesso alle madri di assistere al battesimo. In chiesa, dieci giorni dopo, a nevicata finita, erano scesi il pa' e Spirito scortati da Madrina – che, ripresasi dalla bronchite, aveva fatto da madrina come sempre – e dalle sorelle del Robertiero, invitate speciali, quel giorno con i loro rappezzati abiti della domenica. La marchesa aveva mandato i suoi rallegramenti e a Lena avevano posato sulla testa un piccolo velo bianco, cosa che l'aveva molto emozionata. Così aveva iniziato ad amare la sorella.

Ma è bello vedere poi Lena e Carla assistere alla nascita dell'ultima sorella, Anna. Lena ha cinque anni, Carla due. Si affacciano alla culla della piccola che è, come sarà, di una bellezza e delicatezza incomparabili. Bionda come Nuccia – e forse anche per questo porterà lo stesso nome –, con occhi trasparenti e assorti. Non piange mai, anzi ride alle sorelle che ne hanno fatto la loro bambola. La vestono e la spogliano, cercano di pettinarle quel ciuffo dorato sottile come bambagia che ha in testa, la stringono di nastri e gale. Nuccia un giorno sorprende Carla che – sarà amore estremo o un fondo di occultata gelosia – le rosicchia le unghie. La bimba squittisce, batte le mani, si addormenta quieta in braccio al pa' che sembra l'uomo più appagato della terra, seduto sull'uscio con la figlia in braccio, verso sera, guardando alla valle.

In paese lo prendono in giro: «Solo delle femmine, pover'uomo.» Sapendo, la gente del posto, che invece saranno quelle tre degli ottimi partiti, ai Valèt la terra non manca e il pa' la sa lavorare bene.

Carla se la porta nei campi, non ha paura di niente la bambina, e una volta che trova una biscia arrotolata vicino al pozzo, il Carlin fa una faccia stupita e chiede al pa' se morde. Quando la biscia, nera e lunghissima, si srotola spaventata fuggendo nel prato, Carla la insegue gridandole dietro degli strambi improperi: «Va' va', scapa, masca di una masca.»

A scuola non ha voglia di andare, strattona la maglia di lana, suda, sbatte sulla schiena due trecce sode come corde intrecciate, si stufa. La maestra Marchisio chiama Nuccia: «Brava è brava, e intelligente, però non sta ferma un momento, non si applica.»

«E Lena?»

«Ah, Lena» la maestra si apre in un sorriso compiaciuto: «Lena sì che dà soddisfazione. È la prima in tutto.»

«Ma non me la rimandi a settembre Carla, per carità, che tanto invece di studiare va in campagna con suo padre.»

C'è il grano da mietere e Carla, a sette anni, porta le borracce di acqua fresca ai lavoranti che aiutano il pa'; si picchia con i gemelli, vuole vedere la mucca partorire, ha scoperto – sempre coi gemelli – un nuovo eccitante gioco: buttarsi dal fienile sulle balle di paglia arrotolate sull'aia. E questa volta le piglia di santa ragione da sua madre spaventata a morte quando la vede volare giù come un sacco, ridente e scarmigliata (anzi, desfüsumià, che vuol dire senza fisionomia, e cioè sconvolta).

Non ha ancora quindici anni che Piero dei Milàn s'innamora perdutamente di lei, mentre lei, bruna e rotonda, non lo degna di uno sguardo. In apparenza.

Viene, Piero dei Milàn, da una famiglia numerosa e scombinata, con poca terra nella più buia e disertata collina di Saliceto, e quella poca terra, in più, è lontana dalla casa. Suo padre, Talin, è un brav'uomo quasi *alfabeta*, come si diceva in Langa. Sua madre, Licia dei Milàn, invece, ha un occhio solo, cosa non piacevole a vedersi, ed è una donna livida e rancorosa. Non era di buon carattere neppure da ragazza, ma dopo che la stanga del carro le si conficcò nell'occhio sinistro facendoglielo saltare il suo malanimo era esploso, diventando leggendario nella valle fino a Cortemilia e oltre. In più, maligna ironia, venivano da una borgata chiamata in modo misterioso e incongruo «la Ricchezza», invece grama e inospitale, soffocata da impervi calanchi di tufo: d'inverno il sole spariva dietro la cresta della collina alle tre del pomeriggio. C'erano quattro maschi, due dei quali emigrati in America e là poi morti senza fortuna, il primogenito Vincenzo, 'Cenzin, a cui sarebbe spettata quel poco di roba e, ultimo, Piero. Delle quattro sorelle due avevano fatto dei buoni matrimoni ad Alessandria, una era morta ventenne e un'altra, la più graziosa e simpatica, inspiegabilmente si era monacata. Questi i nonni, il padre e gli zii paterni del futuro Giovanni.

I Milàn, a dispetto della modestia della loro condizione e dell'asfissiante dominio di Licia – donna fra l'altro bigotta fino al ridicolo – erano una famiglia vociante, alti, robusti, le ragazze pettorute e tendenti alla superbia, i maschi con cosce come colonne e guance tappezzate di verruche. Tutti meno l'ultimo, Piero, che invece era minuto, più rosso che biondo, con un volto appuntito e una bella carnagione. Figlio di vecchi, si diceva, per niente atteso e poco amato, un'altra bocca da sfamare e morta lì.

A dieci anni era stato affittato come vaché, come pastore, in una cascina a Paroldo presso una famiglia di brava gente che lo trattava bene e lo nutriva. La padrona gli aveva insegnato anche a leggere e scrivere e ogni inverno gli rivoltava un paltò di uno dei suoi figli e gli aveva comprato il suo primo paio di scarpe. Ma la madre, in piena estate, lo rivoleva con loro per i lavori pesanti – e non c'erano santi – e Piero ridiscendeva a Saliceto col cuore gonfio di amarezza. Due cose Piero odiava, sbigottito dalla tenacia dei suoi stessi sentimenti: sua madre e la campagna.

A diciotto anni, nel '41, aveva visto per la prima volta

Carla del Valèt in un giorno di mercato. E se n'era all'istante innamorato. Carla di anni ne aveva quindici e scoppiava di salute e allegria: figurarsi uno di Saliceto, riformato a militare e vaché – ma adesso già lavorava a Cengio all'Acna come operaio generico – senza un soldo di suo e con quella spaventosa famiglia... E invece, contraddicendo anche se stessa e i ragionamenti che mulinava, tornava in bici al Valèt rimuginando a ogni curva il volto gentile e sparuto di quel ragazzo serio e magro che non osava dichiararsi. E invitarla a ballare nemmeno per sogno. Si era così riverificata, in altre forme e latitudini, un po' la storia dell'ava Françoise. Era stata lei, una sera di mezza estate, a tirarselo dietro il muro della casa e a baciarlo sotto il fico. Per poi scappare alla cappella di San Rocco a farsi il segno della croce, le guance splendenti, il cuore in bocca.

Pa' e mama non dicevano niente, attendendo saggi che la cosa morisse da sé. E invece zio Spirito, inaspettatamente, prese a benvolere il ragazzo. Primo perché cantava bene anche lui e perché, seppur trovando ripugnante l'idea di imparentarsi con i Milàn, offrire una via d'uscita al ragazzo gli pareva una buona azione. Inoltre Carla nel giro di pochi mesi era diventata un'altra: si guardava allo specchio, sospirava controllando se la gonna "cadeva" bene sui fianchi, era arrivata persino a pettinarsi. Zia Madrina era furibonda: «Quello lì dei Milàn, che non si lavano nemmeno! Con te che hai una zia maestra!»

«Ma son tanto di chiesa, zia. Piero ha anche una sorella suora.»

«C'è chiesa e chiesa, come casa e casa. E modo e modo.»

«Ah, come sei misericordiosa.»

«Non bestemmiare, certo che lo sono. Non lo sposare, no, no, no. Ad Alba c'è un enologo che se ti vedesse...»

In capo a sei mesi – e poi c'era la guerra, uno cosa stava

ad aspettare? – erano nella parrocchia del paese, i Valetto nei banchi a sinistra, i Milano in quelli a destra. Lena guardava di sottecchi le sorelle del cognato sposate ad Alessandria, bardate con cappotti esagerati e spille d'oro, accanto alla madre vestita con il sottanone nero di tutti i giorni e un fazzoletto ancora più fosco annodato sotto il mento. Il buon Talin rigirava il cappello fra le mani e il pa' gli dava dei rassicuranti colpetti sul braccio. Anche a mama Piero non dispiaceva, solo era preoccupata che la figlia più votata alla campagna andasse a sistemarsi in un alloggetto popolare a Cengio, di fronte alla fabbrica detestata in valle perché scaricava porcherie in Bormida.

«Cosa farai là? Vuoi lavorare anche tu all'Acna?»

«Non so, non so. Ci sarà pure un orto da mandare avanti.»

«E se non c'è?»

«Faccio finalmente la sartoria come volevi tu e poi tanto vengo qui a darvi una mano.»

«Ma se tuo marito...»

«Pierin? Pierin gliela faccio amare io la campagna. Di giorno in fabbrica, anche se ci sono i turni, lo so, ma il tempo libero mettiamo su un allevamento di qualcosa, una stalla, due bucìn.»

«Un vitellino, se c'è il posto, ve lo regalerebbe pa'.»

«Ecco, vedrai, ci arrangeremo benissimo.»

«E la madre di Pierin?»

«Uh, figurati se quella scende fino a Cengio attaccata com'è alle sue pecore! Staremo d'incanto, vedrai.»

Non era andata così.

A Cengio scendeva sovente Lena, in corriera ma anche in bicicletta, portando talvolta con sé Anna. Arrivava a quella fila grigia di casermoni al Pian delle Rocchette e sospirava imboccando il viale. Carla e Piero abitavano due bollenti stanzette al piano rialzato, rivolte a sud, con vista sulle ciminiere della fabbrica. Di terra per un orto neppure un quadratino, e spazio per una stalla nemmeno a pensarci. Lena posava la cesta traboccante di verdura, uova e formaggio sul tavolo della cucina e guardava la sorella ingrassare scontenta, le mani in mano.

«Forse mi prendono in un'osteria in paese. In fabbrica non se ne parla.»

«Be', meglio che non far niente.»

«Sì, son ben stufa.»

«E tua suocera?»

«Uh, è qui tutti i momenti a vedere se tengo bene la casa.» Carla alzava gli occhi al soffitto giallino della stanza: «Se si può chiamare casa.»

Lena allora la costringeva a indossare qualcosa, prendeva per mano Anna e uscivano costeggiando la ferrovia. Dopo il passaggio a livello scendevano sulla piazza davanti alla fabbrica. Lena con la bocca storta a guardare i fumi delle ciminiere, Anna che sbirciava curiosa lo stento giardinetto con due panchine. Si sedevano lì e, se era ora, aspettavano che Piero finisse il turno e si unisse a loro. La guerra continuava, remota e altrove, ma a Lena sembrava che stare sedute in quel giardinetto fosse come starci nel bel mezzo, della guerra.

Carla naturalmente faceva finta che ogni cosa fosse perfetta e di non sentire la nostalgia per il Valèt. Anzi, ogni tanto, metteva su un'aria cittadina che faceva silenziosamente infuriare la sorella più grande: «Sai, l'osteria è ben frequentata, ci vengono a mangiare anche gli ingegneri della fabbrica. Se mi prendono a servire mi compro una vesta nuova. Piero ci tiene tanto.»

«Guadagna meglio, adesso?»

«Oh sì, e non è mica dura come in campagna, c'è più libertà, possiamo uscire e venire qui in paese. Occasioni di svago ce n'è tante.»

Lena non si tratteneva: «Ma fatti furba, ma smettila. Qui?» E indicava la spenta facciata della fabbrica, la valle chiusa, Bormida pulita fin quando non attraversava l'Acna per uscirne poi marrone e fangosa.

«Litighiamo? Sei gelosa?»

«Io gelosa? E di che? Di stare in 'sto buco?»

Carla allora tuffava il volto paffuto nel fazzoletto: «Mi odi perché io mi sono sistemata e tu no.»

«Carlin, vuoi due sberle?»

«Provati.»

Anna fissava le sorelle e si metteva a piangere.

«Ecco, l'hai spaventata, non vengo più a trovarti e se vuoi la verdura fresca vieni su tu al Valèt o te la vai a comprare in questo cesso di paese pieno di svaghi e meraviglie.» Faceva per alzarsi.

«No Lena, no, non dire così. Dài, contami cosa fate lassù.»

Lena stava zitta un momento, poi, pentita, posava le mani in grembo fissando le aiuole malaticce e diceva: «Dicono che la perpetua del curato – sai Mariuccia? –, ben, pare che abbia una mezza storia con uno di Camerana.»

«Mannò? Mariuccia, alla sua età?»

«È mica tanto vecchia, è che li porta male.»

«Male? Sembra una sûmmia!» E giù a ridere. E a Lena, seppur col cuore stretto, faceva però piacere veder ridere il Carlin come fossero sedute sul prato della Madonna dei Cavalli, ragazze e nessuna di loro sposata.

Poi arrivava Piero, in tuta, i capelli unti, le mani nere. Anna gli correva incontro e lui si schermiva: «Non mi toccare che sembro un magnìn.» Ma Anna si alzava sulle punte e gli baciava le guance: «Che cattivo odore che hai!»

«Te l'ho detto, puzzo peggio di uno che raschia le pentole!» Ma era una puzza per niente sana, un odore chimico di acido.

Era gentile e costantemente imbarazzato Piero, soprattutto davanti a Lena, così imperiosa e ruvida, più alta di lui di una spanna, così una Valetto dalla testa ai piedi.

Carla se lo baciava anche lei: «Adesso andiamo a casa, ti lavi e facciamo una cenetta. Lena e Anna prendono l'ultima corriera così mangiano con noi».

Anna era stranamente affascinata da quelle due stanzette con vista fabbrica. La stretta cucina, la camera con un alto letto di ferro. Aiutava ad apparecchiare la tavola osservando fuori dalle finestre la sera venir giù e i fumi gialli e rossi delle ciminiere impastarsi col buio mentre nella fabbrica si accendevano migliaia di lucette tremule. Lena e Carla cucinavano chiacchierando con brevi risatine, di nuovo riconciliate, Piero tornava con la faccia pulita, piena di lentiggini, i capelli ancora umidi tirati indietro, e le chiedeva notizie del pa', di mama e di zio Spirito.

Mangiavano in fretta, l'ultima corriera passava alle sette e mezza, si salutavano dal finestrino: «Allora venite a disné domenica, mama prepara il coniglio in umido.»

«Sì, sì.» Poi Carla e Piero sparivano dietro la curva, Anna li vedeva ancora un attimo andarsene sottobraccio verso il Pian delle Rocchette e si chiedeva perché, tutte le volte, a Lena scendevano due lacrimoni sulle guance guardando, senza vederle, le gaggie dissolversi nella sera, sui fianchi dello stradone.

Agosto 1978, safari domenicale

«No, no, ci andiamo tutti.»

«No, no, qualcuno a casa deve restare, cioè io.»

«Però, che barba, per una volta che facciamo qualcosa di foravia.» Giovanni aveva guardato Lena che lo aveva liquidato con un imperioso cenno della mano: «Andateci voi, e bon. Vi preparo il pranzo al sacco se proprio non potete farne a meno.»

L'idea era venuta a Giovanni leggendo la «Gazzetta d'Alba». Sulla paginona pubblicitaria spiccavano fotografie e titoli a grossi caratteri: ANIMALI SELVAGGI IN UN PERFETTO HABITAT NATURALE, e sotto: ITINERARIO PERCORRIBILE CON LA PROPRIA AUTOMOBILE. Ma la cosa che lo aveva intrigato era stata la mappa con i numeri a segnalare gli animali, esotici o meno: 1) Ippopotamo, 2) Orso bruno, 3) Cinghiale nostrano. Via via saltando fra emù e caprette tibetane, bisonti americani e tigri indiane. Ma pensa, nel bel mezzo della Langa a neanche venti chilometri da loro. Ne aveva già sentito parlare dell'ormai celebre «Parco Safari di Murazzano (Cn)» aperto due anni prima, ma, come la maggior parte della gente della zona, l'aveva preso per un'assurda bizzarria, un'attrazione turistica fra le più strampalate. E forse, anche, una grandiosa fregatura per persone ingenue come loro. Un po' come lo scherzo che raccontava una volta il cé quando, ragazzo, era andato alla fiera di Bra e c'era un baraccone con un imbonitore che strepitava: «Venghino signori venghino ad ammirare Virginia al bagno, spettacolo più unico che raro giunto appositamente da Paris.» E i contadini si pigiavano ansimanti come buoi nel tendone per trovare poi un sigaro – appunto un virginia – a mollo in una bacinella.

Però, però... Nino il barbiere c'era andato al parco safari con moglie e figli e gli aveva detto che valeva il viaggio, soprattutto, a detta sua, per una mandria di pony che piccoli così non se l'era mai neppure immaginato che esistessero. Concludendo: «È un sano divertimento per grandi e piccini.»

Tanto per riepilogare un po', va tenuto presente che nell'agosto del 1978 Giovanni ha trentatré anni, Lena, Carla e Anna oscillano fra i cinquantacinque e i cinquanta e i gemelli, coinvolti pure loro nella gita, cinquantacinque compiuti.

Giovanni aveva preso le dovute informazioni: apertura domenicale con orario continuato, zona ricreativa libera con bar e tavoli sotto gli alberi, bastava scollinare al passo della Bossola e voilà.

La preparazione era stata meticolosa e, al solito, agitata. Carla: «Che scarpe ci mettiamo?»

Anna: «Ma cosa dici? Dei sandali, no?»

«E se c'è il fango?»

«Fango? Con questa arsura? E poi Giuanin dice che si fa tutto in macchina.»

«E non scendiamo mai? Mangiamo in macchina?»

«Ma no, ci sarà l'asfalto, o la ghiaia. Ma molla, mettiti le scarpe che vuoi.»

I gemelli erano i più emozionati: «Meglio la giacca o possiamo tenerci la camicia di tutti i giorni?»

«Ma fate fürb, cosa ti metti la giacca, andiamo a vedere delle bestie e non a messa.»

«E facciamo le foto?»

«Sì, naturale, per ricordo.»

La sera prima, uno strano sabato sera afoso con persino le vespe esauste dal caldo sotto la pergola, se ne stavano sull'aia dopo cena a cogitare lugubri: «Se piove addio gita.»

«No che non piove. Forse stanotte, ma domani no.»

«Hmm, mi sa che piove. Si rompe il tempo, siamo quasi a Ferragosto, d'altronde.»

«Se fa brutto ci andiamo domenica prossima.»

«Domenica prossima c'è la festa a Levice, la perdiamo?»

«Ma tanto non piove.»

Giovanni aveva guardato le nubi, bianchissime anche nel nero profondo della notte, ammassarsi verso Monesiglio. Aveva pensato: "Eh, no, che domani faccia bello, uffa."

E infatti, al mattino sul presto, alzandosi e subito andando a sbirciare dietro le tende, gli era corso incontro l'annunciarsi di una giornata di smagliante limpidezza. Una giornata assolutamente perfetta per andare in gita, la più bella dell'anno.

Stipati nel Fiorino azzurro di Giovanni ci sono: lui alla guida e Carla seduta accanto con, tenute ferme dai piedi, tre bottiglie di Grignolino che così stanno dritte e il vino non patisce. Dietro, stretta fra i corpulenti gemelli con identiche camicie a quadretti, Anna, uno scialle arrotolato in grembo perché non si sa mai se viene a far fresco.

Il baule è ricolmo di provviste, Lena ha preparato il giorno prima due enormi teglie di carpione (zucchine, cotolette, uova strapazzate) racchiuse fra molteplici strati di plastica (perché se il carpione si capovolge è un bel guaio).

Il paventato rovesciamento delle teglie costringe Giovanni ad affrontare le decine di curve a velocità ridottissima. E un bel salame cotto e uno crudo, due tome, della fontina, un'arbarella di acciughe al verde, uno scodellone – anch'esso ermeticamente sigillato – di insalata russa, pane e grissini, il bounet fatto da Anna, le paste di meliga e tre chiletti di ramasìn («Non mangiatene troppi se no correte al gabinetto. Ci sarà un gabinetto lassù?»). Il caffè, hanno deciso, lo prenderanno al bar del parco safari. E piatti, tovaglioli, posate, bicchieri, incartati uno a uno in una cesta dal manico robusto.

«Manca niente?» Giovanni scuote la testa vedendo Lena che depenna rapida la lista mentre i gemelli caricano il Fiorino.

«Volete anche delle albicocche?»

Ora, nel furgone, Anna declama i paesi che attraversano come fossero in una regione visitata cent'anni prima: «San Benedetto, ah! Guarda Carlin, lì abitava Orsolina, te la ricordi Orsolina?»

«E là c'è Cadilù. Nonna Maddalena veniva da Cadilù, la cascina i cugini l'hanno poi venduta – malamente – a uno di Bonvicino.»

«Non era bene esposta la cascina di nona, lei i reumatismi li ha presi fin da giovane.»

«Però c'erano tante belle piante da frutto. Ti ricordi, Carlin, quei prusot? Che buoni, mai più mangiati buoni così.»

Giacomo, sporgendosi avanti: «Ma senti un po', Giuanin, sarà ben recintato il zoo?»

«Speriamo! Pensa se adesso ci troviamo una pantera nera in mezzo alla strada!»

Così si sporge anche Germano aguzzando gli occhi alla prossima curva.

«Qui, su questo tratto di strada» prosegue Giovanni, «in tempo di guerra hanno ammazzato dei tedeschi.»

Nessuno degli altri commenta. Carla raddrizza una bottiglia che le si è inclinata fra i piedi: «Non abbiamo preso dell'acqua! Ecco cosa abbiamo dimenticato!»

Le risponde Anna: «Sì che c'è, ho messo due bottiglie di Lurisia nel baule.»

«Ah, bon.»

Al passo della Bossola il furgoncino svolta a sinistra in direzione di Murazzano. Oltre il crinale boscoso, fitto di aceri, con una luce abbagliante veramente africana, par loro di sentire già il pungente odore delle bestie feroci.

«Assomigliano... assomigliano a qualcuno che non mi viene in mente.»

Carla: «Al sacrista di San Bastian, stessa ghigna!». Ridono tutti e cinque, scesi dal Fiorino lasciato con le portiere spalancate, in piedi contro la recinzione. Al di là della rete, da uno stagno marrone e oleoso, spuntano i musi immemori di due ippopotami.

«Ma non si vede niente, non si capisce come sono fatti.»

«Per me sono enormi, due grossi buginâs.» Germano misura gli ippopotami come vitelloni.

«E sono sporchi come maiali, in quell'acqua!»

«Non è mica vero che sono sporchi» Anna spiega paziente, «è che con le zampe alzano la melma del fondo.»

«Per me» Carla si appoggia alla rete, «son sporchi forte.»

Giovanni, qualche passo più in là, prepara l'inquadratura con la macchina fotografica. Ma è difficile: o inquadra loro o gli ippopotami, rinuncia: «Andiamo più sotto a vedere...» consulta il dépliant che gli hanno consegnato alla cassa, «gli orsetti lavatori».

Si avviano a piedi mentre Giovanni sposta all'ombra il Fiorino che si è già riempito di mosche. Parcheggiando qualche metro più in basso sente le mame squittire: «Ma che belli, guarda Carlin!»

Un gruppetto di procioni si avvicina a loro infilando i musi fra le maglie della rete.

«Mordono?»

«Tu prova a fargli una carezza.»

«Prova tu.»

Anna avvicina una mano, il procione gliela annusa, fa un leggero verso, un rumore come di pinze aperte e chiuse.

«Avranno fame? Gliene daranno da mangiare a 'ste povere bestie?»

«Massì, stanno da puciu, si vede che li trattano bene.»

Infatti il luogo è pulito, vasto, curato. Gran prati e alberi dappertutto. E in giro ci sono solo loro, sarà perché sono appena le dieci del mattino.

Poi è la volta della prima vera emozione: un cartello avverte che, nel prossimo tratto, è vietato scendere dal mezzo e bisogna tenere i finestrini ermeticamente chiusi. Di nuovo stipati, un cancello di ferro scorre davanti al furgoncino, poi, mentre si richiude, se ne apre un altro. Giovanni guida a passo d'uomo scrutando i dossi, il prato che appare dopo una curva in discesa. Tacciono finché a Giacomo vien fuori uno strozzato gridolino: «Oh, Maria vergine, che gatâs!»

Una colossale tigre si avvicina flemmatica al Fiorino, sbadiglia tediata. Nel suo occhio d'oro sono riflessi questi cinque umani asserragliati fra l'atterrito e il festante in una scatola azzurra e lucente. La tigre li fissa un istante, lei che ha visto ben altri paesaggi, ben altri umani di cui conserva un ricordo lontano ma ancora nitido. Ragiona – se così si può dire – che non ha nulla da temere da questi cinque che non sembrano neppure carne tanto fresca. Li abbandona per raggiungere una compagna che annusa un nocciolo. Si sfiorano le code, si sdraiano sontuose all'ombra. Strana vita, strano luogo.

I nostri, affascinati come davanti a un miracolo, sfilano silenziosi perché sì, nelle marezzature cangianti della pelliccia della tigre hanno intuito un arcano incantesimo.

Ma di viaggi – o gite come preferisce chiamarle – Giovanni qualcuno ne ha fatto. Era stato con la Comunità Montana locale in Savoia a studiare le coltivazioni di barbabietole e la raccolta del fieno come la fanno lassù; e un'altra volta in Baviera, viaggio che gli era piaciuto moltissimo, e che si era presto trasformato in una vera scampagnata, per andare a vedere certi allevamenti di bestiame. Erano tutti maschi, di età diverse, e c'erano state bevute clamorose. Avevano dormito in un paesetto circondato da austere montagne con linde case di castagno, magnifiche legnaie perfettamente ordinate e prati di uno smeraldo mai visto. Risalendo verso Monaco in una campagna dolcemente ondulata, con bassi cieli celeste attraversati da una sfumatura tortora, si erano fermati su un lago stretto e lungo, profondamente viola e agitato come un oceano. Monaco gli piacque moltissimo con i suoi parchi sterminati e la gente stesa al sole a leggere il giornale. Anche a Monaco i suoi compagni si erano presi delle gloriose sbronze, decretando che la birra qui è proprio un'altra cosa che da noi. Avevano visitato il Museo della Scienza e della Tecnica su un'isola in mezzo al fiume e Giovanni s'era perso nei mappamondi, nei giroscopi giganti, nelle macchine del vento sentendosi felice e giovane. Notava uomini che un po' gli assomigliavano, alti e biondi come lui. Tornò da quel viaggio con ogni sorta di sciocchezze, persino un arnese per fare il caffè all'americana, con i filtri di carta (poi mai usato: Lena, rimettendolo nella confezione originale ben sigillato nel cellophane, l'aveva riposto nella dispensa sull'ultimo ripiano vicino a una vecchia Imperia, quella per fare le tagliatelle). Ma aveva portato anche alle tre mame altrettanti orsacchiotti di pezza con la pettorina di cuoio e la stella alpina pinzata nel nastro del cappello.

Al mare ci andava meno volentieri. Aveva tentato le prime escursioni a Spotorno e Finale, già zeppe di palazzoni, bambini urlanti e mamme troppo svestite e troppo abbronzate. Una volta aveva organizzato con le mame – quel giorno insopportabili: il cibo, i prezzi, il caldo – fino a Sanremo. Di farle entrare al casinò non c'era stato verso. Erano tornati indietro verso la più domestica Porto Maurizio dove, in una stradetta del vecchio centro, si erano imbattuti in un negozio di alimentari la cui proprietaria, un corpulento donnone dalla spumosa parlata delle loro parti, li aveva invitati nel fuligginoso ma ventilato retro a mangiare angurie e assaggiare i pomodori sott'olio. Si era in breve scoperto che era cugina di loro antichi parenti di Pocapaglia – il mondo è proprio piccolo – e si era allora proceduto alla stappatura di un vinello bianco e profumato, una Lumassina prodotta dal marito. Era stato un bel pomeriggio, a guardare il mare dalle finestrelle spalancate del retrobottega, le donne che infilavano alberi genealogici fitti di cognate e prozii dai nomi sconosciuti, Giovanni alle prese con la quinta fetta d'anguria sulla tela cerata consunta e appiccicosa del tavolo. Si erano scritti per anni con Maria, la formidabile "cugina" di Porto Maurizio e una volta era venuta lei al Valèt, col figlio adolescente, a far morire tutti dal ridere con barzellette molto ma molto spinte.

A Roma non c'era mai stato, Genova l'aveva vista dal

treno andando una volta a Livorno al funerale di un cugino – il figlio di una delle Milàn – morto lì in un incidente. A Livorno, inaspettatamente, s'era fermato qualche giorno. Faceva il bagno sui bassi scogli sotto la passeggiata, il sole che tramontava davanti a lui all'orizzonte e, quella volta, il Valèt gli era parso sfuocato, come un ricordo sbiadito appartenuto a un altro.

Si era sentito piacevolmente solo passeggiando la sera lungo il porto a guardare le navi partire, chiedendosi dov'erano dirette, che persone ci fossero sopra. Ma era settembre, tempo di preparare il fieno per l'inverno. Dopo tre giorni era tornato con l'ansia del traditore che desidera farsi perdonare.

Ma i viaggi più avventurosi Giovanni li ha fatti con la fantasia, complici, dal primo che Anna gli regalò a sette anni, gli atlanti. Col tempo è diventato un esperto collezionista e sa dov'è il Wyoming e quanto è grande, o il nome di un paesetto in Danimarca dove il mare del Nord s'incontra col Baltico in una lingua di sabbia perlacea non più larga di un metro.

Ma di questa passione se ne riparlerà a tempo debito.

Quel memorabile giorno di agosto al parco safari fioccarono le rassomiglianze, alcune ardite, altre perfettamente azzeccate.

Il muso del dromedario era, secondo Carla, tal quale quello della marchesa vecchia, e anche il colore del manto ricordava il biondo un po' pasticciato e non più originale della signora. Secondo Germano i maialini del Vietnam sculettavano come Nora e Netina del Robertiero, buonanime; e sicuramente – Giacomo in competizione col gemello – i macachi avevano la stessa aria malignetta delle zie di

Alessandria di Giovanni, quelle cognate di Carla mai più viste da oltre vent'anni.

Ma il gran divertimento, senza poi riportarlo, tenendolo fra loro come il più squisito dei pettegolezzi, fu quando Anna apostrofò un altero guanaco ruminante: «Oh, Lena, sei poi venuta anche tu allo zoo.» Da morir dal ridere. Giovanni a scattare fotografie, a guidare la truppa in una piccola prateria dedicata ai bisonti americani (qui la loro attenzione fu del tutto professionale), a intenerirsi, come se non ne avessero mai viste, per le caprette che venivano a scrutarli da vicino, lo sguardo umido e intimorito.

Il pranzo – perché fu un vero pranzo – fu servito sotto i pini su tavoli e sedie forniti, come Giovanni sapeva, dal parco medesimo. E altri gitanti con un panino in mano scrutavano curiosi quel gruppetto di adulti compiti con tanto di tovaglia immacolata e veri piatti alle prese con carpioni, salami e insalata russa.

Carla dichiarò che non si era divertita così da anni, i gemelli – da quei bambinoni che in fondo erano rimasti – commentarono a lungo gli animali visti, Anna tornando si avvolse le spalle nel suo scialle ricamato, e Giovanni, ancora una volta, provò la misteriosa sensazione che proverà per il resto della vita. Di essere l'artefice e insieme il prigioniero di un meraviglioso prodigio.

Per anni, forse ancora oggi, sul ripiano della madia, in una bella cornice di legno intagliato, campeggiò una fotografia a colori: loro cinque in posa davanti all'imperioso guanaco.

Anna

Anna è del '28, nata l'ultimo giorno di marzo. Negli album di fotografie del Valèt – grossi, ordinatissimi quaderni dalla copertina di cartone rigido rivestito di vellutino porpora – c'è una sua immagine a cinque o sei anni con la madre e la nonna materna, Felicita Grasso, che poi sposò il nonno Delpiano. Sembra il ritratto della stessa donna in tre età diverse. I Grasso e i Delpiano erano originari del Roero, oltre Tanaro, famiglie già benestanti nell'800, commercianti di vino, chimici e farmacisti con, nell'albero genealogico, qualche rametto di piccola nobiltà di provincia. Proveniva forse da questi agganci un certo loro essere naturalmente distinti senza affettazione, chiari, occhi grigi come acqua invernale, ossatura minuta. Nonna Felicita, Felicina in casa, era sempre sorridente, calma, parlava con gli animali e viveva in una grande cascina fra Guarene e Priocca. In tempo di guerra portava il pane agli sfollati, cuciva elaborate trapunte – le catalogne – e i bambini del paese la guardavano passare a bocca aperta, qualcuno segnandosi, tanta era la soavità e il rispetto che spandeva. Suo marito, il nonno Giuseppe, Gèpu in famiglia, aveva ispidi baffetti bianchi, un cappelluccio color tortora e a Natale preparava un celebre brasato al Barolo. Famiglie, per tradizione, di grande sobrietà.

Anche da molto anziana, per mettersi di buon umore, ogni tanto – e specialmente nei giorni intorno al suo compleanno – Anna recitava fra sé muovendo lieve una mano con i medesimi gesti da piccolo teatro scolastico che la maestra Marchisio le aveva insegnato in terza elementare:

Che dice la pioggerellina
di marzo, che picchia argentina
sui tegoli vecchi
del tetto, sui bruscoli secchi
dell'orto, sul fico e sul moro
ornati di gèmmule d'oro?

Passata è l'uggiosa invernata,
passata, passata!

E al «passata, passata» lei e Carla facevano all'unisono un gesto come di un vigile che dirige il traffico, scoppiando a ridere per qualche loro antico e dimenticato scherzo. Almeno finché Carla fu in grado di capire. Dopo, Anna se la cantava da sola e il verso che preferiva era: «Domani uscirà Primavera / guernita di gemme e di gale.»

Quel «guernita» le piaceva moltissimo, quasi come – e anche quelli li ricordava a memoria seppur con qualche lacuna – i versi più faticosi ed esotici del Vate quando si arrivava alle «tamerici salmastre ed arse».

Ah, le tamerici salmastre ed arse!

«Ma senti un po'» Carla si tirava la treccia mormorando: «Chi sono 'ste tamerici salmastre? Dei pesci?»

«Ma no, saranno delle piante. Più avanti c'è scritto che piove sui pini e sulle ginestre.»

«Chiediamolo a zia Madrina.»

Ma poi, per chissà quale oscura pudicizia, come fosse

una cosa da adulti di cui bisognasse provare vergogna, quando zia Madrina arrivava al Valèt – o erano loro ad andare ad Alba – non le chiedevano niente. Lo scoprì Anna da sola, col dizionario, e le venne una gran curiosità di andarli a vedere, quegli alberelli pallidi e tremuli che crescevano in riva al mare. Una volta che andarono in Riviera ne scorse un polveroso boschetto sul bordo di una spiaggia e disse a Carla: «To', guardale lì, le salmastre!»

E Carla, confondendo versi e poeti, declamò: «Passate, passate!» muovendo energica la destra.

C'era da restare incantati dal suo biondo, dal personale svelto e proporzionato. Lei e Carla, seppure così diverse quasi da non sembrare sorelle, erano alleate. Per far arrabbiare Lena fingevano di bisbigliarsi chissà quali segreti. La sorella maggiore le sorprendeva vicino al forno che ridacchiavano: «Ma cos'avranno queste due da raccontarsi?» E loro scoppiavano a ridere vedendo l'altra fremere di curiosità.

Il ricordo di quelle risate confortava Anna quando, ventenne, certe sere ad Alba sembrava che il tempo non passasse mai, e dopo aver cenato con zia Madrina correggeva i compiti dei suoi alunni e stava a guardare fuori dalla finestra la nebbia invadere la piazza sotto casa.

Al mattino prendeva la corriera per Bra, si faceva lasciare alla stazione ferroviaria e imboccava il viale che portava alle scuole. I bambini erano bravi, di famiglie perbene, qualche volta le portavano dei fiori o dei cioccolatini. C'era una signora molto bella e distratta che aveva sempre l'aria di essere in ritardo o di aver dimenticato qualcosa di importantissimo. Arrivava con una Topolino color crema, scaricava i suoi due maschietti, si fermava a chiacchierare:

«Mi hanno detto che lei è del Bormida, dalle parti di Cortemilia...»

«Sì.»

«Avevo dei parenti là. Le piace insegnare?»

«Molto.»

«Però è una bella fatica tutti i giorni da Alba a Bra.»

«Ma no, non tanto.» Anna rideva: «Sì, in effetti su e giù con la corriera.»

«Perché non prende la patente?»

«Ci ho pensato.»

«Be', se decide le faccio fare un po' di pratica. Io non so come farei senza macchina.» La signora sorrideva, infilava i guanti, apriva lo sportello dell'auto indicando i bambini che entravano nell'edificio: «Se i miei figli si comportano da delinquenti mi chiami, mi raccomando.»

«Ma no, sono bravissimi.»

La signora faceva un cenno di saluto dal finestrino e spariva sgommando un po'.

Le piaceva guardare le teste dei bambini chine sui banchi a scrivere. Ogni tanto alzava gli occhi alla finestra e si accorgeva che stava per essere sopraffatta da un inaspettato moto d'angoscia. Appoggiava allora le mani alla cattedra spiando il suo volto riflesso nel vetro della finestra. Ma nessun segno tradiva l'improvviso malessere. Una bambina che le ricordava Carla da piccola – scriveva pinzando la punta della lingua fra i denti – alzava la testa e le sorrideva. Anche lei sorrideva e si sentiva di colpo al sicuro, lì in mezzo ai bambini.

La scuola era stata appena inaugurata, una costruzione giallina in cemento in mezzo a nuovi condomini. C'era un giardinetto minimo che finiva contro il muro di mattoni di una fabbrica. Era tutto nuovo, pulito, asettico. Ad Anna, ogni tanto, mancavano – tanto da toglierle il respiro – gli odori del Valèt: quelli della cucina, della stalla, dei prati dietro casa. Mentre i bambini scrivevano in silenzio osservava le proprie mani curate, la piega perfetta della gonna. Nel vetro sbirciava i capelli in ordine, il foulard annodato al collo. E le veniva una potente voglia di uscire, scalciare le scarpe, appoggiare la schiena contro il noce accanto al fienile. Le sembrava – mentre immaginava di intagliare una ghianda con un coltellino insieme a zio Spirito – che la sua famiglia si fosse assurdamente dispersa: zia Madrina nell'alloggetto di Alba, Lena lassù ad accudire da sola il pa' e la mama precocemente invecchiati, Carla chiusa nelle due stanze a Cengio. E Giuanin, così piccolo, affacciato alla finestra della cucina a guardare la fabbrica dove lavorava Piero. Sentiva che avrebbe potuto mettersi a urlare. Le veniva talvolta in soccorso zio Spirito, il volto arguto come disegnato sulla parete bianca di fronte, al fondo dell'aula.

«Tanto non è qui il tuo posto, Annetta. Stai tranquilla, vedrai. Pensa però alla faccenda della patente, come ti ha detto quella signora. La prendono tutti oggi la patente.» Il volto dissolveva mentre un bambino alzava la mano per chiedere il permesso di andare al gabinetto.

Zia Madrina era in pensione ma non si decideva a tornarsene al Valèt: «Vuoi mica che ti lasci qui sola? Chi lava e stira? Chi ti accudisce che hai già il tuo da fare con la scuola?»

«Potrei cavarmela benissimo, zia.»

«Allora vuoi che me ne vada, eh?»

«Ma no, ma cosa ti viene in mente? È per te che lo dico, piantata qui tutto il tempo.»

«Non ho voglia di andare al Valèt, sarei solo d'impiccio adesso. Lena ha già da guardare quei due poveretti. Ah, come siamo diventati vecchi! Che brutta la vecchiaia! Non diventare vecchia!» Si appuntava due visoni bianchi al collo del paltò e andava a vespro nella chiesa di San Paolo.

A proposito dei visoni di zia Madrina c'è una storia che merita di essere riportata.

Ecco zia Madrina pronta per uscire: i visoni sono al loro posto, con una spilla d'oro sul revers del cappotto, le pupille di vetro azzurro che sembrano fissare fulminate il cappello già indossato, le zampette pendule. Lei si guarda intorno, va in camera sua, prende da un cassetto un fazzoletto stirato, controlla nel portamonete se ha degli spiccioli, chiude la borsa di vernice nera appoggiata sulla console dell'entrata. Dice ad Anna imboccando le scale: «Vado a messa, se esci il pane lo compri tu?»

Mattino a messa – sul presto nei giorni feriali, alle undici in duomo la domenica. Poi, nel primo pomeriggio un rosario e prima di sera a vespro in San Paolo. Un altro rosario, canticchiato, lo dice da sola, nel letto prima di addormentarsi.

Ed eccola che un venerdì sera di gennaio – fuori è buio e prevedibilmente una nebbietta noiosa sale da Tanaro – torna a casa senza i visoni. Anna la vede dalla cucina, abbassa la fiamma del gas, le viene incontro nell'entrata: «Cosa è successo? Sei senza i visoni.»

Zia Madrina ha l'aria un po' seccata. Si leva il cappello passandosi rapida una mano sui capelli bianchi tagliati corti: «Oh, uffa, sono proprio arrabbiata.»

«Con chi, ti hanno mica aggredita?»

«No, no. Ce l'ho con me stessa. E che...» Adesso è imbarazzata, si sfila nervosa il paltò, lo appende alla gruccia.

«Vuoi dirmi cosa ti è capitato?»

«Eh, eh... oh, insomma. È che quando è passato il sacrestano per l'elemosina... be', ho aperto la borsa e mi sono accorta che ero senza monete.»

«E allora?»

«Che vergogna, mi vedi che non lascio niente alla chiesa?»

«Vuoi dire...»

«Massì, lui era lì che mi guardava imbambolato in attesa e io cosa vuoi che facessi? Mi sono tolta i renard» così zia Madrina chiamava la sua coppia di visoni «e gliel'ho dati. Cosa vuoi che facessi, una buona volta?»

C'era stata il giorno dopo la delicata operazione del riscatto dei *renard*. Di buon'ora era squillato il telefono: «Parlo con la signorina Valetto?»

«Oh, buongiorno padre, stavo proprio per venire da lei.» Dall'altra parte del filo Anna aveva sentito una risatina trattenuta: «Lo immaginavo, cara, lo immaginavo. È che sua zia, quella santa donna, ieri sera, temo...»

Così Anna era uscita, aveva attraversato la piazza – non sapendo se continuare a ridere come aveva fatto per buona parte della sera prima o no – e si era brevemente intrattenuta in sacrestia col parroco.

«...Quando ho visto Flipòt arrivare con le due pregiate pellicce della sua cara zia» aveva detto proprio così, «ho subito intuito l'equivoco. Anzi l'ho anche rimproverato Flipòt: "come si fa ad accettare un'elemosina, che dico, un'offerta così?! Ti ha dato di volta il cervello?" Ma sono anziani, cosa vuole, abbia pazienza cara signorina. E mi saluti tanto la carissima zia.»

Perciò, dopo aver omaggiato il parroco di un'offerta più generosa del normale quotidiano, Anna si era ripresa le «pregiate pellicce» e le aveva riconsegnate alla devota pasticciona. Ma poi, al Valèt, sai le risate: «Uh, se la fate lunga con 'sta storia. Avrei voluto vedere voi nella mia situazione!»

Un pomeriggio di aprile la bella signora era passata a prendere i figli a scuola: «Allora, signorina, come si comportano questi assassini?»

«Il più piccolo è un po' monello.»

«Ah, disgraziato!» La signora aveva finto di rincorrere intorno alla Topolino il figlio minore che era già scappato a dare calci a un pallone. Si era messa a ridere: «Molto monello? Proprio da due sculacciate come si deve o solo un urlaccio?»

«No, diciamo un rimprovero, ma piccolo.» Erano scoppiate a ridere. La signora l'aveva squadrata: «Allora, questa patente?»

«Sì, mi piacerebbe.»

«Ma benissimo. Qui a Bra c'è una buona autoscuola. O preferisce prenderla ad Alba?» E senza attendere risposta: «Forse ad Alba le è più comodo, sì. Ah, senta, sto proprio andando là a trovare un'amica, le do un passaggio?»

«Volentieri.»

Avevano scaricato i due ragazzini davanti al cancello di una grande villa bianca: «Dite alla nonna che sono a casa per cena. Ciao ciao.»

La signora aveva controllato che i figli varcassero il cancello, si era accesa una sigaretta: «Oh, bene. Che dice, prendiamo un caffè?»

Sedute al tavolino di un bar a metà strada fra Bra e Alba, la signora aveva acceso un'altra sigaretta: «Anch'io sento nostalgia dei miei, no, non sono di Bra, lo è la famiglia di mio marito. E, a essere sincera, non è sempre facile. Mia suocera è, come dire, piuttosto comandoria. Le suocere, sa...» Ma non aveva proseguito.

Anna le aveva sorriso: «Il sabato, se posso, torno su dai miei. Da Alba non è distante.»

«Ecco un buon motivo per guidare, per essere più indipendente.» La signora l'aveva fissata con uno sguardo di simpatia nel quale si leggeva una traccia d'infelicità: «Perché non si sposa? Lei è molto bella, lo sa, vero?»

Anna era arrossita: «C'è tempo.»

«Quanti anni ha?»

«Ventitré, appena compiuti.»

«Sì, ha tutto il tempo.» Ancora la donna sembrava essersi persa in qualche suo nascosto pensiero. Aveva fatto un cenno al cameriere chiedendole: «Un altro caffè?»

«Sì, grazie.»

Il cameriere aveva preso le ordinazioni, se n'era andato.

«Mi scusi, non volevo essere indiscreta, ma lei è così giovane, così carina. Mi chiedo come faccia a governare quella banda di piccole canaglie. Sembra una bambina anche lei.»

«Mi piace insegnare. Mi piacciono i bambini.»

«Sposarsi... a volte è una strana cosa. Ci dicono che prima o poi ci sposeremo e avremo dei figli, e che la famiglia è la cosa più bella del mondo, e in un certo senso è vero. Però.» Aveva aperto la borsetta, si era rapidamente guardata nello specchietto del portacipria: «Però è come se diventassimo... dei robot». Una piccola risata: «Sono goffa nel trovare le parole, volevo dire che un bel giorno ti trovi quest'uomo accanto, e poi aspetti un bambino e poi un altro e tutti vogliono che tu sia felice, la donna più felice della terra. Che tu sappia fare degli inviti, scegliere un vestito, accettare un regalo. Tuo marito – che magari è un uomo a postissimo, generoso, anche affettuoso a suo modo – ti guarda chiedendosi perché invece non sembri per nulla contenta, e non sa come chiedertelo, e tu pure non sai come spiegarglielo. E così si sta zitti, si parla di cose qualunque, di quello che combinano gli altri, di chi sta facendo soldi e carriera o, se è il caso, di cambiare i mobili della cucina. Ma poi succede che certe volte non capisci bene dove ti trovi. Quasi ti chiedi chi sono queste persone che hai intorno, suoceri, cognati, gli stessi bambini. Allora torni a trovare i tuoi e hai l'impressione di non essere più una di loro. Sei sposata adesso, hai una famiglia tua, una casa diversa, frequenti gente che loro non conoscono. In qualche modo ti senti respinta. In fondo, a pensarci bene, è strano che un uomo resti a casa sua mentre noi veniamo esiliate in casa d'altri, non trova?»

Il cameriere era tornato con i caffè. La signora lo aveva ringraziato distratta. I suoi occhi parevano ora più scuri: «Ti senti un'estranea, anche a te stessa. Ti rendi conto che la prima cosa da fare è capire chi sei, e ti piglia una grande paura di scoprire che non sei quella che gli altri si aspettano tu sia.»

Ad Anna era venuta voglia di allungare una mano, per offrirle un segno di solidarietà. Si era trattenuta, vinta da un forte senso di pudore. La signora aveva scrollato i capelli neri: «Mi perdoni, crederà che sia matta. Lei è troppo giovane, oppure no, può capire: la guerra ha cambiato tutto. Nel giro di un niente siamo stati catapultati in una vita completamente nuova. E ci dobbiamo adeguare, in fretta. Dobbiamo pensare a cose che qualche anno fa, neppure...» aveva sbuffato, «dove andare in vacanza, ad esempio.» Era scoppiata a ridere: «Se lo immagina qualche anno fa: pensare a dove andare in vacanza? Ah, sembra una follia. In casa a volte mancava tutto, i bombardamenti, andavo in bicicletta da Alba fino ad Asti. E adesso siamo indecisi su quale spiaggia scegliere. E a volte nessuno, ma proprio nessuno, hai un bel chiedere, ha voglia di dirti cosa sta succedendo davvero.»

«È la povertà, signora. Nessuno vuol più sentirla nominare la povertà, la miseria che si è patita.»

La donna si era passata una mano sulla bella fronte aperta: «Io però non riesco a dimenticare. Mi dispiace dimenticare.»

Prendere la patente si era rivelata una cosa molto più semplice di quanto avesse immaginato. Appena ottenuto il foglio rosa l'aveva mostrato alla signora di Bra. Lei la portava nelle periferie dove stavano sorgendo nuovi quartieri. In mezzo a cantieri, gru, strade polverose appena tracciate le aveva insegnato a guidare. Ridevano molto mentre i muratori fischiavano loro dai ponteggi.

La signora era alta, un viso quasi selvaggio, bellissimi vestiti portati però con negligenza. Rovistava nella borsa di paglia, vuotava il contenuto sul sedile della Topolino: «Ah, queste sigarette!» Cercava invano l'accendino d'oro, frugava nel vano portaoggetti, scovava una scatola di fiammiferi da cucina, ne accendeva uno sfregandolo contro una zigrinatura del cruscotto.

Si fermavano nei caffè dei dintorni, a volte erano delle osterie, chiacchieravano guardando i vecchi al biliardo, giocando con i cani da cortile. Parlava di più la signora, le raccontava di suo marito, dei bambini, della vita familiare e ad Anna pareva che la donna non avesse amiche.

«Ah, ne ho, ma sono per lo più giovani mamme come me alle prese con problemi domestici: tende nuove, macchina nuova, amante nuovo. Mi stufo.»

Non erano passate al tu ma ogni tanto la signora le diceva: «Tu sei così giovane, mi piace parlare con te.»

L'aveva anche invitata a casa a prendere il tè. La villa era molto grande e sembrava piena di gente che sbucava da ogni parte: la suocera, le cognate, i bambini, un giardiniere. La suocera, una donna dall'aspetto severo, aveva chiesto gentilmente ad Anna dei nipoti. Il tè era stato servito in giardino sotto un pergolato di vite canadese. La signora sembrava a disagio, parlava meno, osservava la suocera che evidentemente dominava la vita della villa. Poi era arrivato anche il suocero, un uomo non alto, gentile e sorridente.

Anna ricordava ancora anni dopo com'era vestita quel giorno la signora. Un'ampia gonna bianca a pieghe con un disegno a grossi papaveri e una camicetta senza maniche con il collettino alto, di foggia orientale. Portava dei cerchi d'oro alle orecchie e al dito solo la fede. Ai piedi aveva delle paperine bianche. Sorrideva più al suocero che alla suocera, chiamava i bambini, tormentava con un gesto ruvido eppure tenerissimo l'orecchia di un gatto accucciato in grembo.

Un pomeriggio di maggio inoltrato, era un lunedì, passò a prenderla a scuola: «Mio suocero vuole comprarmi una macchina più grande per via dei bambini. Perché questa non la prende lei?»

Anna aveva fatto una smorfia stupefatta: «Ma non so se...»

«Non le piace? Eppure la guida benissimo. Su, la prenda lei.» Si era fermata di botto: «Oppure è il costo che ti preoccupa?»

«Be', sì. Non credo che... Dovrei chiedere a...»

La signora l'aveva guardata: «Senti, non ti voglio mettere in imbarazzo, ma» si era mordicchiata un'unghia, «l'auto è mia, te la regalo.»

Anna era arrossita. La signora di colpo aveva cambiato espressione: «Mi scusi, l'ho turbata, sono una sciocca.» Ma era sembrata lei la più impacciata. Inaspettatamente era risalita in macchina, i bambini erano già seduti sul sedile posteriore. Senza dire altro era ripartita.

Cosa penserà la gente? Una ragazza di campagna, una semplice maestra, già con l'automobile. Quella di una signora borghese. E poi, perché vuole regalarmi la sua macchina?

Anna, quella settimana, aveva dormito poco, passava le notti a tormentarsi: "Non posso accettare, piuttosto le chiedo quanto costa la Topolino, quanto l'hanno valutata. C'è il denaro che mi ha lasciato zio Spirito. Cosa penseranno al Valèt?" Ma col passare dei giorni si era accorta che a preoccuparla maggiormente era il silenzio della signora che non era più passata a scuola. "L'avrò offesa in qualche modo? Cosa sta succedendo?" E ancora "Cosa vuole da me?" L'anno scolastico stava per finire, non osava chiedere ai due bambini notizie della madre.

La settimana dopo, era l'inizio di giugno, ricevette una lettera dal provveditorato. Le si comunicava che l'anno seguente si sarebbe liberato un posto da maestra nella scuola di Diano e, dato che lei aveva fatto domanda di avvicinamento, che rispondesse al più presto.

Un luogo più vicino ad Alba, ed anche al Valèt. Per prima cosa aveva pensato di comunicarlo alla signora. Le aveva scritto un biglietto nel quale le diceva del futuro trasferimento.

La mattina dopo il bambino più grande della signora le aveva portato una lettera.

> *Questa novità, cara Anna, risolve tutto. Sono felice che ha accettato di andare a insegnare a Diano (ha accettato, vero?). La Topolino adesso le servirà più di prima, soprattutto per andare al paese a trovare i suoi. E se deciderà di dire una bugia alla sua famiglia sarà un nostro segreto. Anche mio marito è d'accordo, lei è stata un'ottima insegnante e se come regalo le sembra un po' esagerato... be', si ricorderà di*

me e della nostra amicizia. E poi bisogna avere dei segreti nella vita – e questo è fra i più innocenti.

Perché no?, si era domandata, perché no?, vergognandosi di colpo di aver pensato a chissà quali baratti che la signora le avrebbe potuto chiedere. Che stupida ingenua, si era detta. Perché no? Si era sentita sollevata e grata e ancora pervasa di disagio per i suoi pensieri. Zia Madrina l'aveva guardata: «Cos'hai? Sei tutta rossa.»

«Oh, zia, te lo avrei detto domani: mi compro un'automobile. Me ne hanno offerta una a un prezzo molto interessante. Ho deciso, così ti porto a spasso.»

«Una macchina? Ma sei sicura?»

«Sì, sì, la pago a rate, con i soldi che mi ha lasciato zio Spirito.»

«Ci hai pensato bene bene?»

«Certo.»

«Be', una bella comodità, se sei sicura di quello che fai.»

Il cuore di Anna batteva forte: dire una bugia ai suoi, la prima. Non ne sarebbero seguite altre. Quella sera il fantasma di zio Spirito aleggiava gioioso sul soffitto della sua stanza: «Hai fatto benissimo, ti ho tirata su bene.»

Durante l'estate, in luglio, la signora e i bambini erano saliti al Valèt a trovare la famiglia. Lena era sull'aia con un abito chiaro, i capelli freschi di pettinatrice. La signora era scesa ridendo dall'auto nuova: «Ah, che posto meraviglioso! Lei dev'essere la sorella più grande di Anna. Mi ha tanto parlato di voi.»

Era stata una festa: al mattino Anna era andata a Cengio a prendere Carla e Giovanni («Finalmente conosco Giuanin» la signora aveva accarezzato i capelli biondissimi di

Giovanni, intimidito dalla donna e dai due ragazzini). Aveva chiacchierato a lungo con il pa' e la mama, a zia Madrina aveva rivelato di sapere della storia dei *renard* («Ma che vergogna, la racconta proprio a tutti questa fola!»), Lena aveva preparato sotto il portico agnolotti burro e salvia e pollo in gelatina.

Dopo pranzo, nel caldo del pomeriggio, Anna e la signora si erano sedute all'ombra del gelso. Giovanni aveva portato i ragazzi alla scoperta del fienile, Lena e Carla mettevano su il caffè riordinando la cucina. I genitori e Madrina erano saliti a riposare.

«La Topolino...»

«Ssst, non dire niente» la signora le aveva fatto l'occhiolino, «stai però attenta alle candele, si bagnano con una facilità! Fanne sempre una scorta.» Poi, sorridendo: «È una giornata meravigliosa, Anna, non la dimenticherò. E hai una famiglia meravigliosa. Te la meriti».

Si era alzata vedendo Carla arrivare col vassoio del caffè seguita da Lena. Le quattro donne avevano ancora chiacchierato – la signora intercalando volentieri in dialetto – dell'estate, del nuovo incarico di Anna, della campagna. Le sorelle Valetto erano incantate e incuriosite: una donna così bella e sicuramente molto benestante che raccontava di quand'era ragazza e portava le mucche al pascolo anche lei. Una come loro. Anna la guardava parlare con le sorelle, ascoltava con un piccolo batticuore il suono pieno della sua risata. Ma non era come loro, aveva in fondo agli occhi un punto di buio sospeso, un mistero che Anna non avrebbe mai svelato ma solo, com'era successo mentre la signora le insegnava a guidare, talvolta sfiorato. Nel pomeriggio, e poi era quasi sera, Giovanni e i figli della signora erano sbucati dal fienile, le teste ornate di fili di paglia e ragnatele.

In seguito si erano scritte. La signora, a metà degli anni Sessanta, le comunicò che si trasferiva con il marito e i ragazzi – aveva poi avuto anche una bambina – in Argentina, dove il marito dirigeva un'azienda. Le lettere si fecero più rade, ogni tanto a Natale arrivava un biglietto di auguri.

Una mattina di maggio del 2003 Anna ricevette una telefonata: «La maestra Valetto?»

Non insegnava più da anni e soltanto gli anziani in paese la chiamavano ancora così. Era una voce maschile, matura. Senza sapere perché pensò subito al figlio più grande della signora. Ne ricordava il nome di battesimo.

«Sì, sono io, come ha fatto a riconoscermi?» La voce aveva fatto una risatina: «Sono in Italia per qualche settimana. Mi piacerebbe poterla rivedere.»

Era venuto al Valèt il sabato dopo.

Le ombre delle foglie del pioppo giocano sui capelli ancora scuri dell'uomo, gli occhi – così pensa Anna – sono gli stessi di quand'era ragazzo. Ha un leggero accento spagnolo, forse gli capita raramente di parlare in italiano.

Bevendo il caffè l'uomo si guarda intorno: «Mi ricordavo... c'era un altro albero, qui davanti a casa, vero?»

«Sì, era un gelso. È seccato molto tempo fa e mio nipote ha piantato un pioppo. Davvero se lo ricordava?»

«Mi dia del tu, la prego.»

«Ma adesso è un uomo.»

«Davvero, mi farebbe piacere. Ricordo benissimo quel giorno passato qui. Come sta Giovanni?»

«Bene, fra poco arriverà.»

«Mia madre era stata felice, quel giorno.»

Anna fa una piccola risata: «Mentre voi giocavate nel

fienile, dopo pranzo, ci siamo persino tolte le scarpe. Eravamo sedute proprio qui.»

Anche lui ride. Anna si piega un poco verso di lui: «E poi? Mi stavi dicendo.»

«Dell'azienda ce ne occupiamo mia sorella e io, mio fratello fa il medico, vive negli Stati Uniti. Se lo ricorda mio fratello?»

«E come no, una piccola peste. Gli piaceva di più giocare a pallone che stare in classe.»

«Già, lo vedesse ora, un primario! Gli è venuta persino la faccia, da primario. Papà è mancato una decina di anni fa.»

«E lei?»

L'uomo chiede se può accendere una sigaretta. Lo fa con l'identico gesto distaccato della madre.

«È stata malata molti anni, una grande pena. Stava quasi tutto il giorno a guardare il giardino facendo il gesto di accarezzare qualcosa, un cane o un gatto, come se lo avesse in grembo. Due mesi fa, quando è morta, mia sorella e io ci siamo sentiti come perduti. Per questo mi è venuta voglia di tornare in Italia, anche se qui non abbiamo più nessuno, solo la tomba di famiglia a Bra.»

Anna fa cenno di sì con la testa, non parla, guarda le macchie di luce e le ombre sul volto dell'uomo.

«L'anno scorso, una sera mi ha detto: "Se mai rivedrai la tua maestra dille che ho capito". Sul momento non sapevo di cosa parlasse. Poi mi è venuta in mente lei, signora, e le ho domandato a cosa si riferisse. Mamma mi ha risposto: "Dille che, anche se non mi ha mai detto il perché, lo so che ha sofferto. Ricordale che è un segreto fra noi due"».

Anna alza la testa, guarda verso monte, in direzione dei prati della Madonna dei Cavalli. Annuisce. L'uomo la fissa: «Mi scuso, gliel'ho detto perché volevo farle sapere che mia madre le era molto affezionata, parlava spesso di lei. Mi ha raccontato di averle insegnato a guidare.»

Anna si alza, prende il bastone appoggiato allo schienale della sedia: «Aspetta un attimo.» Zoppicando entra in casa.

Mentre sale a fatica le scale sente il motore dell'auto di Giovanni, le voci dei due uomini che si salutano.

Sul cassettone della sua stanza è appoggiato uno degli album del Valèt. Lo ha preso questa mattina dallo scaffale e poi si è dimenticata di riportarlo giù. Lo apre, estrae una busta dalla prima pagina.

Per le scale incontra Giovanni: «Oh, mama, che piacere rivedere questo signore. Gli ho detto di fermarsi a cena. Va bene?»

«Sì, sì, hai fatto benissimo.»

«Vado a cambiarmi e torno con voi.»

Anna ritorna sull'aia, va verso l'uomo. Si siede di nuovo al tavolo sotto il pioppo. L'uomo prende un cartoncino, glielo porge: «Pensavo sarebbe stata contenta di avere una sua fotografia. Stava ancora bene, qui.»

Anna prende l'immagine, la guarda a lungo. È una foto di qualche anno prima: i capelli sono più chiari e pettinati con una foggia diversa, il volto più smunto. Ma il sorriso, quegli zigomi alti e ben modellati che – ora lo capisce – le conferivano un'aria un po' selvaggia, gli occhi come velati da una penombra. La stessa espressione indocile di allora.

«Grazie. Anch'io ho una cosa per te.»

L'uomo prende la busta, la apre delicatamente. Dentro ci sono due fotografie. La prima è un'immagine in bianco e nero, dai bordi seghettati, scattata a scuola: Anna è seduta alla cattedra, i bambini stretti intorno a lei. Alle loro spalle una grande carta geografica. Il primo bambino a sinistra, in piedi contro la lavagna, il grembiule nero con un fiocco annodato sotto il collo, è lui da ragazzino.

L'altra immagine è molto piccola e molto sfuocata, i colori quasi svaniti, impastati in ocra e giallo. È la Topolino color crema parcheggiata in mezzo al prato dove sono loro adesso.

Anna tenne la Topolino con grande cura per dodici anni. Nel 1963 acquistò una Cinquecento bianca, modello D, una delle prime immatricolate nella zona. Era targata Cn 102091.

1971, l'annosa questione con i cugini di Pieve

«Questa volta andiamo per avvocati!» Lena è esasperata. Prende uno strofinaccio e inizia a pulire il piano del tavolo della cucina come dovesse piallarlo.

Giovanni la guarda scrollando la testa: «Perché t'intestardisci così da anni? Prima o poi ci rimetterai la salute.»

«Perché? Perché quella bagascia – e fammelo dire una buona volta – di Rita non solo non molla, ma mi prende pure per il culo.»

«Ehhh, mama.»

«Cosa mama, non posso più dire quello che penso? È una bagascia, sempre stata.»

«Ma di terra ne abbiamo fin troppa, cosa vuoi che...»

Lena butta lo strofinaccio nell'acquaio, fissa il nipote con le mani sui fianchi: «Ah, sì? E quei pezzi d'orto che s'infilano nei nostri? E la terrazza qui dietro che io faccio pulire ogni anno dalle erbacce anche se non è roba nostra ma sua? E il Mazzulin, soprattutto il Mazzulin? Ma lo sai cosa mi ha detto l'ultima volta quella troia? Che il Mazzulin lo fa radere al suolo e ci costruisce una bella baita per venirci d'estate! No, dico, ma se non mette piede al Valèt da anni, viene a farsi la baita? Col barbacul davanti?»

«Il barbacul? Ha detto così invece di barbecue?» Giovanni scoppia a ridere.

«Eh, già, non ha neanche finito le medie, la cretina. E crede di fare la signora solo perché ha sposato quel balengo di Pieve che adesso le compra l'alloggio a Pietra Ligure, ah!»

«Ben, se va a Pietra Ligure non viene qui a rompere i ciap nella baita!»

«Ma figurati se vuole la baita, tira sul prezzo proprio per disfarsi del Mazzulin.»

«Insomma, ti ha telefonato.»

«Sì e ci ha provato di nuovo, e l'avessi sentita» imitando un tono sdolcinato, «eh, Lena, bisogna proprio che facciamo la pace, t'interessa sempre il Mazzulin? Perché sai c'è qui un geometra che mi ha detto che vale molto, che si può edificare, e gente di Imperia che conosco sarebbero interessati...» riprende il suo tono brusco, «e io sono andata dal notaio Pennazio.»

«Che ti ha detto?»

«Il solito. Che abbiamo la prelazione, che prima veniamo noi di quelli di Imperia, se mai esistono.» Lena aveva abbassato di colpo le spalle, con un grugnito: «Ha gettato là anche una cifra, per il Mazzulin e tutto il resto, quella scema.»

«E...» Giovanni si siede al tavolo.

«Undici milioni, ti rendi conto?»

Giovanni strabuzza gli occhi: «Ma è pazza? E poi li vale il terreno?»

«La terra no, ma il ciabòt forse sì, tiri giù quelle quattro pietre che restano e ci fai una palazzina. O una baita.»

«Ma non si può!»

«E perché non si può? Chi li controlla i lavori, qui. Guarda cosa hanno fatto a Torre, nella piana, altro che palazzine. Inoltre ha anche il diritto di passaggio, così ci spalmano un bel parcheggio davanti. Che s'impiccassero! Loro e tutti quelli di Pieve di Teco!»

Una grana enorme, ma non era la prima volta. Dovrebbero essere abituati alle sortite della cugina Rita che ci prova almeno due volte l'anno. Le offerte di Lena non vanno mai bene, o troppo modeste oppure all'ultimo momento la scema decide che no, vendere non si vende, in nome – che coraggio ha! – dei ricordi familiari, delle origini, e di cosa avrebbe detto il povero papà buonanima. La buonanima che non era neppure capace di tenere un rastrello in mano e s'era barbato la pensione giocando a tressette nelle osterie di Pieve.

«Morisse!»

«Mama, sarebbe peggio, ereditano il balengo e quei due figli che ha.»

«Buoni quelli, due scappati da casa che non conosciamo nemmeno.» Sconfitta, di pessimo umore: «I soldi io fuori non li tiro, magari una parte. Ci vorrebbe un miracolo prima che io crepi.»

«Su, su, non ti angustiare. Il Mazzulin prima o poi cascherà da solo e non varrà più niente.»

«Purtroppo. Sono affezionata al Mazzulin, mi si stringe il cuore ogni volta che lo vedo dalla Madonna dei Cavalli, lì bello al sole, arioso. Quella stupida è capace di pensare che io, così per sentimento, lo faccia restaurare e lei se lo incamera rimesso a posto. Piuttosto mi ammazzo.»

Questo capitava in gennaio. Una domenica di maggio Lena, che non aspettava visite, aveva sentito una macchina girare alla curva del pozzo. Era entrata nell'aia una Citroën lunga così dalla quale erano scesi, tutto un sorriso, Rita e il balengo, suo marito Aldo. Lena aveva appena sparecchiato – meno male che non erano arrivati un'ora prima, come fanno in genere i parenti, li avrebbe dovuti pure invitare a pranzo – Rita era venuta verso di lei, un caschetto biondo tinto, vestita come per andare in villeggiatura, due gnocconi d'oro alle orecchie. E l'ombretto verde sulle palpebre. Bagascia, sempre stata.

«Oh, Lena, ma come si sta bene qui, ma che bell'aria fresca. Ti abbiamo fatto una sorpresa.» Si erano sbaciucchiate su entrambe le guance. E anche Aldo, pacioso: «Ciau Lena, ti trovo bene.»

Per un caso quella domenica Lena era sola al Valèt, Carla e Giovanni erano andati a un matrimonio a Gottasecca, Anna era ad Alba con zia Madrina un po' malata. Se li doveva puppare da sola i cugini di Pieve.

«Vi faccio il caffè?»

«Grazie, sì.»

Lena li aveva fatti entrare. L'altra, cinguettando: «L'avete sistemata proprio bene la casa, quel mobile lì non me lo ricordavo» indicando un austero cassettone.

«Era di sopra, nella stanza dei miei.»

«Mmm, bello. È antico?»

«È qui da cent'anni, Rita.»

«Ah» la donna aveva fatto una risatina mondana, «è proprio vero che vi siete presi la parte migliore.» Cominciamo?, si era chiesta Lena cercando la zuccheriera nella madia. Non aveva commentato.

Rita s'era ancora guardata intorno nella sala da pranzo un po' severa e tirata a lucido del Valèt: «E belle anche le sedie, di una volta, certo non butti via niente, eh? Posso darmi una rinfrescata? L'avete poi fatto il bagno?»

«Sì, due, uno sotto e l'altro di sopra.» L'aveva accompagnata nel bagnetto a pianterreno per non darle la soddisfazione di mostrarle quello grande.

Era tornata in cucina a controllare la caffettiera. Aldo si era affacciato alla porta: «Allora, Lena, siete tutti in salute?»

«Sì, e tu, il tuo lavoro?»

«Eh, lavoro ce n'è. Ho preso una rappresentanza a Imperia, stoffe di lusso, si lavora anche in Francia, sai, la Costa Azzurra.»

«Oh, però.»

«Ho dovuto sborsare un bel capitale, ma spero che renda.»

Rita era tornata, si era passata un rossetto marrone sulle labbra: «Avevo tanta voglia di rivedere il Valèt. Il bagno è un po' buio, perché non apri una finestra? O metti qualche applique? O dei faretti, sono molto moderni e pratici, sai?»

«Ci penserò. Ecco il caffè.»

Si erano seduti. Rita aveva bevuto un sorso: «Mi piacerebbe fare una passeggiata al Mazzulin.»

Lena l'aveva squadrata: «Vestita così? Con quei sandali? È pieno di ortiche lassù.»

«Ah sì, che stupida.» Si era alzata facendo una mezza piroetta: «Ti piace questa gonna a godet? Il tessuto è di quelli nuovi che vende Aldo. Ti ha detto...»

«Sì, la Costa Azzurra.»

A Lena le si era accesa una lampadina, come un fulmine, nella testa: "Ecco, 'sto picio di Aldo avrà fatto qualche debito e adesso ci riprovano con la vendita del Mazzulin. Avran bisogno di liquidi. Bene, bene. Stan freschi che ci casco."

L'altra, tutta un trillo: «Sai l'alloggio di Pietra Ligure? Lo abbiamo fermato, anzi abbiamo già fatto il compromesso. Oh, non è niente di speciale, però un affare, e così comodo per l'estate. Basta attraversare la ferrovia e sei in spiaggia.»

«Allora niente baita, qui.»

«Ma che stupidina sei, dicevo così per farti ridere. Però, ti ricordi l'ultima volta che ci siamo sentite al telefono, quei signori di Imperia tanto interessati...»

«Sì, benissimo.»

«E ben, abbiamo pensato, perché non combinare? A meno che non interessi a te il Mazzulin. T'interessa ancora?»

Lena aveva guardato la cugina, e dire che da ragazze erano state quasi amiche: «No, grazie, non m'interessa più.»

L'altra c'era rimasta di stucco. Aldo si era sporto in avanti: «E come mai?»

Lena si era alzata, aveva cominciato a levare le tazze senza chiedere se volevano dell'altro caffè: «Ne abbiamo fin troppa di terra.»

«Ma come, ancora a gennaio...» in un balbettio.

«Gennaio era gennaio, adesso siamo a maggio.» Li aveva in pugno. «E poi la richiesta che mi hai fatto...»

«Undici milioni, cosa vuoi che siano.» Trionfare? Sì: «Te ne offro due.»

Presi alla sprovvista Aldo era impallidito, l'altra s'era fatta rossa. Perdendo l'aplomb: «Di', sei scema? Con due milioni non mi compro nemmeno, nemmeno...» aveva sbirciato il marito: «Dieci, non una lira di meno.»

«Tre.» Lena s'era riseduta tranquilla sulla sedia. Rita s'era alzata gridando: «Sei una porca, lo sai benissimo che abbiamo bisogno...» S'era morsa la lingua.

«Se avete bisogno di realizzare potete rivendere l'alloggio di Pietra, si fanno buoni affari in Riviera, me lo hai appena detto, no?»

La cugina aveva preso la borsetta, furibonda: «Sempre stati testoni voi del Valèt, e superbi. Ma chi ti credi di essere?»

«Anche tu sei dei nostri, Rita» amabile.

«Vieni, Aldo, anduma via prima che le dia due sberle a questa, a questa...»

Era uscita sbatacchiando la porta. Aldo si era alzato: «Senti, Lena, noi siamo sempre stati amici, siamo parenti. Tre milioni per...»

«È l'ultima offerta.»

Da fuori era arrivata la voce isterica di Rita: «Aldoooo, ti muovi sì o no?»

Il balengo aveva aperto le braccia sconsolato. Lena, con un sorriso: «Ciao Aldo, riguardati.»

Il rombo della Citroën aveva rotto per un momento il silenzio del Valèt. Bene, uno a zero, aveva pensato Lena lavando le tazze.

Più tardi, dopo essere andata a seminare dei porri, Lena rientrando aveva sentito il telefono squillare. Era corsa a rispondere, era Anna.

«Come va lì?»

«Ah, sei tu, sai chi è venuto dopo pranzo? Rita e Aldo da Pieve.»

«Sul serio, e cosa volevano?»

«Rilanciare la vendita del Mazzulin, ma credo di averli fregati stavolta, anche se...»

«Cosa?»

«Stanno scendendo di prezzo, ma comunque son soldi. Poi ti racconto bene. Madrina?»

«Oh, sapessi, è successa una disgrazia ed è molto turbata. Quattro frati del convento sono morti in un incidente.»

«Quando?»

«Ieri sera, ma lo abbiamo saputo solo adesso. E Madrina vuole andare al rosario questa sera, ma non sta niente bene.»

«Maria vergine, li conosceva?»

«Ti puoi immaginare, uno è venuto venerdì a trovarla qui a casa. È agitatissima, ha persino la febbre.»

«Dille di non andare.»

«Figurati, chi la tiene? È già qui che gira ché non sa cosa mettersi.»

«Non dirle niente della visita di Rita, altrimenti si agita ancora di più.»

«Certo che no. Ah, che giornata.»

«Chiamami domani, anche stasera, dammi notizie.»

«Sì, domani c'è il funerale e io ho scuola, non voglio lasciarla sola però, vedremo.»

Avevano parlato ancora un po', Anna aveva chiesto notizie di Giovanni, poi i saluti.

Sì, proprio una brutta domenica.

A giugno, come sempre, Anna e zia Madrina erano tornate al Valèt per l'estate. Madrina sembrava un po' più svanita del solito, in fin dei conti aveva ottantacinque anni. Qualche volta, al mattino, ma anche di sera, la sentivano cantare le giaculatorie in camera sua. O un allegro ritornello che diceva: «Voglio morire verginella...» e con le mani faceva un segno come suonasse una trombetta. (Per anni poi, anche da vecchio, Giovanni aveva intonato la stessa canzonetta, da solo, zappando l'orto.)

Ma un martedì mattina si era alzata frenetica. Lena stava mettendo dell'ammoniaca in una bacinella per pulire pettini e spazzole. Si era trovata Madrina già vestita e pettinata davanti alla porta del bagno: «Giuanin dov'è?»

«Di sotto. Ma cosa fai vestita così?»

«Devo scendere in paese.»

«A fare cosa?»

«Sono fatti miei.»

Era scesa ansimando aggrappata allo scorrimano della scala: «Giuanin, Giuanin!»

Giovanni le era corso incontro, sorreggendola: «Zia, sei matta, dove vuoi andare?»

«Portami in paese, subito.»

Erano usciti tutti nel cortile. Non c'era stato verso di farle cambiare idea e lei era salita nella macchina del nipote chiudendosi in un ermetico silenzio. Bisognava cedere, Giovanni aveva convinto le mame: «Massì, le faccio fare un giretto.»
Ma in auto, scendendo verso il paese, zia Madrina gli aveva fatto giurare sulla testa delle mame che non avrebbe rivelato il perché di quella spedizione. Giovanni aveva promesso.

Il sabato Madrina era particolarmente silenziosa, si era messa a pregare e avevano fatto persino fatica a farla scendere per mangiare. Borbottava frasi misteriose e sconnesse e le mame erano preoccupatissime. Si erano sussurrate in cucina: «L'ho mai vista così.»
«Sarà la fine? Non mi do pace.»
«Forse è solo una crisi, speriamo.»
Il pomeriggio Madrina si era chiusa nella sua stanza. Faceva molto caldo. Ma la sera, alle sette, l'avevano vista scendere con il suo bastone, gradino dopo gradino, pian piano, fino alla sala da pranzo. Si era messa una quefa di pizzo nero in testa, il foulard per andare a messa, una collana di perle e aveva anche la borsetta di vernice nera. Così conciata si era seduta davanti alla televisione spenta: «Allora, 'sto telegiornale?» imperiosa.
Anna aveva acceso la tv: «È quasi pronto, Lena sta facendo il risotto.»
«Prima il telegiornale.»
Anna passando in cucina aveva guardato Carla e si era picchiettata l'indice contro la tempia.
Poi un grido soffocato dalla sala da pranzo. Le mame erano volate di là, il cuore in gola: «Madrina, cosa...»

Lei, impettita davanti allo schermo, aveva esclamato: «Lo sapevo, lo sapevo! Viva Gesù!» Indicando l'immagine dello speaker che, educato, leggeva i numeri: «Quaterna secca! Lo sapevo!»

Si strappavano di mano la ricevuta che zia Madrina aveva estratto, regale, dalla borsetta. 13, 16, 61, 86, sulla ruota di Venezia.

«Quando hai giocato? Ah, l'altro giorno che sei scesa con Giuanin in paese! E quanto, hai giocato?»

«Ben mille lire.»

«Quanto faranno?» Ma lì per lì nessuno ne aveva idea. Piuttosto volevano sapere come le era saltato in mente di andare a giocare al Lotto.

Lei, intanto era arrivato anche Giovanni, si era goduta la famiglia a bocca aperta: «Li ho sognati, no? Adesso vi racconto per bene. Lunedì notte – ah, che settimana ho passato! – li ho visti, tutti e quattro ben riconoscibili, seduti lassù.»

«Ma chi?»

«I frati morti a maggio nell'incidente!»

«Ah, e dove li hai visti, nel sogno?»

«Seduti allegri sopra una tomba al Mazzulin.»

Le mame si erano guardate con sgomento, Madrina aveva proseguito: «E non erano mica soli, sapete chi c'era con loro?» pausa.

«Chi c'era? Parla, vuoi farci morire?»

«La bisnonna Françoise, buonanima. Ah, com'era carina, giovane, ben pettinata, con un abito che era una bellezza. Si faceva delle gran risate con i frati.»

«Ma pensa.»

«E poi c'era un orso.»

«Un orso al Mazzulin?»

«Ma non era mica feroce. Ballava nel prato ed è venuto anche lui verso i frati. Si è sdraiato mansueto ai piedi di nona, davanti alla tomba.»

Lena si era sventagliata il mento con la mano: «E poi?»

«Poi niente. I frati mi hanno sorriso, ognuno ha tirato fuori un numero da una tasca del saio e l'hanno posato in un bel cestino di fiori. Io non vedevo bene, così nona Françoise me l'ha portato vicino. Non mi sono neppure dovuta mettere gli occhiali.» E dopo un sospiro: «Eccoli lì, segnati ciascuno su un foglietto: 13, 16, 61, 86. E nona mi fa: "Ah, Madrina, mi sarebbe tanto piaciuto vedere Venezia! Andateci voi, una volta"».

«Incredibile, ma i numeri...»

«Ho controllato sul mio manualc, corrispondono tutti: 13 è vedere un frate, 16 l'orso, 61 progetti in famiglia, 86 la tomba chiusa.»

Giovanni si era messo a ridere: «Zia, che sogno! I frati, la bisnonna Françoise, Venezia... ma l'orso è ben strano.»

«Ci ho pensato su un bel po', in effetti. Ma mi sono ricordata una cosa» si era rivolta ad Anna, «ti ricordi il tuo cagnin, quello che amavi di più quand'eri bambina?»

Anna, come folgorata, aveva mormorato: «Orso, si chiamava così». Era scoppiata in lacrime.

I milioni erano stati ottanta. Madrina aveva insistito per dividerli subito, appena riscossi: «Sono vostri, la mia eredità, a me, lo sapete, non serve un bel niente. Però ho un desiderio, anzi due. Dato che il sogno era al Mazzulin bisogna che adesso lo compriamo e chiudiamo questa storia una volta per tutte.»

Lena aveva fatto passare ancora qualche settimana, poi

aveva telefonato a Pieve: «Rita, di milioni te ne offro sette, prendere o lasciare.» L'atto, come gli altri, lo aveva fatto il notaio Pennazio.

E il secondo desiderio? A metà settembre Madrina, Anna e Giovanni – Lena e Carla insistendo: «Andateci voi, noi vi aspettiamo al Valèt» – avevano preso il treno per Venezia da Alessandria, cambiando a Milano. C'erano stati dieci giorni, ah che bellezza, in un ottimo albergo proprio vicino a San Marco. E si mangiava anche bene. Erano tornati a casa con un servizio da dodici di Murano, bicchieri e caraffa, un tripudio di oro e cristalli. E qualche altro souvenir, da esporre sul cassettone sotto i dipinti di zio Spirito e la foto della bisnonna Françoise.

I Fey

I Fey, il cui predicato più importante era quello di marchesi della Campana, erano una famiglia contraddistinta da una singolare serie di sciagure. Si insediarono in Piemonte a fine Seicento dopo che uno di loro, scudiero di Margherita di Valois, era morto in duello. Un nipote di questi fu avvelenato dalla moglie e un altro, ma siamo già in pieno Settecento, perse quasi tutto il patrimonio truffato da un baro professionista e si tolse la vita a Parigi. Più recentemente si segnalano un paio di incidenti aerei e una parente acquisita dispersa nell'affondamento del Titanic.

La famiglia entrò in possesso del castello del paese quando il marchese Luigi Amedeo sposò l'ultima degli antichi feudatari della zona, che portò in dote la proprietà. Unirsi a questa famiglia fu fatale per l'ereditiera che, sorpresa durante un furioso temporale nei giardini del castello, venne centrata da un fulmine. Con lei perì anche un figlioletto in fasce che la donna teneva in braccio.

Caratterizzati da un'altezza fuori del comune (alcuni vecchi li chiamavano i Campanun), da tratti del viso grifagni e alcuni da eccentrici difetti fisici (mani con sei dita, piedi caprini, accenni di gobba), i Fey amarono sempre molto il castello e, seppur con alterne vicende, si dimostrarono dei feudatari giusti se non addirittura, a tratti, munifici. Come si è detto, a rimpannucciare il patrimonio e il prestigio un po' sbiadito della famiglia, pensò la madre del marchese vecchio, un'altra ereditiera di minuscola statura ma di robusto temperamento, una sorta di regina Vittoria locale che, oltre al riassetto di castello e cascine, provvide a impiantare nel paese la scuola elementare, l'ospizio per donne bisognose e – facendo anche un grosso affare – la filanda. Fu lei a introdurre l'usanza di aprire i giardini del castello a San Giovanni, festeggiamento che continuò fin quando la filanda fu in uso. Le piaceva essere corteggiata e, in linea con il suo regale modello inglese, quando il marito morì si prese come amante un palafreniere, un gran bell'uomo che in paese viene ancor oggi ricordato come «Bastian d'la marcheisa». Ebbe dal marito parecchi figli che si dispersero in giro per il mondo proseguendo la tradizione familiare: uno morì nell'incendio di un albergo in Engadina, un'altra perse una gamba in Africa. Il maggiore, il marchese vecchio, ereditò titolo e possedimenti e sposò negli anni '20 una nobile austriaca. Lui era l'uomo fatuo e inutile che si è già conosciuto, lei una strana persona fortemente compresa di sé che solo in tarda età, morti il marito e il secondo figlio, subì una stupefacente trasformazione: dalla donna rigidissima che era stata, intollerante e anaffettiva, divenne una vecchia un po' suonata, disinvoltamente sciatta. Il suo leggendario biondo s'impasticciò di tinture in epoca nella quale le donne, almeno quelle ritenute perbene, non si tingevano i capelli. Fu certamente una pessima madre, lontana eppure invadente, esitante eppure dispotica. Amò di più il secondogenito, Ottavio, a discapito del primo, Gregorio; entrambi, benché diversissimi, dimostrarono, in modi altrettanto diversi, di non volersi piegare al giogo materno.

Ma la leggenda del paese fu, tra le due guerre, una sorella del marchese vecchio, Eufrasia – in famiglia Fanny –, non bella eppure di un fascino oscuro e selvatico, dominata da un formidabile appetito sessuale. Se nei circoli di Torino la cosa era circoscritta a pochi intimi – ma non certo sconosciuta –, al paese, in villeggiatura, la faccenda esplodeva clamorosamente, estate dopo estate, con esiti imbarazzanti.

«La mamma si è presa un palafreniere e io non posso neppure fare una passeggiata con qualcuno dei nostri mezzadri?»

Interveniva irritatissimo il fratello: «Qualcuno? Tutti i mezzadri, vorrai dire, e non solo i nostri.»

«Codino, baciapile, prete!» rideva Fanny e filava via. In paese, per i maschi di ogni età, il suo arrivo era un evento. La cognata austriaca minacciava di spedirla in convento, in sanatorio, nelle colonie e lei rideva pazzamente: «Sì, le colonie sì, ci sono gli ascari!»

Un'estate fu sorpresa in pose indecentissime con un aiutocuoco aggiunto alle cucine del castello. Con loro il fratello minore del ragazzo, a dar manforte. Madri e mogli erano esterrefatte e ci furono delle lamentele pubbliche.

Uno scandalo gravissimo che cessò soltanto quando la donna, ormai trentenne, fu frettolosamente fatta sposare a un nobile genovese, di bellezza assurda e vacuità pari solo a quella del cognato – parlava sempre e solo di cavalli – di cui lei fu poi gelosissima e insoddisfattissima (in seguito, in paese, circolavano le voci più piccanti a proposito di portuali e marinai entusiasti dell'insaziabile nobildonna).

Gregorio, del '21, aveva ereditato dalla nonna il temperamento autoritario e il fiuto per gli affari, dalla madre i bei capelli biondi e ondulati e dal padre il volto rapace. Di fisico tendente al massiccio, era stato un ragazzo difficile che mascherava un'irrequieta infelicità dietro a formidabili litigi con i genitori – specialmente con la madre – e a ricorrenti fughe. Non aveva compiuto studi regolari, sfasciava le automobili, le prime che si vedevano, e nessuna donna era mai abbastanza bella, o abbastanza sua. Affettava, malgrado la naturale eleganza, una trascuratezza nel vestire (si lavava anche pochissimo) forse anticipando quella della madre in tarda età.

Il secondogenito, Ottavio, nato nel '24, era molto diverso. Il ragazzo più attraente che si fosse mai visto in valle e non solo lì. E alla squisita prestanza fisica – di fattura più gentile del fratello – univa una formidabile simpatia umana e una pungente intelligenza. Si capiva così anche la predilezione della madre che, credendo di forgiare il figlio secondo le sue personalissime idee di autorità, subiva invece il fascino trascinante del ragazzo, sempre spiritoso, caustico senza essere offensivo, irresistibile e compitissimo.

Vigeva al castello, prima della guerra, un ordine non scritto ma inderogabile: che gli ospiti passeggiassero a piacimento nel parco ma col divieto assoluto di raccogliere fiori. Una malcapitata parente, la zia Reginetta, una bella mattina di giugno, tornò per colazione con le braccia cariche di gladioli multicolori annunciando che avrebbe passato il pomeriggio a disporre i fiori nei saloni. Il pasto, servito in terrazza, si svolse nel più ostile silenzio e, dopo pranzo, la poverina vide arrivare il maggiordomo di casa il quale, le sue valigie pronte, le riferì neutro che la marchesa aveva posto fine al suo soggiorno al castello. Non tornò più, ma molto si vendicò nei salotti torinesi raccontando brillantemente l'increscioso aneddoto. Con la coda: «Sì, il buon Ottavio mi è corso dietro, rosso per l'imbarazzo. Ci siamo salutati al cancello con una bella risata. Povero ragazzo, a vivere in quella gabbia di pazzi.»

Ottavio, seppur blandito dalla madre il cui unico scopo era di tenerselo stretto, aveva dimostrato un tenace senso d'indipendenza e, ragazzo, aveva chiesto di rimanere come ospite fisso nel collegio torinese in cui studiava. E, al contrario del fratello, una per lui era la più bella del mondo, e lei soltanto desiderava fin da quando l'aveva vista bambina: Anna del Valèt.

Secondo l'antico uso di intrattenere una volta per stagione, un'oretta e non di più, *le poche persone che si possono vedere al paese*, la marchesa invita al tè zia Madrina specificando nel biglietto di portare le nipoti. Al Valèt grande trambusto. Le ragazze sono eccitatissime, non sanno cosa indossare, quasi, se potessero, rinuncerebbero. Nuccia prepara per loro tre identici nastri inamidati di un bel raso non troppo lucido a quadretti, veste di blu le due più grandi e di bianco la più piccola. Prepara per un pomeriggio intero degli speciali biscotti ricoperti di zucchero, i torcetti, li depone in un bel cestino coperto da una fiandra immacolata e spedisce cognata e figlie al castello, un pomeriggio di agosto, sono attese alle cinque in punto.

Zia Madrina, che ha uso di mondo, è vestita con una princesse di seta grigio perla a minutissimi pois, senza cappello ma con i guanti bianchi di filo. E scarpe e borsetta di vernice nera. Le bambine la seguono piuttosto atterrite. Il cancello del castello si spalanca davanti a loro e il custode le accompagna a piedi lungo il viale conversando in dialetto con Madrina.

Anna guarda gli alberi secolari, la particolare disposizione delle panchine di ferro, i vasi di coccio con lo stemma in rilievo che contengono piante e fiori sconosciuti, lo speciale buio che s'infittisce fra le quinte degli alberi. Sul piazzale davanti al castello, all'ombra di un immenso olmo, le accoglie la marchesa, in bianco e pizzi, un parasole violetto appoggiato alla poltroncina di midollino. Un'apparizione di altri tempi. Non si alza ma porge la mano a Madrina e fa a ciascuna delle ragazze una lievissima carezza sulla nuca: «Ma sono cresciute, si stan facendo delle belle signorine» apprezzando la sobrietà dimostrata dai Valetto, finalmente una famiglia educata, *mon Dieu*, in questa valle di quasi trogloditi. Mentre il tè viene lentissimamente servito da un cameriere ottuagenario – le tazze tintinnano pericolosamente sul vassoio – dal castello spuntano i ragazzi Fey.

«Oh, i miei figli, *venez mes garçons*.»

Gregorio, poco più grande di Lena, fa un annoiato cenno di saluto, il fratello, invece, viene a baciare la mano di zia Madrina chiedendole notizie di zio Spirito: «Una persona eccezionale!»

«Oh, grazie, riferirò. Purtroppo non molto timorato di Dio.»

Sembra a Madrina che la sua osservazione appaia agli altri di nessun interesse. Questi nobili che usano la religione come fosse un'appendice mondana – e un po' noiosa – delle loro stravaganti esistenze! Ma le sfugge del tutto, presa com'è a districarsi in una singolare dissertazione della marchesa sul modo, a parer suo troppo paesano, di disporre i fiori in chiesa da parte del parroco, le sfugge lo sguardo da cerbiatto che Ottavio lancia ad Anna, compostamente seduta su una seggiolina di ferro, il fiocco ben dritto sui riccioli biondi, il volto chino sulla tazza di tè. E non nota neppure gli occhi della bambina quando li alza tranquilla verso il ragazzo e, come legati da un meccanismo invisibile, i due si sorridono contemporaneamente, arrossendo entrambi.

Sarebbe il caso di invitare i ragazzi a giocare insieme sul

prato?, si domanda sgomenta la marchesa calcolando che, così, il tempo della visita verrebbe sicuramente dilatato e lei dovrebbe intrattenere vis-à-vis per un lasso di tempo *interminabile* la maestra. Come fare? Sceglie la più tradizionale delle scorciatoie: «Ragazzi, prendete anche voi una tazza di tè e assaggiate questi sublimi biscotti prima che le nostre ospiti ci lascino.»

Gregorio fa per girare sui tacchi, cambia idea mentre Ottavio già gli porge una tazza. Mordicchiano i torcetti portati dalle *signorine* con grandi cenni di approvazione.

Bene, pensa sollevata la marchesa, anche questa è fatta. Ma il suo secondogenito si alza chiedendo educato: «*Maman*, posso portare le signorine a vedere i pavoni?» Un mezzo, delizioso sorriso sulle labbra.

«Oh, ma certo, ma certo. Se ne hanno voglia.»

In un attimo il gruppetto – si unisce curioso anche Gregorio – si disperde sotto un pergolato di glicine e alla marchesa non resta, per un tempo veramente *indicibile*, che conversare di addobbi sacri e scipiti pettegolezzi locali con la compunta maestra Valetto.

Anna ha nove anni, Ottavio tredici. Non un'età, quella del ragazzo, nella quale normalmente ci si interessa delle bambine più piccole. Eppure lui è affascinato dall'esile bionda che ora guarda incantata e serissima un pavone dritto sul tetto delle serre. Questo lancia un grido rauco e, sdegnoso, non si sogna di fare la coda anche se Ottavio prova a incitarlo con curiosi richiami gutturali che fanno ridere le ragazze. Gregorio, apparentemente di malavoglia ma anche lui intrigato dall'inatteso diversivo pomeridiano, scorta Lena e Carla verso una voliera. Le molla lì ad ammirare i vocianti pappagallini della madre e lancia un lungo fischio modulato in direzione del pavone. Che finalmente, come in risposta al richiamo, sventaglia pigro e sontuoso la coda. Gregorio si volta verso Anna che batte le mani. Ha un lampo d'orgoglio nello sguardo e subito un altro di condiscendenza per il fratello. Che invece sorride contento alla doppia esibizione, del fratello e del pavone.

Si delineano in quel momento le alleanze che li segneranno da grandi e che solo Ottavio – le cui corde del cuore sono antenne sensibili – oscuramente intuisce. Ma per ora sono solo tre ragazzi in un pomeriggio d'estate mentre le ombre della sera si allungano sulla ghiaia del viale e i bossi scolpiti a forma di palla allagano di forme oblunghe l'erba del prato.

Carla, il fiocco storto sulla treccia, commenta sgraziata ad alta voce: «Le piume del pavone portano sfortuna.» Nessuno, però, sembra averla udita.

1962, 1963

LA BESTEMMIA È REATO.

«Sarà anche reato, però un bel giudafaus quando ci vuole ci vuole.» Nino il barbiere stacca con una manata il cartello appeso fra i due specchi della sua bottega nella piazza del piasc, e prosegue secco: «Ci fosse la buonanima di don Lovera ancora ancora, ma» fa il gesto di sputare per terra mentre infila il cartello in un cassetto chiudendolo con un colpo deciso «...ma per quel che vale quel preive lì.» E indica col mento, oltre la vetrina, la canonica di San Sebastiano dall'altra parte della piazza, dove sta il nuovo curato – nuovo per modo di dire perché ha i suoi annetti – che non piace a nessuno.

L'han mai visto così arrabbiato in paese, lui, Nino, una pasta d'uomo. E gli altri tre seduti nella bottega – c'è anche Giovanni, che a maggio ha compiuto diciassette anni, sceso dal Valèt a farsi tagliare i capelli – quasi non hanno il coraggio di fiatare.

Nino dà un pugno sulla porcellana del lavabo: «Perché è un'ingiustizia bell'e buona» e giù un'altra bestemmia acre. «È dal '38 che si va avanti, ventiquattro anni, capite, ventiquattro anni!» Indica Giovanni: «Avevo la tua età, ero un fiulòt come te e prima di imparare il mestiere dal mio cé al mattino ero già nei prati a pascolare.»

«L'abbiamo fatto tutti, Nino» interviene calmo un contadino, braccia conserte, seduto su una poltroncina di finta pelle.

«E lo so, lo so bene. E già allora Bormida faceva schifo e le bestie morivano quando le portavamo a bere. Ah, meno male che il cé è morto per non vedere una merda così.»

Perché era arrivato un avviso dal ministero. Nel 1938 la gente della valle non ne poteva più, il fiume scaricava immondizia, peggio, morte. L'Acna di Cengio si era pian piano presa la vita prima del fiume – non c'era più un pesce mangiabile da Saliceto fino a Cortemilia e oltre, i cavedani venivano a galla bluastri e morenti pancia all'insù –, poi dei pascoli sulle rive e da quelli, salendo con i mefitici effluvi degli acidi, anche i vigneti su in alto. L'uva sapeva di fenolo e non più d'uva, e così la frutta, le verdure negli orti.

In più di cinquecento, quasi tutti agricoltori, erano andati davanti alla fabbrica a dimostrare, dispersi dai carabinieri su ordine delle autorità. Si era deciso di citare l'Acna con l'aiuto di volenterosi avvocati a cui era caro il problema (ma sai le risate in fabbrica, loro sì che avevano fior di magistrati a Genova e protezioni a Roma). Il guaio era che molte famiglie avevano figli che lavoravano lì, che senza quel mestiere avrebbero fatto la fame solo con il lavoro dei campi. Di questo parlava Nino quasi con le lacrime agli occhi, il fiato trattenuto, due suoi fratelli erano in fabbrica, la poca terra incolta e ammazzata dagli acidi.

«E nel '56? Quei sessanta di Gorzegno che li hanno pure arrestati. Perché ci si era pure messa la guerra a dar manforte a quell'inferno là» indicando la valle verso Cengio.

E adesso, ventiquattro anni dopo, era arrivata l'ingiunzione di pagare: i contadini del '38 avevano perso la causa e l'Acna voleva pure i soldi del processo.

«E paghiamo col sangue, Cristo.»

Giovanni esce dalla bottega, le guance in fiamme. Pensa a suo padre, a Piero, che difende il suo posto al reparto anche se sta precocemente invecchiando e tossisce che fa pena. Torna al Valèt, abbandona la bicicletta dietro al fienile e sente un vociare alterato. Sono Carla e Lena che litigano in cortile. Quando lo vedono spuntare sull'aia si fermano di colpo, stupite e innervosite di trovarselo davanti.

«Ma su, perché litigate?»

«Niente, e tu cosa ci fai qui? Non eri in paese?»

«Sì, e adesso sono tornato. Insomma cosa succede?»

Mama Lena scuote seccata il grembiule: «Niente, non succede un bel niente.» Lancia un'occhiata obliqua alla sorella.

Carla si mette a piangere: «Hai sentito la notizia?»

«Dell'Acna?»

«Sì.»

«Dobbiamo... dobbiamo pagare anche noi?»

Lena si avvia verso la casa, brusca: «No, non è quello.»

Giovanni fa per seguirla: «E allora cosa?»

Entrano tutti e tre in casa, Carla si asciuga gli occhi: «Senti, Giuanin, cosa vuoi fare, lavorare alla fabbrica o venire qui a dare una mano in campagna?»

«Ma mama, lo sai no? Non sono fatto per stare laggiù.» Anzi la fabbrica lo ripugna, ma non lo dice mai per non dare un dispiacere a suo padre. Si trova, Giovanni, nella stessa condizione di Piero quand'era ragazzo, ma al contrario: Piero non amava la campagna e voleva quel lavoro a Cengio; lui, cresciuto nell'opprimente alloggetto a Pian delle Rocchette, sogna da sempre solo il Valèt, le solitarie radure del bosco delle torte o i prati alla Madonna dei Cavalli, quell'aria fina che c'è lassù. Al fenolo preferisce l'odore rotondo dello sterco di vacca.

«E fai bene» dice Lena. Si volta verso Carla, con un

tono più mansueto: «Su, diglielo, non è mica più un bambino.»

Giovanni guarda le due nel chiaro della cucina: «Cosa devo sapere?»

Carla abbassa lo sguardo, tormentando l'orlo della gonna.

«Giuanin, tuo padre è malato.»

«Cos'ha? Tossisce e...»

«Molto malato.»

All'improvviso Giovanni ricorda qualche settimana prima Piero tornare da Alba. Era andato, aveva detto, per sbrigare delle commissioni. Lo rivede al ritorno con la giacca piegata sul braccio, la camicia che al mattino era ben stirata e ora tutta sgualcita, il nodo della cravatta allentato. Rivede il suo sorriso stentato e mama dire a lui di scendere in fretta in paese a prendere del caffè che lei si era scordata di comprare. Quando era tornato – nel cielo di maggio il sole sembrava non tramontare mai ma ombre lunghe si addensavano intorno alle ciminiere dell'Acna – aveva trovato la stanza dei suoi chiusa. Aveva appoggiato il pacchetto della spesa sul tavolo della cucina e aveva aspettato. Dalla stanza non proveniva nessun rumore.

Più tardi mama era entrata in cucina, ora era buio davvero, gli aveva detto: «Vai al Valèt.»

«Perché?»

«La mucca partorisce, vai a dare una mano a Lena.»

«Ma non è tempo, ancora. Deve partorire...»

Carla, con una durezza che Giovanni non aveva mai udito, gli aveva ripetuto: «Ti ho detto di andare. Va', adesso.»

Ora Giovanni guarda allibito sua madre e mama Lena: «Cos'ha, papà?»

Risponde Lena: «Gli han fatto una visita ad Alba, all'ospedale. I polmoni.» Non aggiunge altro.

«Ma si può curare, no? Ha anche smesso di fumare.»

Carla si prende la testa fra le mani: «C'è anche qualcosa alla vescica.»

Giovanni ha sentito delle voci giù a Cengio, qualcuno che parlava di operai che urinavano rosso, subito zittito dalle persone intorno. Possibile? Suo padre? E perché non ha detto niente?

«Non ci si ammala così, di colpo.»

Lena guarda fuori dalla finestra: «È da tanto che non sta bene.»

«Senza dirlo a nessuno? Eh, mama?»

Carla stringe gli occhi lasciando che le lacrime vengano fuori: «Non l'abbiamo detto a te, per non spaventarti. Ma lo vedi che straccio è diventato.»

«Ma si cura o no?»

«Ad Alba han detto di sì, bisogna ricoverarlo.»

«Quando?»

«Lui non vuole.»

«Ma è matto, perché?»

«Ha paura di perdere il lavoro. In fabbrica fan tutti così.»

Per la prima volta in vita sua Giovanni prova cos'è l'odio. Gli sale dai visceri una nausea che non conosceva, la voglia di piangere e insieme di picchiare qualcuno o qualcosa, non importa se una persona o un muro. La vista gli si annebbia. Per un attimo vede le figure delle mame ondeggiare sullo sfondo bianco delle pareti, respira cercando di frenare il tremito di una mano.

«Ma così muore. Muore?» Le mame non rispondono.

Quell'estate, poi, che si credeva consacrata, come una veglia funebre, ad attendere una disgrazia, successe un'altra cosa.

Piero si era molto arrabbiato con Lena e Carla perché

avevano parlato con Giovanni. E Giovanni capì che fra lui e suo padre c'era sempre stata come una timidezza, un riserbo. E ancor più timido sembrava Piero nel parlare al figlio – poche parole dette un mattino sull'aia – di sé e della sua malattia. Aveva alzato una mano a chiedere, forse a implorare, silenzio quando Giovanni aveva cercato di sapere di più.

Capitava a Giovanni di guardare di sottecchi suo padre non trovando fra loro nessuna somiglianza. E di questo provava una pena segreta, una pungente e inspiegabile malinconia. Guardava quell'uomo farsi secco e piccolo, scolorirsi nella sua, forse, ultima estate.

A cercare di rasserenare l'atmosfera di casa a metà giugno, chiuse le scuole, erano arrivate come sempre Anna e zia Madrina. Ad agosto Piero aveva avuto una settimana di ferie ed era stato con loro. I bigàt non li tenevano più ma al Valèt c'era sempre da fare.

Madrina non sapeva della malattia di Piero. Era molto sorda e ci vedeva anche male. Si faceva portare il giornale e seduta sotto il portico infilava gli occhiali declamando a gran voce i titoli e commentando le fotografie: «'Sto papa buono è una benedizione di Nostro Signore.»

Una mattina aveva gridato: «Ma chi era 'sta Marilina che è morta?»

Le mame erano intorno alla radio, la televisione ce l'avevano solo nel bar giù in paese.

Carla era uscita un momento sull'aia: «Massì che lo sai anche tu chi era, Madrina, un'attrice famosa.»

«Cosa l'è capitato? L'hanno ammazzata?»

«No, si è ammazzata da sola.» Era corsa in casa a sentire ancora il notiziario: «La popolare attrice è stata trovata questa mattina all'alba... il coroner di Los Angeles... la Monroe, il cui vero nome era Norma Jean Baker... è stata sposata tre volte, l'ultimo marito, il noto commediografo Arthur Miller...»

Tutto il giorno erano state a sentire le notizie, poi Anna aveva proposto: «Andiamo in paese, è giovedì, c'è "Campanile sera" e vediamo anche il telegiornale.»

Carla aveva annuito: «Sì, dài, ci sono Tortora e la Sampò. A me piace la Sampò.»

E zia Madrina: «Andate a divagarvi, che vi fa solo bene!»

Giovanni in paese scendeva volentieri perché c'era una nuova famiglia che lo attraeva molto. Era gente *che stava bene*, piacentini che avevano affittato per l'estate una villona vagamente liberty piena di torrette e verande fatta costruire da un gerarca fascista di Alessandria prima della guerra. La casa, nascosta da pini e carpini, stava solitaria su un poggio lungo la strada per Torre. Questi piacentini – chi sapeva tutto di loro era Rina della censa – sembravano niente superbi, anzi si erano subito occupati di fare conoscenze nel paese. Rina diceva che volevano comprare la villa – sul pilastro del cancello c'era scritto, in un fregio scolpito, «Villa Eliana» dal nome della moglie defunta del gerarca. La casa era stata disabitata per molti anni, misteriosa e triste, e i ragazzi del paese ogni tanto entravano nel giardino da un'apertura nella staccionata, ma il posto faceva paura, con le statue di cemento annerito e i vetri rotti nella serra. Anche Giovanni da ragazzetto c'era stato, domandandosi chi mai potesse abitare un posto così.

Il capofamiglia era un uomo piuttosto grosso e alto, sui sessant'anni, il volto ridente. La moglie era invece magra e fragile, curva, e sempre con un bastone. Se non era il marito a sorreggerla nelle passeggiate in giardino, c'era un donnone dall'aspetto straniero vestita come un'infermiera, gonna rigida grigia e una cuffietta bianca, forse tedesca o svizzera (sì, svizzera, una *Schwester*, come poi si venne a sapere). E c'era anche un autista, giovane e bruno, che non parlava mai. Poi i figli. Un maschio di diciotto o diciannove anni, biondo ed elusivo, e un altro più piccolo e scontroso. Tra i due lei, Bruna.

Che non era bruna ma di un castano mielato, un colore da persona di città, da ricchi. Aveva diciassette anni, gli occhi scuri e allegri del padre. Era stata la moglie del sindaco a combinare, selezionando a suo piacere, chi potesse essere presentato ai nuovi inquilini di Villa Eliana, i ragazzi più beneducati perché i figli dei Ferrodo, così si chiamava la famiglia dei piacentini, si annoiavano lì piantati in campagna per l'estate.

Giovanni era stato invitato a una merenda e mama Anna, forse rammentando le sue visite di bambina dai Fey, gli aveva fatto un sacco di raccomandazioni, ma ridendo come faceva lei, gli aveva comprato una camicia nuova e gli aveva messo fra le mani un esagerato mazzo di dalie per la padrona di casa. Lui, Giovanni, si era vergognato moltissimo di farsi vedere con quei fiori, in giacca e cravatta oltretutto.

Varcando il cancello – oramai il danno era fatto e gli altri ragazzi lo avevano preso in giro per i fiori –, aveva scoperto un mondo nuovo, in un certo senso esotico. Il cavalier Ferrodo aveva fatto sostituire i vetri della serra, c'erano dei dondoli e delle seggioline di ferro intorno a un tavolo ed enormi siepi di ortensie finalmente potate e rifiorite. La padrona di casa, con una voce piana ma leggermente stridente come il verso di un uccello, aveva chiesto ai ragazzi cosa volessero bere, c'era l'aranciata, il tè freddo, l'orzata. Giovanni guardava Bruna aiutare la madre a versare le bibite in alti bicchieri di vetro colorato. Non aveva mai visto una ragazza così. Lei sorrideva porgendo i bicchieri agli ospiti, aveva i capelli lisci, una frangetta sugli occhi. Le ciglia scure e folte. Quando lo aveva guardato lui si era sentito morire. Poi la padrona di casa, avevano scoperto che si chiamava Clara ma la chiamavano signora, aveva detto che per l'anno prossimo avrebbero restaurato il campo da tennis. Qualcuno di loro sapeva giocare? I ragazzi si erano stretti nelle spalle, nessuno aveva mai giocato. Bruna aveva fatto una risatina: «È così noioso in effetti. Sarebbe bello se papà facesse costruire una piscina, piuttosto.» Il fratello più grande, Guido, aveva chiesto: «Ma si può almeno andare a fare il bagno al fiume? Ci sarà pure una spiaggetta. O a pescare?»

La madre aveva scosso la testa: «No, il fiume non è pulito e non voglio che voi...»

C'era imbarazzo nel gruppo, i giovani maschi Ferrodo osservavano i ragazzi del paese come fossero bestioline, i ragazzi sudavano chiedendosi cosa ci facessero lì. Solo Giovanni, composto, con un bicchiere di acqua e menta fra le mani, sperava che il pomeriggio non finisse mai. Bruna aveva alzato lo sguardo verso di lui, con un breve sorriso.

La stessa sera, dopo cena, la signora si era voltata verso la figlia: «Mi prendi lo scialle?» Aggiungendo: «Non un grande successo, vero?»

«Cosa, mamma?»

«Quei ragazzi. Un po' troppo, come dire, paesani.» Bruna si era alzata per prendere dal bracciolo di una poltrona lo scialle. Lo aveva appoggiato sulle spalle della madre. Nel buio della terrazza, guardando verso la valle, aveva mormorato di buon umore: «Non tutti, mamma.»

Così Giovanni era stato di nuovo invitato, solo lui e il figlio del sindaco, che faceva il liceo e aveva le guance butterate di foruncoli. La seconda volta tutto era stato più semplice, la padrona di casa riposava – e per questo non bisognava far chiasso –, un contadino che Giovanni conosceva tagliava l'erba nel prato davanti alla villa in un'aiuola ben pettinata. Lui e Bruna si erano seduti sul bordo della fontana ovale (due ranocchie di pietra buttavano l'acqua nella vasca dove nuotavano placide delle piccole carpe).

«Caldo, eh?» Bruna aveva indosso un prendisole a righe sottili, senza maniche, sandali di corda.

Giovanni aveva sorriso senza rispondere. Lei si era tirata indietro una ciocca di capelli: «Ma è meglio che da noi, là è pianura, adesso si morirà.»

«Ti piace qui?»

«Sì, è tranquillo. E a te?»

«Io ci sono nato, sì mi piace.»

«Non vai mai da nessuna parte?»

«Sono in vacanza dalle mie mame, cioè dalle zie, se vuoi ti ci porto.»

«Dov'è?»

Lui aveva indicato verso sud: «In collina, ma da qui non si vede». E aveva aggiunto quasi vergognandosi: «Ma è solo una cascina.»

«Avete anche le bestie?»

«Sì, mucche. E conigli.» Ancora arrossendo: «E galline.»

Bruna aveva annuito: «Mi piacerebbe venire.» Poi si era guardata riflessa nell'acqua: «Anche da mio nonno, il padre di mio padre, c'erano le bestie, il cortile, anche i maiali, ma tanto tempo fa. È che a mia mamma» si era fermata accigliandosi, «be', a lei non piace la campagna. O meglio, non quel tipo di campagna. Mia madre è» di nuovo si era fermata, alzando un poco le spalle.

Lui non si aspettava spiegazioni, ma aveva chiesto: «È malata, tua mamma?»

«È stanca, è sempre stanca. Il medico le ha detto che ha bisogno di aria pura, ma non in montagna, le manca il respiro in montagna.» Bruna aveva sorriso – cambiava completamente espressione quando sorrideva: «Così il papà ha trovato questa villa. È molto brutta, non trovi?»

«Brutta? È meravigliosa.»

Bruna era scoppiata a ridere: «Sembra il castello delle streghe. Di notte mette i brividi.» Alzandosi: «Vuoi vederla dentro?»

Giovanni sbigottito: «Sì, no, ma non disturbiamo?»

«Faremo piano.» Era in piedi davanti a lui, la testa un po' reclinata su una spalla: «Vieni.»

Erano entrati da una porticina sul retro, in un piccolo andito con delle mattonelle esagonali bianche e rosse. A destra una scala ripida, di pietra: «Di qui passa solo la *Schwester* per portare le medicine a mia mamma, vieni.»

In cima alla scala si apriva un lungo corridoio buio. Alle pareti, sugli scaffali, era esposto un serraglio di polverosi animali impagliati: una volpe con i denti in fuori, una donnola senza coda, un gufo reale con gli occhi di vetro, e molti altri, esanimi ma minacciosi. Bruna aveva fatto una risatina trattenuta: «Spero che il papà si disfi prima o poi di questo zoo, sono orribili, vero?» E senza attendere risposta: «Certo in tono con tutto il resto.»

A metà corridoio avevano udito un sospiro seguito da un borbottio. La ragazza si era messa un dito sulle labbra, avevano proseguito in silenzio fino a un'altra scaletta, di legno. Salendo si era voltata: «Mio papà che riposa: russa!» Erano sbucati, di colpo quasi accecati dalla gran luce, in una stanzetta ottagonale, disadorna, ampie ragnatele a velare le finestre: «Ecco, la torre!» Bruna aveva riso: «Al papà piace molto, dice che vuol farci un osservatorio. Per osservare cosa, poi.»

E se mi bacia? E se la baciassi io? Perché mi ha portato quassù? Perché ci sono venuto? Magari solo un braccio intorno alle spalle? E se i suoi ci sentono? O i fratelli? Quelli mi ammazzano se ci trovano qua. Vanno a dirlo a tutti, anche alle mame. O dio, dio, speriamo che mi baci lei.

Bruna si era voltata, senza malizia: «Forse da qui si vede casa tua.»

Giovanni aveva deglutito avvicinandosi a una finestra: «No, si vede il campanile di San Sebastiano, ma non casa mia. È dietro quella collina là il Valèt.»

«Peccato.» La ragazza si era strofinata le mani: «Che sporco, ed è pieno di ragni. Torniamo giù.» *Non mi ha baciato. Non le piaccio. Non importa, anzi meno male. O dio, dio, com'è bella. E adesso? Cosa le dico?*

«Che faccia che hai. Stai bene?» Erano di nuovo sulla scaletta, lei davanti e lui che la seguiva: «Sì, bene, perché, che faccia ho?»

«Sei tutto sudato. Hai sete?»

Giovanni, dio, dio, aveva visto il proprio braccio destro allungarsi verso il volto della ragazza. E la sua mano – *la mia mano, dio, dio, proprio la mia mano* – farle una carezza su una guancia. Aveva ritirato in fretta il braccio: «Scusa, scusami.»

Lei si era appoggiata alla parete. Sembrava assorta, non arrabbiata, solo come se stesse pensando a qualcosa di lontano. Aveva alzato gli occhi a quelli di Giovanni. Dandosi una piccola spinta in avanti gli si era avvicinata. Un bacio su una guancia. Poi, breve, sulle labbra. Gli aveva accarezzato il ciuffo di capelli scomposti. E senza parlare, staccandosi da lui senza fretta, si era voltata continuando a scendere i gradini.

In giardino i fratelli di Bruna e il figlio del sindaco – brutto forte e con una finta erre blesa – li aspettavano.

Guido, con un cenno beffardo: «Dove vi eravate nascosti voi due? A baciarvi?» Gli altri maschi si erano messi a ridacchiare. Bruna si era diretta verso il dondolo: «Sì, cretino. Vogliamo far merenda?»

Naturalmente era stata Anna ad accorgersene. Una mattina, prima di mezzogiorno, aveva detto a Giovanni: «Facciamo due passi?»

«Sì, mama. Dove?»

Si erano diretti verso il bosco, seguiti da Teresina, il bracco di casa, e da lì ai prati della Madonna dei Cavalli. Anna camminava davanti a Giovanni, fermandosi ogni tanto a staccare una foglia secca, o per sfiorare una spina di gaggia. Camminando si voltava verso di lui che arrancava, gli occhi bassi sul sentiero.

Ai prati della Madonna – cielo immenso, turgido di agosto – Anna aveva lanciato a Teresina il rametto che teneva in mano. La cagna l'aveva afferrato al volo e glielo aveva riportato.

«Insomma, cosa c'è che sei così serio da un po' di tempo a questa parte?» Dicendoglielo sorrideva.

«Niente, niente» con un'ombra d'impazienza nella voce.

Anna si era seduta sotto un castagno: «Ah, non hai voglia di farmi le confidenze, eh?»

«Non prendermi in giro, mama. Mi tratti, tutti mi trattano, come se fossi ancora un bambino.»

«Hai ragione, scusa.»

Giovanni si era seduto accanto a lei, aveva preso da terra una ghianda, scrutava il cielo verso Torre: «No, scusami tu. Non so cosa mi ha preso.»

Anna guardava la testa bionda di Giovanni provando un'infinita tenerezza: «Tutti 'sti pomeriggi in quella villa.»

«Cosa dici?»
«Non so, magari ti annoi, torni che sei...»
«Come sono?»
«Con la testa fra le nuvole. O peggio, sembri sordo» aveva riso, «ieri sera, quando sei tornato, zia Madrina ti ha chiesto di portarle gli occhiali, tu manco l'hai guardata e sei entrato diritto in casa.»
«Davvero?»
«Massì, davvero» ancora ridendo, «è grave.»
«Non volevo offendere zia...»
«No, non quello è grave. Mi chiedo, lo sai che ti conosco, se quella ragazzina...»
«Non è una ragazzina!»
«Ah, ecco.»
Giovanni aveva buttato via la ghianda, di colpo si era piegato in avanti poggiando la testa sulle gambe di Anna. E poi, come veniva veniva, tutto d'un fiato: «È bella, è seria, intelligente, ha studiato, anzi forse farà l'università, a Milano magari, ieri pomeriggio, e poi mi ha detto, la torretta, lo sai che hanno una torretta, l'hai mai vista la casa? Mama?» Così, come veniva veniva mentre Anna guardava la distesa dei prati davanti a loro e pensava: "Ecco, ha l'età d'innamorarsi. È successo anche a lui." Aveva un leggero batticuore, e insieme sentiva una calma profonda, una sconfinata tranquillità.

La voce del ragazzo continuava concitata, a tratti quasi a singhiozzo, per riprendere subito il fiume di parole. Anna pensava: "Eccolo qui, il mio Giuanin che adesso è un uomo e che forse soffrirà, o forse no, forse sarà felice, tutto andrà bene e avrà una vita piena e sarà amato. Qualcuno lo amerà e penserà a lui e lui se ne andrà." Gli aveva passato una mano sulla fronte. Giovanni si era fermato: «Capisci, mama, capisci? Mi ha detto che mi vuole bene anche lei.»
«Te ne vuole davvero?»

«Suo padre compra la casa, l'estate prossima saranno di nuovo qui, forse persino a Pasqua, addirittura già questo Natale. Bruna lo convincerà, se lo rigira intorno a un dito suo papà, e lui è talmente buono, un uomo buonissimo e gentile.»

A Natale? Come sarà questo Natale al Valèt?

«...e ci scriveremo, me lo ha promesso, e si fermano fino a metà settembre, se la madre sta bene. Forse fino ai primi di ottobre. Mama, io non vado più a Cengio, voglio star qui.»

«Sì, sì, è deciso. Anche Piero è d'accordo.»

«Oh, mama.»

«Calmati adesso, raccontami ancora se vuoi, ma parla più lentamente.»

Giovanni aveva fatto un gran sospiro. Si era alzato flettendo la schiena, aveva lanciato un grido imitando il verso del falco. L'aveva guardata: «Siamo giovani, ma le voglio bene, sarà per sempre.» Ridendo l'aveva aiutata ad alzarsi dall'erba: «E tu, mama, perché non ti sposi?»

Ad Anna era tornata in mente la signora di Bra che le aveva posto la stessa domanda anni prima. A lei era stato facile rispondere: «C'è tempo.»

«Quanti anni ha?»

«Ventitré, appena compiuti.»

Cos'era, dieci anni prima? Undici? Giovanni allora faceva le elementari a Cengio e lei insegnava a Bra. Le era venuto da piangere ma si era trattenuta. Invece aveva riso guardando bene in volto il ragazzo: «Non posso perché quand'eri piccolo eri tu che volevi sposarmi.»

Giovanni aveva riso anche lui: «Allora va bene, sposerò te, te lo prometto, se mi vuoi ancora.»

I prati, poi, rimasti solitari e silenziosi senza ombre e buio, con solo il fruscio impercettibile del vento fra i trifogli.

L'ultima immagine è quella di Bruna che sale in automobile, un cappello chiaro di paglia. Si volta a salutarlo. Ha una giacchetta azzurra, la gonna a pieghe, i guanti. Già vestita da città. Sua madre sembra irritata o esausta, un plaid sulle ginocchia. Le fa segno di muoversi a entrare in macchina. L'autista ingrana la marcia e l'auto scompare dietro una curva, in leggera discesa.

Il portinaio che i Ferrodo hanno assunto si rimette il berretto e chiude il cancello. Settembre finirà e verrà il freddo.

Era arrivata subito una lettera:

28 settembre

Caro Giovanni,
abbiamo ripreso la nostra vita in città, che noia! Guido si sta preparando per andare a studiare a Milano e Riccardo... be', lo sai com'è Riccardo, il solito ragazzino scemo. Mi manchi molto, mi manca la villa (non pensavo che mi sarei affezionata a un luogo simile, ma sei stato tu a farmela amare), e sento nostalgia dell'estate. Ma soprattutto di te, tesoro mio...

Giovanni aveva portato le sue cose al Valèt, si era sistemato, ormai definitivamente, nella camera che era stata di zio Spirito e che le mame non avevano trasformato. Il lettino di ferro, la veduta dalla finestra dipinta da Spirito appesa alla parete sopra il comodino.

Piero e Carla erano tornati a Cengio, Piero aveva ripreso il lavoro, con fatica ma aveva ricominciato. Anna era ad Alba (ma tornava al Valèt la domenica con la Topolino), zia Madrina passava le giornate più in chiesa che a casa.

Lena teneva spesso la radio accesa e Giovanni sentiva le

notizie: il fenomeno nascente dei "capelloni" (*che male ci sarebbe a lasciarsi crescere i capelli come le femmine? Ma a Bruna piacerei?*), una zoologa americana che aveva scritto un libro denunciando gli effetti nocivi del ddt, un pesticida che tutti, anche loro al Valèt, usavano di continuo spruzzandolo con il *flit*, un cilindro di latta azionato da un pistone di legno.

«Hai sentito, mama, pare che il ddt faccia male.»

«Male il ddt? Ma siamo matti, e le zanzare uno come le uccide?»

Eppure Giovanni si era messo a cercare notizie sui giornali: questa zoologa, o biologa, una certa Rachel Carson, era la stessa che l'anno prima era riuscita a dimostrare che una medicina dal nome difficile da ricordare, il talidomide, era la causa della nascita di un mucchio di bambini deformi, senza braccia e gambe.

Un mondo minaccioso e lontano, ma non del tutto. Pesticidi, acidi, farmaci avevano a che fare direttamente con loro, con Piero sempre più consunto là a Cengio, con Carla che smagriva anche lei e non rideva più come una volta.

Ma a distrarlo, o forse erano le notizie alla radio che lo distraevano, arrivavano le lettere di Bruna:

11 novembre

Caro Giovanni,
non so da voi, ma qui si gela, e c'è un nebbione spaventoso. Altro che estate di San Martino... cappotto e guanti! Mia madre vorrebbe comprarmi una pelliccia ma a me non piace, fa troppo vecchia la pelliccia. Ho qui, le ho schiacciate in un libro e non hanno perso il loro colore, le margherite che mi hai regalato quel pomeriggio. Te lo ricordi quel pomeriggio?

Invece al Valèt San Martino era stata una giornata luminosa e quasi calda. Giovanni era andato a raccogliere le castagne pensando a come doveva essere la casa di Bruna, in città. Immaginava un grande appartamento – lei gli aveva detto che abitavano nel centro di Piacenza, in un vecchio palazzo –, con lunghi corridoi come a Villa Eliana, e forse anche lì con animali impagliati e corna di cervo alle pareti. Pensava a come doveva essere la stanza della ragazza, una stanza chiara, con la tappezzeria alle pareti, un letto comodo, qualche soprammobile. Ma non riusciva ad andare più in là, a immaginare meglio. Ogni tanto vedeva sulle riviste – arrivava regolare al Valèt «Famiglia Cristiana» a cui li aveva abbonati zia Madrina – degli interni di case, ma nessuna gli pareva di lusso come doveva essere quella di Bruna. Grandi mazzi di fiori? Un pianoforte forse a coda? Tendoni alle finestre come quelli che aveva visto al castello dei Fey? – ma non così pesanti e scoloriti; e non i tappeti orientali macchiati dall'urina dei cani che il marchese lasciava salire anche sul letto. No, la casa di Bruna doveva essere diversa, forse un po' buia, e odorosa di cera, ordinata e silenziosa (con quell'imponente infermiera svizzera che camminava a passettini). Giovanni aveva cercato Piacenza sul suo atlante e gli era sembrata vicinissima, bastava seguire la curva di Bormida fino ad Acqui (non era mai stato ad Acqui), e da lì prendere per Alessandria dove abitavano le sue zie paterne che non vedeva da anni. Poi Tortona, la strada statale per Voghera, Stradella e si era praticamente arrivati tra le anse del Po. Che la Bormida morisse in Tanaro, e il Tanaro in Po, lo riempiva di tenerezza come se i fiumi fossero dei fili che lo legavano alla ragazza. Aveva calcolato i chilometri, più o meno 160, neanche un'enormità. In pullman, cambiando ad Alessandria, e poi in treno ci avrebbe messo...

Be', c'era tempo, forse a Natale...

12 dicembre

Caro Giovanni,
di venire a Natale purtroppo non se ne parla, mia madre ha una brutta bronchite e il papà è molto preoccupato che la villa non sia ben riscaldata, senza contare la fatica del viaggio. Non sai come sono dispiaciuta, anzi disperata. Qui tutti i giorni sembrano uguali. L'unico svago, se la mamma starà meglio, sarà una festa per il compleanno di Guido. Verranno i soliti amici più qualcuno forse più vecchio come un ingegnere che lavora col papà. Ha trent'anni, pensa. E se Guido non fa la solita lagna invito qualche mia amica. Rispondimi subito, dammi tue notizie, scusa per Natale.

Niente Natale, dunque, e una festa con chissà quanti ragazzi a morirle dietro. Non fosse stata come una reliquia Giovanni avrebbe volentieri buttato la lettera nel fuoco. Invece, con coraggio:

18 dicembre

Cara Bruna,
amore mio, non vederti per Natale è terribile, ma so che bisogna avere pazienza, e mi dispiace che tua mamma sia malata. Ieri sono passato davanti a casa tua e il cancello era chiuso, ci passo spesso e qualche volta incontro il vostro portinaio e scambiamo qualche parola. La villa sembra più triste che mai, con le persiane sbarrate, anche lei aspetta il tuo ritorno. Scusami, è una frase stupida, e penserai che sono sdolcinato, ma mi manchi tanto. Qui è come se il tempo si fosse fermato, nevica molto e l'altra settimana siamo stati bloccati a casa tre giorni, sono sceso in paese a piedi, un'avventura con la neve alta così! Ma è anche bello, tranquillo, fa buio presto e sto nella stalla ad accudire le bestie. A Natale saremo tutti insieme, anche mama Anna e zia Madrina. Mama Anna dice che se le

strade saranno brutte lei piuttosto viene a piedi, l'idea di non stare insieme a Natale è senza senso. Ti voglio bene, e so che me ne vuoi, e aspetto sempre tue notizie. Il tuo Giovanni.

Il 24 era arrivata una cartolina con una collina innevata e una breve frase d'auguri di Bruna. Capodanno era passato festeggiando il compleanno di Carla. Piero sorrideva, aveva persino cantato, con voce flebile ma armoniosa, delle canzoni insieme ai gemelli.

E naturalmente, per la centesima volta, si erano narrati spaventevoli leggende sulle masche, e più erano inverosimili più avevano successo. Come quelle della masca Micilina, molto temuta fra Langa e Roero, bruciata viva sulla pubblica piazza in epoca imprecisata (Giacomo giurava l'altro ieri, Germano argomentava almeno tre secoli fa). Zia Madrina si arrabbiava: «Smettetela con queste sciocchezze da pagani! Date un dispiacere alla Madonna!» Ma Giovanni, tornato bambino, ne voleva sapere di più. La masca Micilina, proseguivano i gemelli, era potentissima e crudelissima: poteva trasformarsi in gatto – com'era convinta la buonanima del loro padre Giachin –, o serpe, e persino in siepe, se voleva. All'improvviso, dove di solito c'era il sentiero di casa, ti trovavi davanti a una selva di rovi, e potevi star certo che era stata lei, la masca, a compiere il maleficio. Non solo, ma la siepe parlava: «Dove sei diretto, o viandante?» Allora giù una bastonata ai rovi e quelli sparivano sghignazzando. Germano batteva le mani: «È tutto vero! Come quella volta che zio Spirito ha trovato il cancello di ferro al posto di quello di legno.» E Giacomo: «Era stata una masca, oh già!»

«Ho detto basta!» li interrompeva Madrina brandendo una scopa: «O vi mando a benedire!»

In quelle sere – i cani accucciati nella stalla accanto alle vacche, le bucce dei mandarini a crepitare sulla stufa e quel senso di sospesa protezione propria dell'inverno –, Giovanni sfogliava gli album di fotografie di Anna. Tra le più vecchie ce n'era una di un ragazzo più o meno della sua età, lo zio Lorenzo, 'Renzin, un fratello della bisnonna materna Felicina. La storia di 'Renzin Anna gliel'aveva raccontata una sola volta, anni prima, e in famiglia non se ne accennava mai. Perché non era una storia felice.

'Renzin frequentava il convitto di Alba. Aveva diciassette anni, era molto bello (nel ritratto è in giacca e cravatta in piazza Rossetti, i capelli mossi dal vento) e molto intelligente, destinato a studiare e forse anche a farsi prete come sperava sua madre. Alla fine dell'anno scolastico era tornato alla cascina e i fratelli lo avevano trovato cambiato, meno sorridente del solito, con meno voglia di uscire per andare alle fiere nei paesi. Quando non aiutava in campagna se ne stava da solo a leggere e scrivere sotto il frassino di una cascina abbandonata, oppure a far niente guardando le poppe sinuose delle colline in direzione di Alba. Con lui c'era sempre un cagnino bianco e rosso, un meticcio di barbone, e a questo cagnino di cui nessuno ricorda il nome confidava – e a lui soltanto – i suoi crucci, se davvero ne aveva qualcuno. Le sorelle lo prendevano in giro: «'Renzin fa il romantico, quest'anno non ci guarda nemmeno.»

«Scrivi alla morosa, eh?»

E infatti 'Renzin riempiva pagine e pagine di un suo taccuino, alcune stracciandole rabbioso dopo averle rilette, altre sulle quali si soffermava mordicchiando la matita. Il cagnino dormiva accanto a lui e, russando, si rotolava sul dorso, pancia all'aria, per farsela accarezzare.

È come un'immagine fissa nel paesaggio d'oltre Tanaro, quell'estate, un paesaggio più morbido, meno tormentato delle Langhe, con luci più rarefatte ma estati più afose e improvvisi temporali. L'immagine del ragazzo sotto il frassino, il biondo dei capelli come una macchia sfuggente contro il verde denso delle vigne, le lunghe gambe nude abbronzate, la mano destra che se non scrive accarezza il cane. Un'immagine che nonna Felicina riporterà alle nipoti del Valèt.

Un pomeriggio era arrivata una lettera, col postale di Alba, indirizzata a 'Renzin. Sua madre l'aveva visto dalla finestra della cucina aprire nervoso la busta, leggere il foglio, poi appoggiare le spalle al muro di confine con la strada. Gli aveva chiesto, sorprendendolo, se aveva ricevuto cattive notizie.

«Niente, mama» 'Renzin aveva scrollato le spalle, «sai quel mio compagno di scuola.»

«Quello che ti viene a trovare a Ferragosto?»

«Sì, lui. Scrive che non viene, non può.»

«Ah, ti dispiace?»

Il ragazzo non aveva risposto. Aveva infilato la lettera nel taccuino, si era diretto verso la campagna.

«Fai merenda?»

«No, mama, vado a San Pe'» il nome della cascina diroccata dove c'era il frassino.

Lei aveva guardato a lungo il suo figlio più bello allontanarsi nel caldo del pomeriggio. Poi, scacciando una mosca, aveva continuato le sue faccende.

A Ferragosto c'era stata la festa dell'Assunta. I fuochi, le giostre, il ballo a palchetto nella piazza del mercato. I ragazzi correvano a ballare e quella notte era tutta per loro, potevano, una volta l'anno, tornare quando volevano. Felicina, di un solo anno più grande di 'Renzin, aveva un po' insistito: «Se non ci sei tu, non vado neanch'io.»

«Non ne ho voglia.»

«Ma come? Cos'hai 'Renzin?»

«Niente ho.»

«Con 'sto muso da giugno.»

«Ho il muso perché... perché... non ho affatto il muso, io.»

Lei era scoppiata a ridere: «Sì che ce l'hai! Dài, portami in piazza.»

«Vacci da sola.»

«Uffa, se proprio ti annoi puoi scrivere qualcosa su quel tuo quaderno.»

Lui era arrossito, violento: «Guai a te se ti prendo che leggi il mio quaderno. L'hai letto? Rispondi, stupida.»

«Ma no, e poi come avrei fatto? Te lo tieni addosso persino quando dormi.» Gli aveva accarezzato un braccio: «Su, non fare così.»

Il ragazzo l'aveva guardata provando un senso di rimorso, era la sua sorella più affettuosa. Si era deciso: «Va be', ti accompagno.»

«Però balli anche tu! Con me!»

«Dài, dài, che c'è Gèpu Delpiano che non vede l'ora di trascinarti sul palchetto.» E aveva spinto Felicina sullo stradone.

Nella notte odorosa di erba appena tagliata si ballava sulla piazza illuminata dalle lampade a petrolio, sulle colline avevano acceso i falò, si poteva bere il vino novello, scherzare e anche baciarsi, di nascosto, nelle rive. Felicina concesse due polke a Giuseppe Delpiano che, rispettoso, fece ballare anche le altre sorelle, e tutti si dimenticarono di 'Renzin.

A notte fonda, dalla parte di Canale, si raggrupparono grosse nuvole bianche nel nero della notte e in un momento iniziò a grandinare, una di quelle insistenti e maligne tempeste di mezza estate che rovinano i pescheti e le vigne.

I ragazzi del paese corsero a ripararsi nei fienili, alcuni già diretti a casa per paura che i genitori li venissero a cercare rimproverandoli. Felicina e i suoi fratelli restarono ancora un po' sotto il portico della legnaia a guardare quei duri chicchi di ghiaccio grossi come prugne saltellare sullo sterrato mentre un annuncio di alba illividiva la notte sciupata. Portava sempre disgrazia, la grandine.

Ma a nessuno venne in mente – intanto che il padre scendeva a vedere la rovina della tempesta imponendo ai figli di recitare subito un rosario propiziatorio e gettando, come si usava per superstizione, la catena del pozzo in mezzo al cortile per scongiurare il maltempo –, a nessuno venne in mente 'Renzin.

Solo a giorno fatto, contemplando i danni, la mamma fece la conta dei figli.

«L'abbiamo visto in piazza, eravamo tutti là.»

«Sì, ha ballato con me.»

«Era contro la piglia dell'osteria, saranno state le undici.»

Ma 'Renzin non era tornato e nessuno nelle case intorno lo aveva più visto, con tutta quella confusione. E con lui era sparito il cagnino bianco e rosso. Felicina raccontò poi alle nipoti la desolazione della piazza quel mattino, i tendoni del ballo a palchetto mezzo strappati dalla bufera, le sedie rivoltate, la piazza stessa trasformata in una laguna fangosa.

Non ne seppero niente per cinque giorni fin quando, da Alba, arrivarono i carabinieri.

Il corpo di 'Renzin fu riconosciuto da suo padre e dal fratello maggiore. Era gonfio d'acqua e sfigurato, alla madre non lo lasciarono vedere. Addosso aveva soltanto i pantaloni, niente scarpe, né camicia, ripescato per caso da uno che andava per rane in uno stagno vicino a Tanaro, al ponte dopo il Mussotto, impigliato tra i rami di un salice. La strada dal paese, dissero, l'aveva fatta a piedi, quella notte. La vicinanza al ponte mise in sospetto il maresciallo dei carabinieri che si lasciò scappare l'ipotesi che il ragazzo si fosse volontariamente gettato in Tanaro. Il suo quaderno non fu ritrovato, e neppure il corpo del cagnino, se mai morì con lui.

Il giorno del funerale il tempo era di nuovo cambiato e una luce dura come bronzo lucidato scuriva il cimitero. C'era tutto il paese e da Alba erano arrivati i compagni di scuola di 'Renzin. All'uscita della chiesa la madre si era voltata verso i ragazzi chiedendo: «Chi di voi doveva venire a trovare mio figlio a Ferragosto?»

Si era fatto avanti uno bruno e sottile, il figlio di un farmacista di Alba. Aveva risposto: «Io.»

«E perché non sei poi venuto?»

Il ragazzo non aveva risposto, gli occhi terrorizzati dallo sguardo atroce della donna.

La mamma gli aveva voltato le spalle, era andata a seppellire il suo 'Renzin.

Ma in paese si diceva, ancora anni dopo, che ogni tanto un uomo di fuori andava al cimitero a portare dei fiori sulla tomba di 'Renzin e che, finché visse, la madre quando trovava quei fiori sconosciuti li gettava nella fossa fuori dalle mura, a marcire con quelli ormai secchi.

8 febbraio

Caro Giovanni,

è successa una cosa terribile e ti scrivo solo ora perché sono sconvolta. Quattro giorni fa mio padre ha avuto un infarto ed è morto. Stava tornando a casa e si è accasciato in strada, vicino al suo ufficio. Non c'è stato niente da fare, è arrivato già morto all'ospedale. Ieri c'è stato il funerale. Sono a pezzi. In chiesa è venuta tanta gente, il papà era molto conosciuto e sai che era un uomo molto stimato. Sembra impossibile, non riesco a farmene una ragione, e mia madre è distrutta. Non riesco ad andare avanti, scusa, ti scriverò presto.

Era corso a telefonarle. Aveva aspettato che la centralinista gli passasse l'interurbana al posto pubblico del paese. Il telefono aveva squillato a lungo, ma nessuno aveva risposto.

Giovanni, disperato, era salito alla villa, il portinaio gli aveva riferito di aver ricevuto un telegramma dalla famiglia – dal figlio grande, Guido. Attendeva disposizioni.

Dopo la lettera di febbraio erano passate settimane di silenzio, poi finalmente una risposta:

20 marzo

Caro Giovanni,
scusami questa lunga assenza ma la morte di mio papà ci ha messi in una situazione difficile. La mamma ha deciso di non acquistare Villa Eliana, abbiamo anche qualche difficoltà finanziaria. Gli affari del papà negli ultimi mesi non erano andati bene e la mamma ha affidato la direzione dell'azienda a un giovane ingegnere di cui forse ti ho già accennato. È una persona perbene, preparato, di un'ottima famiglia di Parma. Ci sta aiutando a salvare il salvabile. Guido e Riccardo sono troppo giovani e non hanno esperienza, e poi devono finire le scuole. Io per ora ho deciso che non m'iscriverò all'università, devo accudire mia madre che è sempre malata e triste. E ci sono tante cose a cui pensare, da organizzare. Il tempo trascorso a Villa Eliana mi sembra a volte lontanissimo, ero felice allora.

Non parlava d'amore in questa lettera. Giovanni dovette dare anche lui una cattiva notizia:

7 aprile

Cara Bruna,
amore mio, mio padre è stato ricoverato in ospedale ad Alba, abbiamo paura che la sua malattia sia molto seria. Lui dice che non è niente, che tornerà presto al lavoro, ma non so cosa pensare. I medici sono cauti e non ci spiegano granché. Sto ad Alba da mama Anna e zia Madrina così posso vederlo tutti i giorni e tenergli compagnia. Anche se non acquisterete la villa verrò io a trovare te, appena potrò. Vedrai che tutto si sistemerà. Ti amo teneramente, stai serena il più possibile. E saremo felici, te lo prometto.

Quei giorni di primavera furono insolitamente tranquilli. Al mattino Giovanni andava a fare la spesa e cucinava qualcosa per zia Madrina. Poi andava a trovare Piero che stava a letto con un sorriso fisso sul volto. Sul tardi arrivava Carla a dargli il cambio e lui tornava in piazza San Paolo dove lo attendeva Anna. Qualche sera facevano una passeggiata in via Maestra, loro due, guardando le vetrine e se la pasticceria Cignetti era aperta Anna comprava dei biscotti alle nocciole che piacevano a entrambi. Invece che al solito parlavano poco, ma facevano delle lunghe camminate, a volte anche in collina fino alla Madonna di Como o a Santa Rosalia.

Inaspettatamente, a fine aprile, Piero migliorò. Volle a tutti i costi tornare a Cengio, a lavorare; in fabbrica lo avrebbero accolto a braccia aperte, per loro era importante mostrare che un operaio – forse – era guarito dal male che proprio la fabbrica gli aveva procurato.

Le notizie di Bruna arrivavano irregolari e il tono sembrava cambiato, finché a fine maggio lei gli scrisse ancora:

31 maggio

Caro Giovanni,
non posso più tacere, ho preso una decisione importante e anche sofferta, ma penso sia la più giusta per me e per la mia famiglia: fra due domeniche mi sposo con Roberto, l'ingegnere che ora dirige la nostra azienda. È stata la mamma a combinare tutto, ma devo dire che lui, Roberto, è stato molto corretto e affettuoso. Dice di amarmi, di questo sono sicura, e anch'io, sarò sincera, provo per lui qualcosa. Con gentilezza mi ha chiesto se voglio diventare sua moglie. Ho passato una notte a piangere, te lo giuro, pensavo a te, a me, a cosa ci siamo detti l'anno scorso. Ma dall'estate scorsa la mia vita è completamente cambiata, ho anche delle responsabilità verso la mia famiglia. Ho accettato e tra pochi giorni sarò sua moglie. Non dimenticherò mai la più bella estate della mia vita, quella che mi hai regalato tu, e non scorderò il tuo volto. So che mi capirai, abbi cura di te, tua Bruna.

Poter morire, sedersi lungo il fosso e lasciarsi morire, lentamente, per avere tempo di pensare bene a tutto, a ogni momento trascorso con lei l'estate prima. Risentire le sue labbra – non c'era stato altro che baci appassionati scambiati di nascosto, nella serra, o nella torretta dove si erano rifugiati molte volte. Il profumo della sua pelle mescolato agli odori della campagna e dei fiori. Un pomeriggio Bruna si era procurata un piccolo taglio a una gamba, correndo in giardino. Giovanni le aveva fatto una leggera fasciatura col proprio fazzoletto. Quando lei glielo aveva reso – piccole macchie rosate di sangue – lui non lo aveva lavato ma nascosto in un cassetto nella sua stanza, fra i suoi.

Morire dolcemente, senza disperazione, sotto i rami di un olmo. O sparire in un gorgo come era successo allo zio 'Renzin che lui adesso sentiva compagno di sventura, fratello maggiore che aveva avuto la sua stessa sorte. E un mattino, appena sveglio, aveva intuito una strana cosa: anche lui era stregato dall'incantesimo del Valèt. Anche lui non si sarebbe sposato, non avrebbe conosciuto una famiglia sua, figli suoi, come Lena, Anna, zio Spirito, zia Madrina. Come i gemelli. Persino il marchese Gregorio non si era sposato. Giorno dopo giorno, mentre una nuova estate impigriva le colline, i boschi, Bormida malata anch'essa, Giovanni imparò a lasciarsi andare al sortilegio della sua famiglia, che forse un giorno sarebbe finita con lui.

Di Bruna non ebbe più notizie, la villa fu venduta anni dopo a una famiglia di torinesi che però la trascurava venendoci poco. I ragazzi del paese tornarono a visitarla di nascosto rompendo a sassate i vetri della serra. Una notte di luglio i ladri si portarono via i mobili migliori, e gli animali impagliati rimasero a fissare con i loro occhi di vetro il nulla.

Piero morì in ottobre, a casa. Vennero le sorelle da Alessandria, il fratello e la sorella monaca. I Milàn non avevano una tomba a Saliceto e Piero venne sepolto con i Valèt, col pa' e la mama, nel loculo accanto a quello di zio Spirito che gli aveva voluto bene. Gli operai dell'Acna volevano fare una denuncia, ma Carla lasciò perdere, nessuno vinceva mai niente contro la fabbrica.

La sera prima di morire Piero aveva chiamato accanto al letto Giovanni. Gli aveva sorriso con quella sua tipica esitazione: «Prenditi cura delle mame, Giuanin. E sii un uomo perbene.» E per la prima volta nella sua vita gli aveva detto: «Ti ho sempre voluto bene Giuanin, come un padre.»

I gemelli del Bambin

I gemelli sono del '23 come Lena. Mezz'ora dopo averli dati alla luce la loro madre morì. Aveva lavorato nei campi fino a poche ore prima, poi, sentendo che il parto era imminente, era corsa verso casa tenendosi il ventre con le mani. Era entrata nella stalla – in casa non c'era nessuno, suo marito Giachin era andato a far legna nei boschi –, si era sdraiata sulla paglia. Aveva paura, era il suo primo parto, ma ricordava sua madre nella stessa situazione, lei l'aveva aiutata a sgravarsi dei fratelli piccoli, alcuni nati morti e in fretta sotterrati in un angolo della vigna. Ma alla paura si aggiungeva la solitudine. Respirando forte guardava le capre rintanate in un angolo, non avevano neppure una vacca, l'asino era morto l'estate prima. Sentiva lo zampettare frenetico dei ghiri sulle assi del soffitto e quel suono consueto le alleviava un po' la tristezza d'essere sola. Si era rimboccata la gonna sui fianchi, attendendo. Giachin sarebbe tornato da un momento all'altro, qualcosa avrebbe fatto, l'avrebbe aiutata.

Pensava a sua madre, al gorgoglio della sorgente vicino al Valèt, a una volta che suo marito l'aveva portata in piazza al ballo a palchetto. Guardava i raggi del sole filtrare dall'unica finestra. Dall'apertura spuntò il muso di un gatto che a lei piaceva, a cui di nascosto dava la pelle del salame o una briciola di mollica, ma che Giachin scacciava quando se lo ritrovava intorno.

Il gatto era saltato dal davanzale verso di lei, si era fermato a osservarla da lontano, poi si era leccato una zampa.

«Ven sì, gatìn, temme companìa.»

L'animale si era avvicinato lentamente, le aveva annusato una guancia, si era acciambellato contro il suo braccio. Erano cominciate le doglie. *Ecco nasce, Signore fa' che sia sano, un maschio. È un maschio di sicuro, così grossa posso fare solo un matòt.*

Si aiutava con le mani come poteva, sentiva già la testa uscire. *Ecco, ven fora, così, pianin.*

Si ricordava che sua madre non urlava, che stringeva i denti, chissà se perché bisognava fare così o per vergogna? Quelle cose lì da donne erano una vergogna, lo sapevano tutti. Così non aveva gridato neppure lei, sentendo, col sangue che le macchiava le cosce, la carne del suo bambino sgusciarle fuori. Lo aveva preso cercando di inarcare la schiena e scrollandolo un poco. Il bimbo, un maschio, sì, s'era messo a strillare. Il gatto si era di nuovo allontanato fissandola con uno sguardo attento.

Lei sentiva qualcosa di strano, però. Non era finita, la mente le si annebbiava. Cosa c'era, perché ancora sangue e un senso d'ingombro, di soffocamento? Perché non arrivava del sollievo? Si era toccata con la destra, con la sinistra cercava di tener fermo il bambino. Ma certo, ecco, ce n'era un altro. Possibile? Aveva rammentato che anche sua madre, una volta... erano morti subito quei due bambini. Non sentiva più le forze, ma bisognava farlo uscire subito altrimenti sarebbe morto. Un'altra piccola testa, le spalle. Che strana cosa, due bambini. Un altro maschio? Giachin sarebbe stato contento? E lei cosa provava se non stupore e una confusa rassegnazione. Aveva tirato fuori il secondo, le era sembrato che tutta la Langa le franasse addosso. Senza pensarci era riuscita a srotolare lo scialle che aveva sulle spalle, aveva avvolto il primo bambino e subito il secondo, uno contro l'altro, stessa carne come lo erano stati nel suo ventre. Poi solo sangue e ancora la luce di fuori e il gatto che saltava sul davanzale e fuggiva sull'aia. E ancora sangue, e sangue, all'infinito.

Così li aveva trovati Giachin, i due bambini nello scialle, le teste appoggiate al petto della madre, una contro l'altra, identiche. E li aveva odiati perché l'avevano fatta morire. Al gatto, vedendolo in cortile, aveva tirato una sassata, mancandolo. Il gatto era scomparso e non era tornato mai più. Era una masca, ne era sicuro, che gli aveva fatto la fattura, la colpa della disgrazia era anche sua. E due gemelli uguali erano sì o no opera del diavolo?

Ce n'era voluto a don Lovera per convincere Giachin che le masche e quelle stupide dicerie lì non c'entravano per niente. Lui, Giachin, se vedeva un gatto era capace di corrergli dietro con la roncola. E tanti ne aveva ammazzati.

I gemelli stavano tutto il giorno dentro un'inservibile bacinella di metallo forata, emettendo strani suoni e leggeri sbuffi come gli spifferi delle finestre in inverno. O come serpenti, pensava il padre. E ridevano, o facevano una smorfia che somigliava a una risata. Era questo ridere incomprensibile che dava più sui nervi a Giachin.

Il pa' portava al Bambin qualcosa da mangiare e Nuccia saliva anche lei alla cascina – più che una cascina vera e propria, un ciabòt squadrato – cercando di convincere Giachin a darle a balia i piccoli. Lena era nata da poco e lei di latte ne aveva in abbondanza. Giachin prima diceva di sì, poi dava di matto gridando di farsi i fatti loro e tirandosi dietro la porta. Pa' e mama scendevano al Valèt con un'alzata di spalle, tanto Giachin sarebbe sceso con le lacrime agli occhi a chiedere il loro aiuto.

Era intervenuto persino il marchese vecchio donandogli – con quel fare futile e solenne come se il fittavolo meritasse una decorazione – un asino nuovo. E alleggerendo il pagamento delle decime, per quel poco che il Bambin rendeva.

Giachin era troppo povero per risposarsi, e troppo diffidente, ma, non si sa come, i bambini li aveva fatti crescere. O erano loro, robustissimi e caparbi, che s'intestardivano a vivere. A cinque anni portavano le capre in pastura, a sei erano scappati di casa e avevano dormito una notte all'aperto, nel bosco delle torte, provando la più meravigliosa delle sensazioni. Nel buio si erano stretti l'uno all'altro come sempre facevano e Germano, dei due il più protettivo, si era assicurato che il gemello fosse ben coperto. Al mattino Giachin li aveva trovati sotto un rovere e sai le botte. Erano tornati al Bambin a calci.

Nuccia li amava come fossero suoi, ma anche a lei, un poco, i gemelli facevano paura. Sembravano infaticabili, e quando proprio cascavano dal sonno – magari erano scesi al Valèt per dare una mano con i bigàt o a tagliare l'erba col pa' – si rinchiudevano nel loro mondo esclusivo facendosi segni soltanto a loro conosciuti o lanciando grida gutturali che parevano divertirli moltissimo. Mama, d'altronde, aveva insegnato loro le cose elementari: sbottonarsi i calzoncini prima di far la pipì, soffiarsi il naso col fazzoletto (ma sai lo squisito piacere di infilarsi le dita nel naso), usare cucchiaio e forchetta. I gemelli adoravano soprattutto zio Spirito che li chiamava i suoi elfi dei boschi e cercava di farli cantare, o anche solo parlare in modo comprensibile. La cosa importante per loro era stare in campagna, non muoversi da lì, al riparo del Valèt.

A undici anni, quasi dodici, ripresero un gioco – fu Giacomo ad avere l'idea – già fatto negli anni precedenti. Salivano nella soffitta del Bambin piena di polvere e sterco di pipistrelli. Sotto una catasta di utensili arrugginiti c'era una valigia di cartone legata con dello spago. Dentro la valigia, mal piegati, rosicchiati dai topi, i vestiti della madre. Giacomo tirava fuori con delicatezza un abito estivo a piccoli fiori azzurri su fondo grigio, con le maniche corte. Soffiava sul cotone e con una mano toglieva le ragnatele. Intanto Germano restava incantato davanti a un paio di scarpe nere, con un poco di tacco, forse le uniche calzature da domenica della madre. C'erano anche dei pettini, uno scialle fatto all'uncinetto, una sottoveste bianca con una strisciolina di pizzo nella scollatura. Giacomo sistemava con cura gli abiti su un piano di legno, guardava sorridendo il fratello che annuiva, Germano non toccava i vestiti ma restava impettito a osservarli.

Poi, un pomeriggio di luglio, Giacomo si tolse la camicia e infilò dalla testa l'abito estivo a fiorellini. Germano lo guardava atterrito e affascinato con un'inedita pulsazione al ventre. Era male quello che il gemello faceva? Era male quel languore che gli saliva dalle cosce? Giacomo si era voltato verso di lui senza avvicinarsi, lisciando le pieghe della sottana. Sembrava avesse voglia di ridere ma non rideva, solo una smorfia, come una ragazza che guarda un ragazzo. Germano aveva allungato un braccio, forse per schiaffeggiare il fratello, ma invece gli aveva dato solo una pacca leggera sulla spalla e si era voltato pieno di un misterioso turbamento. E di desiderio.

Vedere Giacomo con quei vestiti da femmina, e per giunta della mamma che spesso sognavano – come poi si raccontavano al mattino, e il sogno era spesso il medesimo –, riempiva Germano di un'ansia sconosciuta, una specie di furioso dispiacere. Giacomo diventava diverso da lui, come non fosse più la parte di sé che era sempre stato. E quando aveva cercato di indossare la sottoveste bianca gliel'aveva strappata di dosso. Per qualche giorno non erano più saliti nella soffitta e di notte avevano dormito lontani. A Giacomo la seconda notte era venuta la febbre e nel sonno si agitava e mugolava come un animale a cui avessero spezzato le zampe. Germano si era spaventato, era balzato verso il letto del fratello, lo aveva stretto a sé coprendogli la fronte con una pezza inumidita. Quando la febbre era calata aveva capito che non si sarebbero mai separati.

Quel luglio, o era già agosto, erano andati a Bormida a rubare delle canne in un terreno che non era di nessuno, o che speravano non fosse di nessuno.

Camminano adagio nel canneto scrutando all'intorno, un po' facendo finta che ci siano chissà quali nemici in agguato, un po' avendo davvero paura. Il gioco li intriga e c'è tutto il tempo che si vuole, bisogna aspettare che il sole sia più basso per lavorare meglio. Nel folto del canneto mettono i piedi a mollo in uno stagno paludoso, un'ansa morta del fiume. Sotto i piedi c'è una melma calda, compatta, il colore dell'acqua è di un verde marcio e non, come si vede a tratti verso Monesiglio, di quel rosso ferroso, non il colore di un fiume come ha da essere. Di marcio c'è anche l'odore, ma non sgradevole, un odore, piuttosto, di estate ubriaca e del fresco dei sambuchi, di sabbia bagnata. Sudano sotto le camicie un po' spesse, si sono tolti le canottiere anche se Giachin grida che chi si leva la maglia della salute si ammala e d'inverno morirà fra atroci dolori. Lui, Giachin, si tiene la maglia di lana estate e inverno, e puzza come le capre nella stalla, anche i mutandoni che non cambia mai sono di lana, un po' gialli davanti e anche dietro.

Una lucertola dorata sembra fissarli. Germano cerca di prenderla ma la lucertola sguscia tra i sassi; Giacomo scuote la testa, è attratto dai cerchi sospesi a pelo d'acqua. Si guardano le piante dei piedi inzaccherati di fango, un fango pesante e bruno che incrosta le dita ma va subito via se si trova una pozza pulita. Caldo e silenzio, il silenzio eterno di Langa con nel cielo solo qualche nuvola cinerea e sfrangiata. Insieme si tolgono camicia e calzoni. Gli zoccoli per poco si dimenticano dove li hanno lasciati. Giacomo ha paura dell'acqua, di quella profonda almeno. A Germano invece piace, ma di nuotare non se ne parla. Stanno nell'ansa del fiume con l'acqua scura che arriva appena sopra l'ombelico, fermi, che se ci fosse un mulinello sarebbero guai.

Immobili, guardinghi e nudi in mezzo al fiume. Ognuno dei due conosce a memoria ogni tratto di pelle dell'altro, la stessa pelle, stesse ossa che bucano quasi il costato, medesime ombre sotto le ascelle, nel chiaro delle nuche. Germano ha un neo su un fianco che l'altro non ha. Ha cercato di raschiarselo via per paura di non essere del tutto uguale al gemello. Si è fatto male, il neo sanguinava, ma Giacomo, muto, gli ha fatto capire che andava bene così, che non era geloso di quella diversità. Per provarglielo, con una matita se n'era disegnato uno uguale. Ora, nell'acqua, il puntino disegnato sparisce, il neo di Germano brilla al sole con un impalpabile alone ed entrambi sono stupiti.

Forse crescendo diventeranno diversi, questo sarebbe per loro il destino peggiore.

Così Giacomo sfiora con la punta dell'indice il fianco del fratello e all'improvviso provano lo stesso brivido. Il dito di Giacomo scende sul fianco di Germano, s'immerge sott'acqua. La mano si apre e poi si serra intorno al sesso dell'altro. Germano piega la testa, la fronte incontra la fronte di Giacomo. Anche la sua mano si muove sott'acqua. Come da piccoli, e forse quand'erano ancora nel grembo della loro madre, comunicano senza parlarsi. Due indistinguibili suoni rauchi sfiatano dalle labbra, e il piacere che provano è anche dolore. Saranno le parole minacciose ma non comprese del tutto che grida don Lovera dal pulpito la domenica? O quegli accenni di pudore della mama del Valèt una volta che l'avevano sorpresa mentre allattava Anna e subito li aveva scacciati? Sarà, meglio, il mistero di loro stessi e della volta del cielo di agosto vuoto ed enorme sulle loro teste vicine.

Germano fissa l'altro negli occhi, sembra sfidarlo, ma poi li abbassa, mormora: «Mai più.» Ma davvero mai più? Giacomo gli occhi non li abbassa tanto facilmente.

Dopo la guerra chi non si sposava subito non si sposava più. La miseria era sempre tanta, ma con l'aiuto di quelli del Valèt – come fossero, più che unici amici, parenti – e gli oculati consigli di Lena, i gemelli riuscirono a rilevare qualche pezzo di terra e a comprare una vacca, poi un'altra. In fabbrica giù a Cengio nemmeno a parlarne, piuttosto facevano, e bene, i muratori. Uno in campagna e l'altro nei cantieri a scavare i crutìn, le piccole cantine di pietra per tenere all'asciutto il vino. A turno. E d'inverno, da soli, avevano allargato la stalla costruendo anche il forno e una camera sopra.

A metà degli anni Sessanta arrivò in paese la prima moglie calabrese, una giovane di un posto sul mare sperduto sulla carta geografica. Aveva sposato uno di una cascina verso i Colombi, con tanta terra e bestie. Era bella, con folti capelli neri e teneva la casa che era una meraviglia; quello dei Colombi diceva di aver fatto un affare d'oro. Poi venne su una seconda ragazza, andata sposa a Nino il barbiere. Le due erano amiche, dello stesso paese. Era stato Nino il barbiere a combinare il primo matrimonio. Aveva conosciuto un bacialé, un mediatore di matrimoni, uno di Castino. Questo bacialé di Castino vantava di averne già combinati trenta di matrimoni fra il Belbo e l'Uzzone, ormai era diventata un'attività redditizia. Faceva fare le fotografie al promesso sposo e andava giù in Meridione dove conosceva sindaci e parroci (ma non tutti i parroci erano d'accordo a lasciar andare via le ragazze da marito). Là faceva lo stesso con le ragazze: le foto da portare su al Nord con l'assenso della famiglia. Povertà ce n'era ovunque, ma al Nord le donne giovani non volevano più sentir parlare di campagna, una vita troppo grama, preferendo andare in fabbrica ad Alba, a Cinzano, a Mondovì. Oppure servente a Torino, stipendio fisso e magari la possibilità di un marito operaio alla Fiat. E là gli uomini erano emigrati in America, in Canada, o facevano i carabinieri lontano da casa.

Poi, se i due in fotografia si piacevano, l'uomo andava giù col mediatore o un fratello e gli sposi s'incontravano. Era uso che fosse la ragazza a dire di sì, che l'uomo era di suo gradimento, altrimenti niente da fare. Ma si decidevano quasi tutte.

Nino il barbiere raccontava con toni epici come aveva conosciuto Nunziata: «Un viaggio, ma un viaggio! In treno di notte fino a Roma, poi Napoli – eh, mi sarebbe piaciuto vedere Napoli ma non c'era tempo – e poi in corriera fin giù

giù, in questo paese che è tre case e un campanile.» Rideva: «Nen tant divers che da nui. Però che vista, il mare lì sotto, e tanti di quegli ulivi e di quei profumi che noi li sogniamo. E le arance? Là è pieno di arance e olive. Ben» Nino accorciava una basetta continuando allegro, «mio cognato che era con me mi fa: oh, Nino, chissà cosa mangiano qui? Sono cristiani come noi, gli ho risposto, e avevo ragione. Si mangia un po' grasso, all'olio, ma che buntà, la pasta la fanno molto meglio che qui, che a noi ci piace che sembra poltiglia mentre là maccherone per maccherone, ben staccati e con il prezzemolo fresco. E il pecorino grattugiato.»

«Sulla pasta?»

«Anche nella minestra, dei fagioli che son grossi così» e mostrava il pollice.

«Poi sono andato in casa della famiglia, Nunziata non c'era, ho poi saputo che si era nascosta in una stanza e mi guardava dal buco della serratura, ma... e ben, gli sono poi piaciuto.» Zac, l'altra basetta e un'aria gonfia di chi ha fatto un buon affare.

Di queste donne calabresi, e qualche napoletana, si era cominciato a vederne in giro, quasi tutte alte e ben messe, sui vent'anni o poco più, con begli occhi cangianti – tenuti sempre bassi –, che nei negozi parlavano in italiano tentando di imparare il dialetto (le prendevano in giro se non sapevano il piemontese), scortate a volte da suocere che le benedicevano perché erano delle gran lavoratrici e di corredo ne portavano che sembravano delle signore.

Una mattina Rina della censa aveva detto a Germano: «Tì, che zes pi nen un giuanot, perché te spusi nen 'na calabreisa?»

Germano si era schermito: «Ma va là, Rina, cosa dici?»

Rina gli aveva dato il resto delle sigarette e dei fiammiferi: «Massì, senza una fumna ad accudirvi, là al Bambin.»

«Ma noi non ci abbiamo mica bisogno di nessuno.»

«Eh, Germàn, è brutto venir vecchi senza una donna.»

Germano era tornato al Bambin rimuginando. Ne aveva viste di quelle brune – una aveva sposato un altro fittavolo del marchese giovane, che ora aveva lasciato buona parte dei terreni ai contadini, e lavorava l'orto che un altro così non si vedeva in tutta Bormida, e guidava persino il trattore con addosso i pantaloni come un maschio. Ma di certo lui solo non si sentiva. E cosa avrebbe detto Giacomo? Di sposarsi, loro due o anche solo uno dei due, non ne avevano mai neppure accennato.

Quella sera Germano era diverso dal solito. Giacomo preparava la minestra, gli aveva detto di andare a prendere dell'insalata. Germano fumava accanto alla porta accarezzando una gatta – da quando Giachin era morto di gatti ne avevano quindici lì intorno. Gli aveva risposto con un'alzata di spalle: «Vacci tu.»

Giacomo aveva posato il mestolo: «Cos'è, siamo di cattivo umore stasera?»

Germano non aveva replicato, il fratello era uscito a tagliare una testa di cicoria.

Una donna in casa. E nel letto. Poteva essere Giacomo a sposarsi, lui non avrebbe trovato niente da ridire. Forse avrebbero potuto avere dei figli. No, questo no, non voleva che una donna facesse la fine della madre mai conosciuta. E poi quale donna avrebbe accettato di abitare al Bambin? Di fare la fame al Bambin. Magari c'era la dote, qualche soldo, un po' d'oro – aveva sentito che quelle di giù portavano sempre dell'oro –, ma era impossibile. Si vide riflesso nel vetro della finestra, il volto già pieno di rughe a quarantatré anni. Chi mi piglia a me?

Giacomo era rientrato, s'era messo a lavare l'insalata. Negli anni si erano lievemente differenziati fra di loro: Giacomo aveva la pelle più liscia di Germano, era leggermente più basso – camminava un po' storto per via di una sciatica a una gamba –, era più stempiato.

Quella notte, nei loro letti di ferro, eredità di zio Spirito, Giacomo nel buio aveva chiesto: «Cosa c'è che sei così agitato?» Germano cercava di nascondere i propri pensieri, l'altro poteva leggerli come fossero i suoi: «Niente, niente.»

«Non mi contare storie, Germàn.»

«Ho detto niente, dormiamo.»

Ma sentiva la presenza incombente del fratello a un metro da lui. Lentamente avevano intonato lo stesso respiro scivolando nel sonno. Germano aveva sognato il padre che li rincorreva con un bastone. Al mattino Giacomo aveva una spalla indolenzita: «Te ti ha preso? A me sì.»

Era stato un loro conoscente di Camerana a dirglielo: «Sai che mi sposo, Germàn? Vado in Calabria il 20, già tutto combinato, abbiamo fatto le pubblicazioni al paese di lei. Perché non mi accompagni, tu o Giacu, la mia promessa ha una sorella di diciannove anni che dovresti vederla, una bellezza.» Aveva fischiato.

A Giacomo non aveva detto niente, ma due giorni dopo l'aveva visto arrivare rosso in faccia sull'aia.

«Stai male?»

«Io? Io sto benissino, tu piuttosto, tu hai qualcosa sulla coscienza.»

«E cosa?»

Giacomo aveva stretto i pugni: «Guarda che lo so che vuoi andare laggiù» indicando con il mento verso sud.

«Chi te l'ha detto? Non mi passa nemmeno per la testa.»

«È un po' che mi conti delle gran balle, Germàn.»

«Vuoi litigare?»

«Non voglio che vai.»
«Assì? E allora vado.»
«E io ti ammazzo. E poi mi ammazzo.»
«Ammazzami pure.»
Dal viottolo era spuntata Anna con una cesta sotto il braccio. Si era fermata vedendo quei due con i pugni serrati, tesi uno davanti all'altro, pronti a saltarsi addosso: «Ohi!»
Germano si era voltato a guardarla scrollando le spalle: «Oh Nuccia.» A volte la chiamavano così, come sua mamma.
«Vi ho portato un po' di peperoni che ho preso a Carmagnola.» Aveva posato la cesta sul davanzale della cucina: «Cos'avete? Mica volete picchiarvi? Seve màt?»
Giacomo aveva tirato su il mento di scatto: «Lui, lui...»
«Insomma, dite a me.»
Ancora Giacomo: «S'è messo in testa di sposarsi, chiel lì.»
Anna era rimasta interdetta, faceva fatica a pensare i gemelli sposati. Però, però...
«Ma è una notizia!»
Germano aveva sbuffato: «Nessuna notizia, Nuccia, è lui che crede... Oh, è stato Angelo della cascina dei Bertola a dirmi che si sposa.»
«Cun 'na terûna.» Giacomo aveva sputato nella polvere.
«Una ragazza del Meridione? Son brave, ne conosco tante.» A Germano: «E tu, vorresti...»
«No, no, Angelo mi ha chiesto solo se lo accompagnavo al matrimonio.»
«Tu non ci vai, capito?»
Anna, alzando le mani: «Un momento, Giacu. Se a tuo fratello fa piacere fare un viaggetto, non vi spostate mai di qui. Perché non ci andate tutti e due? Così, per vedere un po' l'Italia. Non vi farebbe che bene.»
«Non ci penso nemmeno! Cosa vado a fare in mezzo a quei négher?»

Anna si era messa a ridere: «Cosa dici, Giacu, son mica in Africa. Su, pensiamoci bene.»

«Io ci ho già bell'e pensato. Se va, quando torna trova la porta chiusa.»

«Con o senza moglie?»

«Se prova a tornare con una fumna do fuoco al Bambin.»

«Ehhh, che carattere, su.» Anna avrebbe voluto dire che una donna li avrebbe allietati, e anche aiutati nel mandare avanti la cascina, ma non era il momento: «Cosa vuoi fare Germàn?»

«Io un viaggio lo farei anche.»

«Allora vai, che male c'è?»

Giacomo aveva girato sui tacchi e, facendolo, era andato a sbattere contro la porta. Gli era uscita una bestemmia terrificante, si era chiuso nella stalla.

Anna si era avvicinata a Germano: «È diventato matto?»

«Se vado via muore.»

«No che non muore. E poi ci siamo noi.»

«Sì che muore, è come se lo uccidessi.»

Per la prima volta in vita sua Germano si era sentito perso. Scrutava dai finestrini del treno il mare apparire e sparire a intermittenze impazzite. Angelo dei Bertola, seduto accanto a lui nello scompartimento, aveva esclamato: «Uh, 'ste gallerie, che barba!»

Nella valigia c'era il vestito della festa e una camicia bianca nuova. La cravatta gliel'aveva prestata Anna, una del pa'. Sarebbero arrivati l'indomani, Angelo gli aveva detto che al paese avrebbero dormito nella casa di un fratello della sposa.

Dormire una notte, più notti, senza Giacomo. Germano sentiva male alla bocca dello stomaco, era la stizza del fratello che dilagava nell'Italia intera. *Capace che starà tre giorni senza mangiare.*

Non aveva il coraggio di dirsi che si stava divertendo, che l'aria che entrava rumorosa dal finestrino aperto facendo svolazzare le tendine gli procurava un esaltante senso di felicità. Aveva visto anche il mare e Angelo gli aveva detto che laggiù al mare ci sarebbero persino andati, uno se voleva poteva anche farci il bagno dentro. Non sapeva, forse l'avrebbe fatto, ma ci voleva il costume, lui non l'aveva. Magari uno dei fratelli di questa Carmela gliene avrebbe prestato uno. Il costume di uno sconosciuto? Mah.

Roma era fuggita via nel frastuono di una stazione piena di marmo e fuliggine, Napoli anche. Un caldo nuovo, opprimente e solido, aveva invaso il pullman sul quale erano saliti. Dai vetri una campagna mai immaginata, a strapiombo sul mare, rocce nere e appuntite, lecci e ulivi, il biancore assoluto di certe spiaggette appena intraviste fra curva e curva.

Al paese di Carmela erano arrivati che faceva notte. A lui tremavano le gambe.

«Che bell'uomo! È tanto amico di Angelo?»

«Tanto non saprei, però lo conosco, sì.»

La signora, bassetta e piuttosto grossa, con un neo sopra il labbro e il ventaglio sempre in movimento, annuisce: «Io sono la zia, sa? La sorella della mamma di Carmelina. Siamo contenti che un brav'uomo come Angelo sposi la nostra Linuccia. Una ragazza d'oro. L'ha già vista?»

Germano gira il cucchiaino nella tazzina del caffè: «L'ho vista stamattina, è venuta con suo papà a prenderci a casa.»

«Che festa che faremo, vedrà. E Maria, la sorella più piccola?» la donna si sventaglia la scollatura.

«No, non l'ho ancora conosciuta.»

La donna se ne esce con una risatina da ragazza: «Uh, fin più bella della sposa. E tanto, tanto buona. Ricama così bene, vedesse.» Poi aggiunge come fosse una rivelazione sensazionale: «Io sono sarta, sa?»

La stanza è in penombra, si sta bene, le finestre velate dalle tende di filet. Dal lampadario centrale, sopra il tavolo enorme e scuro, pende un nastro verdognolo di carta moschicida. Si sente profumo di ragù. Tal quale la canonica di San Bastian.

Dalla porta entra un uomo avanti con gli anni, grassoccio anche lui, in maniche di camicia e panciotto. È il padre di Carmela, o Carmelina o Linuccia. Germano si alza in piedi, si stringono la mano.

«Allora, paisano, come ci trova qui?»

«Ah, il posto è bello» Germano tossicchia, «più bello che da noi.» Poi, per paura di dare una brutta impressione sul futuro della sposa: «Ma anche da noi è bello.»

«Lo so, lo so, ho un'altra figlia sposata a Ivrea, siamo stati lassù l'anno scorso. Fa freddo però, eh?»

«Sì, d'inverno.»

La zia ridacchia: «Eh, venisse un po' inverno anche qui. Non piove mai.» «A Ivrea ho visto la neve. Madonna che spettacolo, non riuscivo a crederci. Qui l'ultima volta è nevicato nel '44.»

Germano non sa cosa dire. Ci fosse Giacomo si sarebbe già informato di quante galline hanno, e se ammazzano il maiale in dicembre come da loro. Meno male che non c'è, a volte la curiosità di Giacomo lo mette in imbarazzo.

Il padre della sposa gli batte sul petto: «Adesso vengono gli altri miei figli a trovarla. E tu» si rivolge alla cognata, «sbrigati a finire il vestito di Linuccia. Deve sembrare una regina la figlia mia bella.»

La donna si alza: «Vado prima a vedere in cucina, pardon.» Esce con un fruscio di stoffe pesanti.

Da fuori si odono delle voci scherzose. Entra Angelo con due ragazzi e due ragazze. La più giovane tiene gli occhi bassi e non lo guarda, gli altri invece gli si affollano intorno. Si presentano. Il fratello che Germano ha già conosciuto dice: «E lei è Maria, la più piccola.»

La ragazza fa un cenno con la testa, si siede sul sofà accanto al padre. Che sospira indicando una fotografia appesa alle sue spalle: «Eh, fosse viva la nostra Nicolina, che gioia, che conforto sarebbe per lei.» Germano lancia un'occhiata al ritratto di una donna severa, grosse sopracciglia scure, l'identico neo sulla bocca di sua sorella.

«Ma abbiamo avuto la benedizione di avere l'altra» indica la porta verso la cucina, «è stata come una mamma per le creature.»

Il fratello maggiore: «Avete mangiato, vi hanno offerto il caffè?»

«Oh, sì, grazie.»

«A noi ci piace di essere ospitali.» Tutti sorridono. Pensa Giacomo in questa stanza, capace che in cucina ci andrebbe anche lui a controllare il ragù. E cosa direbbe delle ragazze? Di questa Maria che se ne sta seduta composta e silenziosa girellando con un dito una veretta d'argento che porta all'anulare sinistro. Direbbe che è bruttina? E invece non lo è affatto. È un po' pallida, con i capelli raccolti sulla nuca, un vestito di tela marrone. Gli orecchini sono due piccoli pendenti d'oro, con una perla minuscola. E al Valèt le farebbero festa?

Gli altri un po' osservano lui, un po' scrutano lei. Germano sta zitto con un sorriso educato stampato in faccia e guarda i ragazzi. Risponde nella sua maniera asciutta. Angelo dice che lui è timido, che ha un gemello uguale.

«Un gemello uguale uguale?»
«Adesso che siamo vecchi...»
«Ma non siete vecchio, che dite?»
Angelo prosegue: «Dovreste vederli, identici, fan fino impressione.»
Il padre sorride benevolo: «Qui ragazze da marito ce n'è una quantità.»
Germano arrossisce, chiede: «Mi piacerebbe vedere il paese.»
Sembrano delusi, solo il fratello più giovane si alza contento: «Venite, vi porto alla passeggiata.»
Si alzano, Maria ripete il cenno cortese con la testa. Resta a casa ad aiutare la zia.

Gli avessero detto che avrebbe assistito a una festa così non ci avrebbe creduto. Saran stati in duecento, tutto il paese e quelli vicini, parenti fin da Cosenza. E il vestito bianco della sposa e il velo di tulle – al paese le spose si mettevano al massimo un cappellino con la veletta –, e i confetti, i bambini in giacca e cravatta come gli adulti e le bambine tutte un fiocco. Ma era stato il pranzo che aveva impressionato di più Germano. Lo avevano fatto all'albergo, con camerieri e vino bianco dolce, gli sposi avevano tagliato una torta alta così e le donne piangevano e un po' ridevano. C'era persino la macchina fuori, una Fiat 1800 nera lucida, che aspettava gli sposi per riportarli a casa. Un lusso inaudito.
Dopo pranzo erano stati serviti il caffè e i liquori. Lui che non conosceva nessuno lo avevano seduto vicino alla zia sarta (con un abito di seta stampata a fiori e una collana d'oro uguale ai molti braccialetti) e al cognato di Ivrea che pareva un brav'uomo anche se parlava forte. Sua moglie

era sui trent'anni, i fianchi larghi e tre bambini piccoli sempre addosso. Gli aveva sorriso come fossero già parenti.

L'orchestra si era messa a suonare dei valzer e molti uomini ballavano fra loro, oppure le coppie sposate. Il cognato di Ivrea aveva chiesto il permesso ad Angelo e preso per la vita la sposa che sembrava accaldata, col velo un po' per traverso e i guanti macchiati. Angelo era completamente ubriaco e abbracciava tutti: «Ah, come si sta bene qui, io al paese non torno!»

Maria stava seduta con le ragazze della sua età e rideva coprendosi la bocca. Timidezza o brutti denti? Non si capiva. Lo aveva guardato da lontano, girando subito lo sguardo. Germano aveva mal di stomaco, colpa di Giacomo e della cucina all'olio. Ma più di Giacomo che da lontano, come una sirena, irradiava segnali di rabbia e tristezza.

Bisogna decidersi, in Meridione funziona così, glielo aveva detto Angelo: «La sposa la vedi, se ti piace la saluti e se piaci a lei, lei ti fa un cenno. Io la mia l'ho conosciuta di sabato e il mercoledì abbiamo fatto le pubblicazioni.»

«E se non ti piace si offendono?»

«Un po' ma non lo danno a vedere. A te Maria ti va?»

«Non è quello, è che...»

«Devi decidere. Sembrano ben disposti. Hai visto, no? Son brava gente, fin più bravi di noi.»

Ma lui, alzando lo sguardo per cercare la ragazza nella folla dei parenti che ballavano, aveva provato una fitta al collo. *O Signùr, questo è Giacu che va a impiccarsi.* (Non era esattamente così, ma Giacomo, in quel momento, aveva preso davvero una corda dal ripostiglio, stringendosela piano intorno al collo. Per vedere l'effetto che faceva a Germano, laggiù, a mille chilometri da lui, in mezzo ai négher. Con gli occhi pieni di lacrime era andato a coricarsi, rannicchiandosi come un bambino. La corda l'aveva gettata sul letto del fratello. A Germano era venuta una gran voglia di sdraiarsi.)

Nel cuore della festa, che sembrava non finire mai, era già quasi buio e gli uomini s'erano messi a sparare per aria coi fucili, Germano aveva provato ancora una volta a pensarsi al Bambin con Maria, magari incinta, e Giacomo che sbatteva le porte. Aveva rammentato la calma della sera in Langa, lui e l'altro muti, dopo cena, o nell'orto, o nei lettini dello zio Spirito, le luci spente, il russare lieve di entrambi nell'alba.

Il mattino dopo era partito, e Napoli l'aveva visitata in un giorno, da solo. Si era anche seduto in un caffè in una galleria a bere un chinotto. Senza malinconie, se non per il Bambin. Gli sarebbe piaciuto comprare un trattore, doveva dirlo a quell'altro.

A vederselo tornare, in anticipo e da solo, Giacomo non l'aveva quasi salutato. Senza dirsi niente, o poco poi ti racconto – s'erano infilati i gambali ed erano andati a girare il letame. Di donne e di matrimonio non s'era mai più parlato.

1955, lo scrittore di Alba

Una sera d'inverno del 1954 (erano come al solito in una delle salette dell'albergo Savona ad Alba) Beppe Fenoglio aveva detto al suo amico il maestro Cerrato: «Sai, Ugo, mi piacerebbe riascoltare la storia della sparatoria di Gallesio.»

«Gallesio? Quel contadino di Gorzegno? Andiamoci subito, domani. Ci facciamo raccontare dalla gente di lassù.»

«No, con 'sto freddo, la nebbia. Più avanti.» Fenoglio aveva guardato oltre le vetrate, come in fervente attesa della bella stagione e dei tavolini sulla piazza. Una noia l'inverno. Intanto, per rinfrescarsi la memoria sul fattaccio del '33 in valle Bormida, si potevano fare delle ricerche, dare un'occhiata agli archivi della «Gazzetta d'Alba».

Ricordandosi del desiderio dell'amico, l'estate seguente era stato Cerrato a proporre la gita a Gorzegno. Oltre alla celebre sparatoria – in Langa se n'era parlato per decenni, e se ne parla ancora – gli era tornata in mente un'altra storia sulla quale indagare, e voleva parlarne con lo scrittore.

Era un sabato di sole. Cerrato era arrivato al Savona subito dopo pranzo, con la Lambretta. Fenoglio si era sistemato sul sellino posteriore. A Gorzegno sarebbero arrivati in un'ora o poco più, passando dalla Moretta e da lì verso Belbo, e ancora, dopo il bivio per Cravanzana, giù in

Bormida. Si erano fermati solo per una sigaretta, al ponte sul Belbo, guardando i noccioleti sulla collina.

All'osteria di Gorzegno era come se fossero attesi. Beppe aveva offerto da bere, e i contadini gli si erano fatti intorno vocianti.

«Eh, Gallesio, povr 'om.»

«Pover 'uomo niente! A l'ha masà anche il parcu!»

«Il parroco e pure il nipote, figlio di suo fratello. Senza contare tutti quei carabinieri. 'Desso vi portiamo a vedere dove.» Alla faccia della riservatezza piemontese.

Si era composto, per le stradine del borgo, un corteo di vecchietti: «Ecco, qui ma proprio qui» uno aveva indicato il selciato davanti a un palazzotto, «Gallesio ha sparato al curato. Era di domenica, dopo vespro.»

E un altro: «Undici giorni sono andati avanti a cercare di prenderlo mentre lui se ne stava barricato in casa, continuando a bombardare tutto quello che si muoveva, fossero pernici o poliziotti.»

«Dodici! Dodici giorni, io ero masnà ma mi ricordo più che bene!»

«Ci tenevano chiusi in casa, con quello che tirava a chi c'era c'era.»

«Era di novembre.»

«No, ottobre, mi ricordo benissimo!»

Dal paese erano saliti a vedere i ruderi del castello. La gita, per gli abitanti, non sarebbe stata completa senza una visita al cupo maniero diroccato. Uno dei contadini aveva scrollato il capo: «Io qui vicino a 'ste macerie non ci starei nemmeno se mi pagassero.»

«Ohi, te, di qua si vede la cascina di Gallesio» un altro vecchio aveva alzato un braccio verso la collina opposta. Si scorgevano dei tetti lontani a mezza costa.

Fenoglio aveva chiesto: «Ci sono ancora dei parenti?»

«Oh già. Vuole che andiamo lassù?»
«Ma forse disturbiamo.»
Il vecchio, con fare furbo: «Ha paura che s'offendono? Ma se la loro cascina qui è come un monumento nazionale! Altro che 'sti quattro ruderi di castello. E poi saranno ben contenti di conoscere uno scrittore famoso.»
Fenoglio aveva sorriso accendendo una sigaretta. Avevano lasciato gli inquietanti resti invasi da ortiche e alianthus selvatici. In una torre si vedevano ancora degli archi sbocconcellati, frammenti di capitelli scolpiti. Uno stormo di corvi, sembravano messi lì apposta, stavano in fila su un balcone, immobili. Cerrato aveva l'aria di divertirsi un mondo.

La sosta alla cascina dove si era consumato il fattaccio – Gallesio i carabinieri l'avevano poi ucciso nella sparatoria finale – era stata breve. Con gran strette di mano e molti arrivederci e tornate a trovarci, Fenoglio e Cerrato erano rimontati sulla Lambretta prendendo una strada secondaria che saliva, tutta a curve, verso Niella e San Benedetto. Enormi castagni, cespugli di felci, poche case abbandonate. In poco tempo, scollinando, erano a San Benedetto. Il maestro aveva lì una casetta, nella curva della piazza.
«Preparo qualcosa, ci dev'essere della pasta in dispensa.»
«Ti aiuto.» Fenoglio si era passato un dito sul gran naso: «Dunque, riepilogando: Gallesio ne ha ammazzati due, il nipote e il parroco.»
L'amico aveva preso una bottiglia di passata di pomodoro mettendosi a contare: «Più quelli che ha ferito: almeno quattro o cinque carabinieri, un giornalista del "Giornale di Genova"...»
«...e il fratello, il padre del ragazzo.»

«Già, una carneficina.»

Fenoglio aveva ridacchiato rammentando un titolo della «Gazzetta d'Alba»: «*La sacrilega strage del mostro di Gorzegno*! Avevano scritto proprio così».

«Sacrilega ed esecranda! C'era di mezzo un sacerdote e mai da queste parti si era visto un tale massacro.»

«Io ero appena stato qui a San Benedetto, da mia zia. Avevo undici anni, tutti ne parlavano.» Si era voltato verso l'amico: «Tu che sei più giovane non te lo puoi ricordare.»

Cerrato aveva acceso il gas: «Ma l'ho sentito raccontare tante di quelle volte, e in tutte le salse.»

Fenoglio, guardando fuori dalla finestra la curva della strada: «Un uomo qualunque, un contadino di quasi settant'anni, una mattina si apposta nella strada del suo paese e si mette a sparare sulla gente. Poi si asserraglia in casa per undici...»

«...O forse dodici...»

«...Sì, dodici giorni, tenendo sotto tiro tutto un paese. Un vero Far West.»

«Secondo me, qui lo si dice da sempre, la famiglia gli aveva fatto dei torti, altrimenti perché tirare al fratello e poi al nipote?»

«Sì, infatti. Ha dato di matto e gli è scappata la mano.»

«Guarda se c'è del tonno.»

«Dove?»

«In quello sportello lì, con Luciana dobbiamo deciderci a comprare un frigorifero, ma costano cari.»

Beppe aveva cercato anche i tovaglioli, le posate nel cassetto del tavolo: «Una specie di vendicatore misterioso, insomma.»

«Il Gallesio?»

«Sì.»

Cerrato si era messo a ridere: «Una bella storia, pronta

per essere scritta! E a proposito di misteri, è un po' che ti voglio parlare di un'altra faccenda. Conosci il marchese Fey?»

«Fey? C'era uno di loro nei partigiani.»

«Sì, il fratello più giovane dell'attuale marchese, Gregorio. Si chiamava Ottavio.»

«Non l'ho conosciuto, era in un'altra brigata. Mi ricordo che lo avevano preso i tedeschi.»

«Sì, nel '44. È stato giustiziato a Cuneo, ma di lui si è sempre saputo poco.»

Fenoglio aveva annuito: «Perché ti è venuto in mente?»

«Il castello dei Fey è a pochi chilometri da dove siamo stati oggi. Ho fatto una piccola indagine: è ancora di loro proprietà. Così, sapendo che saremmo andati in valle Bormida, l'altro giorno ho provato a telefonare e il marchese mi ha detto che gli avrebbe fatto piacere conoscerti.»

«Ma cosa dici? Perché?»

Cerrato aveva fatto una risatina: «Perché ti porto in Lambretta per le Langhe a sentire le storie di queste parti. Così tu le scrivi, no? Mi ricordo che sul paese dei Fey, durante la guerra, giravano delle voci.»

«Fammi capire, Ugo. Hai importunato...»

Cerrato questa volta aveva riso forte. «Adesso mi dirai che ti voglio incastrare. Massì, ho chiamato e mi ha detto che è lì, nel castello. E che ci aspetta domani. In effetti ho dovuto insistere un po' per farci ricevere.»

«Ti ha dato di volta il cervello? Cosa ci andiamo a fare da questo marchese?»

«A sentire se ha qualcosa da raccontarci su quelle voci. Non so, ma la fine di Ottavio Fey non è mai stata chiarita del tutto.»

«Be', lo hanno fucilato.»

«Sì, certo. Ma perché? Cosa è successo esattamente?»

Fenoglio aveva fatto una smorfia: «È un'intrusione bella e buona.» L'altro aveva indicato il tavolo: «Magari ne vien fuori una bella storia! E conosciamo questo marchese. Adesso si mangia, poi ne riparliamo.»

Il pomeriggio dopo, domenica. Sono appena passate le quattro.

«Sto bene? La cravatta?»

«Sei un figurino.» Ugo spazzola il bavero della giacca di Beppe: «Andiamo, che non è buona educazione far aspettare 'sti nobili.»

Il portinaio spalanca il cancello di ferro, passano sotto lo stemma con le spighe intrecciate e il fiordaliso. Alla cima del viale s'intravede, in un angolo lontano, una voliera vuota, mezzo crollata sotto il peso di un antichissimo glicine. Sulla porta del castello li attende il marchese.

Gregorio Fey, nel '55, aveva trentaquattro anni, ma sembrava più vecchio. Il volto segnato da rughe precoci, orizzontali, il naso imperioso.

Oggi indossa una giacca di lino molto stropicciato, pantaloni chiari con le borse sotto i ginocchi, scarpe inglesi sporche. Ma, lo si riconoscerebbe fra mille, è senza dubbio un signore. Allunga la mano a stringere quella degli ospiti. Senza sorridere, o forse la piega amara della bocca è il suo modo di sorridere, dice indicando l'atrio: «Andiamo dentro, in casa fa più fresco.»

Un servitore, smunto, furtivo, spunta come per magia da una parete. Era già lì? Sembra faccia parte dell'arredo.

«Giubino, chiedi al conte di raggiungerci.»

Una fila di stanze in penombra, fantasmi di mobili coperti da lenzuola, odore di umido. Qualche salone è tappezzato di damasco rosso o verdino, altri sono solo imbiancati, le persiane chiuse. Si fermano in una vasta stanza quadrata, d'angolo, dall'alto soffitto con affreschi quasi del tutto svaniti. Qui i mobili sono scoperti, poltrone di pelle sdrucita, un grande camino spento, libri. Dalle finestre la valle e il paese inondati dal sole.

Fey fa un cenno con la mano per invitarli a sedere, prende dal piano di marmo del caminetto una scatola di fiammiferi, accende una sigaretta mostrando a Beppe, che ne ha accesa una anche lui, un posacenere di peltro. «Mi fa piacere conoscerla, Fenoglio, credo di aver letto qualcosa di suo.»

Da una porta entrano rumorosamente due cani infangati, di una razza mai vista, seguiti da un uomo alto e sottile con un impeccabile abito estivo grigio pallido. Gregorio lo presenta: «Mio cugino, il conte di Lauriano.» Poi ai cani, duro: «Giù, fermi.»

Gli animali si sdraiano ai piedi del padrone fissando gli ospiti con sguardi distanti. Entra anche il servitore di prima con una teiera. Gregorio gli fa cenno di posare il vassoio, dice agli ospiti: «O preferite qualcos'altro, non c'è molto in casa, temo.»

Mentre sorseggia il tè Fenoglio spia la decadenza della stanza, su tutto incombe un opprimente senso di trascuratezza. In un angolo c'è una dormeuse sulla quale è gettato un plaid, si chiede se il marchese dorma lì, di certo il castello rimane chiuso buona parte dell'anno. È anche affascinato dal contrasto fra i vestiti trasandati del marchese e la fresca eleganza del cugino Lauriano.

Fey posa la tazza di tè: «Volevate informazioni su mio fratello, mi pare. Come ho già detto al telefono al signor Cerrato non c'è molto da sapere, è morto nel '44 a Cuneo. I tedeschi.»

Fenoglio butta un'occhiata all'amico che chiede tossicchiando: «Ci dispiace importunarla. Desideravamo sapere come è stato catturato.»

«Un'imboscata.» Il marchese accende un'altra sigaretta.

Il conte di Lauriano si sporge leggermente in avanti: «Una pattuglia di tedeschi stava risalendo dal fondovalle verso Prunetto. Ottavio era là, lo hanno preso.»

«Ah, a due passi da qui.»

«Sì.»

Cerrato insiste: «Come mai era così vicino a casa, voi eravate al castello?»

Gli risponde Gregorio: «C'era mia madre.» E dopo una minima esitazione: «Naturalmente il castello era controllato dai repubblichini. E dai nazisti.»

Cerrato aveva raccontato a Fenoglio che la madre di Gregorio era austriaca. Chiede: «Sua madre, la marchesa...» ma viene interrotto dal tono brusco dell'uomo: «Non aveva notizie di Ottavio da mesi.»

Continua Lauriano: «Abbiamo sempre pensato che Ottavio stesse cercando di mettersi in contatto con la madre, anche se venire qui era pericolosissimo, come infatti si è dimostrato. Ma non lo possiamo sapere con certezza. Dopo che lo hanno preso e portato a Cuneo nessuno di noi lo ha più rivisto.»

Cerrato: «Sappiamo che il parroco di qui si era dato molto da fare per nascondere i partigiani, anche qualche famiglia di ebrei. Forse, lui...»

«Don Lovera, sì. È deceduto che non è molto. Neppure lui lo ha rivisto vivo.»

Cerrato scuote la testa: «Una morte tragica quella di suo fratello.» Nessuno commenta.

La conversazione è stracca, reticente, di certo non è piacevole ricordare quei fatti. Fey è chiaramente irritato. Fenoglio pensa che non è il caso di trattenersi ancora, e poi gli pare non ci sia granché da sapere. Sta per alzarsi ma, improvvisamente, Cerrato chiede: «Mi scusi, marchese, ho sentito dire che, nell'estate del '44, un soldato tedesco si era allontanato dal suo battaglione e si era perso su queste colline.»

«Chi glielo ha detto?»

«Non ricordo di preciso, sa com'è in Langa: si raccontano tante cose della guerra.»

«Non ne so niente.»

«Eppure...»

«Anzi, no, l'ho sentito dire anch'io, ma non è successo qui, credo a Feisoglio, o a Mombarcaro.»

«Davvero? È una storia confusa.»

«Bisognerebbe chiedere in Belbo, a quelli di Feisoglio.»

«Io ho fatto il partigiano a Feisoglio, ci sono anche nato, ma lì non ho mai sentito raccontare questa vicenda. Mi avevano detto che, se è davvero successo, quel soldato era stato preso, o si era smarrito, in questa valle.»

«Allora mi sono sbagliato. Non ne so niente, mi dispiace.» Questa volta è Fey ad accennare di alzarsi. Il primo a scattare in piedi è Lauriano: «Gregorio, i tuoi ospiti vanno già via? Forse vorrebbero vedere il giardino.»

Fey risponde ruvido: «Non c'è niente da vedere.» Poi, correggendosi, rivolto a Fenoglio: «Veniamo qui pochissimo, è molto in disordine. Ma» abbassa un attimo lo sguardo «vorrei mostrarle un ritratto di Ottavio.» Apre il cassetto di uno stipo, estrae una fotografia, la porge allo scrittore.

Nell'immagine si vedono un bellissimo giovane in maniche di camicia, un prato sullo sfondo, un bastardino accucciato ai suoi piedi. Per un momento a Fenoglio pare che la foto sia incompleta, come sforbiciata sul bordo sinistro. C'è un'ombra, forse qualcuno o qualcosa, appena fuori dall'inquadratura.

«Non ho conosciuto suo fratello, ma ho sentito dire che era un ragazzo eccezionale.»

Senza replicare Gregorio riprende la foto riponendola di nuovo nel cassetto.

Ancora la fila di saloni, gli ultimi saluti. La Lambretta sotto una sophora al cancello.

Quell'incontro li aveva immalinconiti, scontentati. Non lo avevano quasi commentato. Tornati ad Alba si erano salutati in piazza Savona, Cerrato era andato a casa. Aveva raccontato alla moglie Luciana il pomeriggio dandosi dello stupido: «Chissà cosa mi ero messo in testa di scoprire? E Beppe era in imbarazzo, lo eravamo tutti.»

La moglie gli aveva chiesto com'era andata la gita del giorno prima a Gorzegno.

«Ah, là invece bene, un'accoglienza! Pensa che questa mattina Beppe si è svegliato prestissimo. L'ho visto seduto di sotto sulla panca che batteva furiosamente, come fa sempre lui, sulla sua Olivetti.»

«Cos'ha scritto, lo sai?»

«La faccenda di Gallesio! Appena passato mezzogiorno è entrato in casa con una ventina di fogli, me li ha dati ridendo: "Ma vedrai" mi ha detto, "ho un po' romanzato". Ha già anche un titolo, *Una giornata di fuoco*. Una cannonata.»

Qualche mese dopo, un pomeriggio nel suo ufficio di Alba, Fenoglio aveva apportato qualche correzione al racconto scritto nell'estate. Glielo avrebbero pubblicato di lì a qualche settimana. Poi era uscito sul viale della stazione.

Guardando gli alberi contro il buio della sera, gli era

tornato in mente il volto segnato del marchese Fey, il suo incedere lungo i saloni del castello, col passo, aveva pensato, che si ha dietro un carro funebre. E quell'essere reticente, quel trattenersi, velato di impazienza, mitigato soltanto dall'educazione, dal desiderio di non essere scortese. Si era chiesto se c'era stato davvero un mistero nell'estate del '44. Oppure no. E quella storia del tedesco disperso che Ugo aveva tirato fuori all'improvviso? Non ne avevano più parlato. Forse, se davvero era successo, era solo uno dei tanti enigmi irrisolti della guerra. Restava, di certo, fra le tante, la tragedia di un ragazzo ammazzato dai nazisti.

Aveva attraversato la strada fissando ancora il cielo, gli alberi. Per quella sera, a quel lontano '44 non aveva pensato più.

Giovanni

I primi sintomi della malattia di Carla comparvero all'inizio degli anni '90, ma nessuno se ne accorse, tanto meno lei. Le capitava talvolta di avere mal di testa, ma succede a tutti, e ogni tanto faceva un po' fatica a leggere. Non che fosse mai stata una gran lettrice – il giornale, un'occhiata a qualche rivista, libri pochi e non complicati – ma pensò bene di andare dall'oculista un giorno in cui era a Dogliani per commissioni. Il medico le disse che vedeva benissimo, non aveva neppure bisogno degli occhiali e questo la rassicurò rallegrandola. Intorno ai sessant'anni era parecchio ingrassata, si sentiva spesso gonfia e le facevano male le gambe. D'altronde era sempre stata robusta e un po' tozza, unica fra le sorelle. Lena la bistrattava: «Poco pane, Carlin, e niente gorgonzola. Ti ho sentita sai ieri notte che aprivi il frigo.»

La morte di Piero, tanti anni prima, l'aveva fatta soffrire intensamente, di un dolore buio, un'inspiegabile punizione che la lasciava stupefatta. Ma il ritorno al Valèt era stato una medicina benefica. Era di nuovo una contadina come aveva sempre desiderato, accudendo le bestie nella stalla, facendo con Giovanni i lavori più faticosi, fermandosi la sera ad ammirare commossa la valle come faceva il pa'. Era stata di nuovo felice anche se certi giorni, soprattutto d'inverno, quasi le mancavano le due stanzette a Cengio, e l'abbraccio caldo e impacciato di Piero. Delle tre sorelle era anche l'unica a credere. Lena era troppo orgogliosa, aveva con la religione un rapporto formale: «A messa bisogna andare.» Anna, invece, era vissuta fin da piccola in un suo mondo aereo, incorporeo, nel quale erano le benvenute vecchie storie, favole che si raccontano in campagna, bizzarri modi di dire, o di essere, della gente che incontrava. In chiesa le scappava da ridere se scorgeva un rattoppo nella veste del parroco o una vecchia che tirava su col naso (imitandola per far ridere Carla e scandalizzare zia Madrina). Si distraeva, contava le candele accese – con una gran voglia di spegnerle come se fossero state su una torta di compleanno –, confessarsi le pareva un'assurdità vagamente oscena. Le sue orazioni erano le filastrocche che canticchiava a se stessa o a Giuanin quand'era piccolo, ad esempio *Che dice la pioggerellina di marzo* oppure un'altra che la metteva di buon umore: *Frin, frin frin, arriva la luce elettrica a ca' dei Bambin.*

Era scoppiata a ridere – ma non era stata la sola – quando sulla piazza del bric era stata inaugurata una statua della Madonna fortemente voluta dalla giunta comunale. Sul basamento della statua era stata apposta la lapide:

MARIA
ASSUNTA IN CIELO
A SPESE DEL COMUNE

Invece Carla, ma diversamente da Madrina che aveva una fede cieca, nella preghiera credeva. Gesù e tutti quei santi che sembravano osservarla benevoli dalle volte di San Sebastiano le erano realmente amici e di conforto. Dopo la morte di Piero andava talvolta da sola al cimitero sotto San

Martino e stava lì a pulire la tomba pregando a mezza voce, chiacchierando col marito.

Ma un giorno del 1991 le successe una cosa strana e di cui non intuì subito la portata. Da un po' di tempo le capitava di dimenticare le cose, si sentiva vaga, sbadata come a volte era Anna. Era sola in auto – guidava sempre piano, il busto irrigidito e le mani così avvinghiate al volante da farle male – e tornava da Millesimo dove era andata al mercato. Si era ripromessa di passare alla frazione del Mü a salutare una parente di Piero. Ma aveva sbagliato strada, una strada fatta decine di volte. Aveva imboccato uno sterrato che, curva dopo curva, salendo ripido, diventava sempre più stretto e impervio, con i sassolini che stridevano sotto gli pneumatici, sulle sconnesse fratture dell'arenaria chiara. Che strano, non riconosceva il posto, di più, non capiva neppure su quale collina era, dov'era Bormida, se a sinistra o a destra, laggiù in basso. Nessun punto di riferimento, un campanile, un bosco conosciuto, un segnale familiare qualsiasi. E non trovava modo di fare marcia indietro. Aveva continuato a salire, i tornanti sempre più tormentati, le rive scoscese. Ma quel gruppo di case che appariva e spariva fra gli alberi era forse la Lunetta? No, impossibile, la Lunetta è nella Langa di Mombarcaro. O forse la Ricchezza, quella sghemba frazione dov'era nato il suo Piero? No, la Ricchezza era dietro Saliceto, già superata, rannicchiata in basso contro un soffocante calanco di tufo. Qui le pareva ci fosse soltanto più cielo.

Però non aveva paura, piuttosto era meravigliata – e in fondo divertita – da quello smemorarsi, quel perdersi. Si era anche detta, ridacchiando: «Be', se trovo il mare almeno so che sono arrivata a Savona.»

Invece la stradiola, dopo una breve discesa, era di colpo terminata nell'aia di una cascina che le ricordava il Bambin di una volta, storta e con le pareti affumicate, una tettoia mezzo crollata. Aveva frenato, il motore si era spento.

Nell'aia c'era un cane, un grosso meticcio di lupo, legato a una catena metallica. Il cane si era messo ad abbaiare rabbiosamente, tirando la catena fin quasi a strozzarsi, mostrando i denti e il bianco dell'occhio. Andava su e giù nel cerchio di spazio che aveva a disposizione, ululando contro l'intrusa. Le unghie raspavano sulla pietra con uno stridore di ganci sul metallo. Carla era rimasta a fissarlo da lontano, non avrebbe potuto attaccarla. Era un'immagine consueta, quanta gente in campagna tiene i cani alla catena. Ma, insieme, era una visione inedita, come non avesse mai visto una scena simile. Chissà quanto tempo era passato. Pochi minuti, o forse solo secondi. Oltre il finestrino dell'auto continuava a guardare incantata l'animale che non si stancava di ringhiare sollevando polvere e filamenti di paglia, il pelo irsuto e unto. Dalla casa non usciva nessuno, forse era disabitata. Eppure c'erano dei panni stesi a una corda, una sedia con un cuscino sdrucito davanti alla porta, persino un geranio su un davanzale. Nessuno si affacciava per vedere cosa stava accadendo, contro chi il cane stesse abbaiando. E all'improvviso ebbe l'impulso di scendere, avvicinarsi, liberarlo dalla catena. L'avrebbe sbranata? O si sarebbe accucciato mugolando? Sentiva che il cane la stava aspettando, che non era un caso tutta quella strada sconosciuta che aveva fatto. Vedeva la bava colare dalle gengive, nel grido assordante che emetteva. Voleva liberarlo.

Ma poi un uomo, forse un vecchio, non si capiva in controluce, era sbucato da un portico fissando ostile l'automobile. Per un attimo si era fermato, aveva fatto il gesto di slegare il cane per avventarglielo contro.

Con un rimorso inspiegabile, sconfinato, Carla aveva

riavviato la macchina, aveva fatto un'azzardata manovra quasi sfiorando la bestia e l'uomo, era ripartita verso la valle.

Solo sulla statale – ecco, il paese era a destra, a pochi chilometri – si era accorta di avere gli occhi pieni di lacrime. E aveva sentito, prima di capire cosa significasse davvero, di avere per sempre perso la fede.

Lena e Anna l'avevano portata dai migliori medici di Alba e Cuneo. Si era anche pensato a Torino, ma il professore che l'aveva visitata a Cuneo era stato esauriente e definitivo. Non c'era niente da fare, ma avrebbe potuto vivere ancora a lungo, certo una croce, prima o poi non sarebbe più stata in grado di camminare.

La cosa che più addolorava gli altri al Valèt era che piano piano Carla aveva smesso di riconoscerli. Anna la chiamava mama, a Lena una mattina si era rivolta dandole del lei: «È venuta a trovarmi? È molto gentile da parte sua, ma non mi ricordo, mi dispiace molto. Sa, sono malata.» Erano anni che nessuno vedeva Lena piangere. Giovanni appena aveva un momento libero le si sedeva accanto sotto il noce in giardino, le leggeva gli articoli di «Famiglia Cristiana» o di «Oggi», a volte cose più impegnative, racconti di viaggi che sembrava le piacessero. Assentiva a certi passaggi come se fosse stata nei luoghi che Giovanni descriveva. E lui – intuiva che spesso lei non ascoltava o non capiva – le tracciava sui suoi atlanti altri viaggi immaginari, città e regioni nelle quali le sarebbe piaciuto portarla. Un pomeriggio Carla gli aveva chiesto: «Sei mai stato a Cengio?»

«Sì, mama, ci abbiamo vissuto per molti anni.»

«Non si stava poi così male, c'era gente simpatica. Piero era un bun'om, non andava neppure a giocare a carte per risparmiare, lavorava tanto. Appena poteva comprava un giocattolo a Giuanin, o un libro, voleva che Giuanin crescesse istruito, era una brava persona Piero. È da tanto che non lo vedi?»

«Sì, tanto.»

«Faceva finta che la campagna non gli piacesse, invece quando andavamo al Valèt era sempre contento, e poi il pa' e mama gli volevano bene, e anche zio Spirito. È un po' che non ho notizie di Spirito, non viene mai a trovarci. Era stato così male.»

«Quando?»

«Dopo, dopo che era successa quella cosa.»

«Quale cosa, mama?»

«Quella cosa di cui non bisogna parlare. Ma a Piero non importava, anzi era contento, era stato lui a volerlo.»

Chissà cosa stava pensando, chissà perché quella malattia l'aveva ridotta così. Era difficile, impossibile, dipanare i suoi pensieri, diceva cose insensate e dopo ammutoliva girando la testa verso la valle.

«Zio Spirito vi voleva molto bene, eh?»

«A tutti, specialmente a Giuanin. Ha avuto solo il tempo di vederlo nascere, sapessi com'era contento, lo teneva in braccio dicendo: ecco, l'erede dei Valèt! Era felice. Anche lui non aveva avuto figli, forse gli sarebbe piaciuto. Stava bene con i bambini, i gemelli è come se li avesse tirati su lui.» E poi, passandosi una mano sugli occhi, con aria spaventata: «Eh, se non ci fossero stati i gemelli sarebbe stato ancora peggio.»

Giovanni aveva notato le mani di Carla tremare, le aveva dato un bacio sulla guancia: «Adesso siamo tutti qui insieme, stai tranquilla. Tutti ti vogliamo bene, anche Giacomo e Germàn.»

«Ah, mama, a lei si era spezzato il cuore.» Non aveva

più parlato. Si era messa a lisciare il tessuto della gonna con un gesto leggero e continuo. Solo più tardi, sottovoce, aveva aggiunto fra sé: «Anche a Cherasco dal conte di Lauriano non si stava male.» Ma Giovanni era andato a prendere dell'acqua e non l'aveva udita.

Lena e Giovanni avevano sgombrato una stanza a pianterreno che era stata un salotto che non usavano mai. I gemelli avevano tinteggiato le pareti di un verde pallido e avevano aiutato Giovanni a portare giù il letto di Carla e l'armadio. C'era spazio per la carrozzella e nessun gradino fra la camera e la sala da pranzo. Germano aveva costruito una pedana di legno che dalla porta d'ingresso scivolava sull'aia. E nel bagno piccolo era stata collocata una doccia con un sedile in modo che Lena potesse lavare la sorella.

Anna era andata in pensione, aveva lasciato senza malinconie la scuola e l'appartamento di Alba che, da quando era morta zia Madrina, le faceva tristezza. Si era accorta di non essere attaccata per niente a quei bambini non suoi. Gli alunni erano cresciuti, molti erano uomini già maturi, qualcuno passava a trovarla ogni tanto, le scriveva a Natale, ma non le importava più niente di loro. Finalmente era di nuovo al Valèt anche lei. Tutte e tre insieme, come da ragazze. Senza scosse, senza disagi, avevano ripreso la loro vita in comune, il trascorrere sempre uguale delle stagioni. E c'era Giovanni con loro.

Anche zia Madrina, gli ultimi mesi, farneticava un po' e confondeva le generazioni. Chiamava Giovanni Spirito oppure Bepìn, i suoi fratelli, rammentava cose antichissime, successe il secolo prima: «Ah, quando andavamo al mulino di Bonvicino! Ti ricordi Spirito? Una volta sei caduto nel rio, che spavento! E quando siamo andati a vedere la regina Elena a Racconigi? Alta, bruna, che bella donna, una statua! Sembra ieri.»

La mattina che era morta le avevano messo un abito grigio a pois, di seta, che le piaceva molto, rimboccandoglielo sotto il corpo. Si era fatta piccolissima, una bambina, la crocchia candida fermata con un pettinino di tartaruga, il rosario di semi essiccati con la croce di avorio che usava sempre. Pareva sorridesse, come fosse contenta di averli intorno a sé. Due sere prima, inaspettatamente, aveva decretato seduta nel letto: «Quando me ne andrò non state a spendere dei soldi per le messe, tanto fa uguale, in paradiso vado lo stesso.»

Il pa', la mama, zio Spirito, Piero, ora anche zia Madrina, e altri Valetto più lontani sorridevano pacati dalle fotografie ovali delle loro sepolture. Lena e Anna avevano cambiato i vasi di fiori, Carla non era con loro perché il cimitero è in salita e pieno di gradini. Il nuovo parroco, uno giovane, non delle loro parti, aveva dato una frettolosa benedizione che Madrina avrebbe di certo commentato piccata. Ma niente era più come una volta, neppure i preti.

Giovanni si era abbonato a una rivista mensile di viaggi, patinata e spessa così, che Franco il postino gli portava al Valèt. La sfogliava assorto, pagina per pagina, annotando i luoghi, ammirando le fotografie (e anche comparando i prezzi degli alberghi e dei ristoranti. In uno dei numeri c'era un articolo sull'albergo di Venezia dov'era stato con mama Anna e zia Madrina nel '71, i prezzi erano lievitati a dismisura: Son matti a Venezia, aveva pensato sbalordito).

In un altro numero della rivista aveva trovato un servizio su un luogo in Germania che l'aveva, senza sapere il perché, molto impressionato. Una piccola città dell'Assia, Darmstadt, con intorno una placida campagna che sembrava un po' quella del Roero dopo Montà, una pianura a dolci groppe come una tovaglia stesa su un prato. La città era stata rasa al suolo nell'ultima guerra e ricostruita. Si era salvata dai bombardamenti una collina dove c'erano degli strani edifici che, così aveva letto Giovanni, avevano ospitato all'inizio del Novecento una famosa colonia di artisti. Nelle fotografie si vedevano un parco pieno di fiori, terrazze, fontane, c'era persino una chiesa russa, con le cupole a cipolla dalle tinte decise. Ma ciò che lo aveva colpito di più erano le immagini di un castello fiabesco – aveva letto che era a pochi chilometri dalla città – circondato da boschi, stagni e minuscole case di legno dipinte a colori delicati. Tutto sembrava pulito, quieto, curato. Innocente. Giovanni aveva cercato sull'atlante dove fosse la città scovandola molto vicina a Francoforte, col treno di certo la si poteva raggiungere in mezz'oretta. Quella campagna gli era parso di conoscerla, gli aveva dato un senso di compiuta serenità. E non si era dispiaciuto per non aver viaggiato di più nella sua vita. Era bello lo stesso guardare i luoghi, sognarli, immaginarli, al riparo da eventuali delusioni. Quella sera aveva a lungo osservato la carta della Germania, i nomi impossibili da pronunciare, aveva ripercorso col dito il tragitto fatto in Baviera molto tempo prima. L'Europa sembrava un mondo antico pieno di meraviglie sconosciute. Un mondo, in grande, uguale al suo, nel quale ci si poteva ancora nascondere.

L'amore, la guerra

Una sera d'estate del '43 la marchesa si era messa a ridere a tavola rivolgendosi al figlio maggiore venuto a casa in licenza per un giorno. Con loro c'era anche Ottavio, diciannovenne. La marchesa aveva posato il tovagliolo: «Gregorio, caro, mentre tu fai la guerra qui fioriscono gli amori.» Aveva ancora riso, sprezzante: «Le pastore hanno un gran successo, è sempre la stessa storia.»

Ottavio aveva risposto, cupo: «*Maman*, ti prego».

«Cosa succede?» Gregorio si era voltato verso il fratello: «Quale storia?»

L'altro aveva risposto: «Lo sai benissimo.»

La marchesa aveva ruotato gli occhi da uno all'altro: «Certo che lo sai benissimo. Oh, niente da dire, è una brava ragazza, figlia di gente più che rispettabile, ma sono pur sempre contadini. Nelle nostre famiglie...»

«Cosa, *maman*?»

«Nelle nostre famiglie si possono avere avventure con gente di basso rango, non crediate che vostro padre fosse un santo, senza considerare la zia Fanny, una specialista, ah! Ma non è assolutamente il caso di fare sul serio.»

Ottavio si era mosso per alzarsi, la madre battendo una mano sul tavolo: «Non ti ho dato il permesso di alzarti!»

Era intervenuto Gregorio: «Di certo Ottavio non ha nessuna intenzione di...

«Di accasarsi con quell'Anna Valetto? Chiedilo a lui.»

«Ottavio, di' qualcosa.»

Il ragazzo aveva sorriso con quel luccichio fascinoso del suo sguardo: «Voglio bene ad Anna.»

«Ah, ragazzate!» La marchesa aveva scostato brusca la sedia: «Non una parola di più. Gregorio chiama per il caffè, lo prendiamo di là.» Si era avviata maestosa aggiustandosi lo scialle sulle spalle.

Gregorio aveva mormorato al fratello: «Ma sei matto? Cosa le hai detto.»

«Su, Gregorio, quello che sanno tutti. E anche tu.»

«Ma davvero hai perso la testa per quella? È solo una ragazzina.»

«È una donna.»

Anche Gregorio si era alzato, seccato: «Smettila di dire sciocchezze. Sei un ragazzino anche tu, uno stupido ragazzino viziato.»

Ottavio non aveva ribattuto. Aveva suonato un campanello, poi, voltandosi verso l'altro: «Allora, questo caffè? Sai che mamma detesta aspettare.» Era entrata una cameriera.

«Per favore porti il caffè in salotto.»

«Subito, signorino.»

Gregorio aveva afferrato il fratello per un gomito, cambiando tono: «Sei giovane, divertiti, pigliati le ragazze che vuoi.»

Ottavio si era scostato con disgusto: «Perché secondo te Anna sarebbe una con la quale divertirsi?»

Gregorio era stato zitto guardando la figura snella del fratello avviarsi verso le scale. Aveva raggiunto la madre.

La marchesa era seduta su un divano rivestito di seta rossa, come rosso, ma più scuro, era il suo abito di raso pesante. Lo aveva apostrofato: «Quell'imbecille, come se non avessimo già mille cose a cui pensare.» Sporgendosi verso il figlio: «Parlagli tu, te ne prego.»

«Non mi ascolterebbe. Sei davvero preoccupata?»

«Lo sono, molto. Ottavio è così indisciplinato, così testardo. Ah, sotto quei sorrisetti si cela un pessimo carattere.»

«Ma non è vero, *maman*, è solo un ragazzo.»

«Da quando ti sei messo a difenderlo? Cosa fate, cospirate contro di me?»

Era entrata la cameriera con il vassoio. La marchesa l'aveva congedata, aveva bevuto un sorso: «Questo caffè è terribile. Detesto tutto ciò, i miei figli che si mettono contro di me, questo interminabile inverno, la guerra!»

«La guerra finirà.»

«Non dire sciocchezze anche tu. Quei dannati inglesi.» Posando la tazza: «Mussolini farebbe meglio ad ascoltare di più i tedeschi invece di fare di testa sua. E si sta indebolendo, detesto i deboli.» Senza prendere fiato: «Tu devi dire a Ottavio che la smetta di cercare quella ragazza, esce di nascosto, torna a ore impossibili, io sono molto in ansia.»

«Non è vero. Sei arrabbiata perché frequenta la gente di qui. Cosa vuoi che faccia bloccato in campagna?»

«Non ti permetto di discutere i miei sentimenti, proprio tu che mi hai dato un sacco di pene.»

Gregorio era sbottato: «Ma ti vedi? Te ne stai qui nel tuo castello ossequiata e servita come se il mondo fuori non esistesse. C'è la guerra là fuori, mamma.»

«Lo so benissimo.»

«E la perderemo.»

«Sei impazzito? Non dirlo neppure per scherzo.»

«La perderemo e con lei i nostri privilegi, le nostre stupide vite persino.»

«Adesso parli come tuo fratello, siete impossibili. E non è vero. Non perderemo un bel niente. Il fascismo...»

«Ma cosa? E le tue vacanze sulla riviera francese, i nostri parenti in Inghilterra? Ti rendi conto che siamo alla fine? Che non ha più senso? Ci siamo ingolfati in questa orrenda trappola.»

La marchesa si era guardata intorno: «Non gridare e non dire più queste cose, i servi possono sentirci. Non si fanno certo una buona opinione di un ufficiale.»

Gregorio aveva mosso qualche passo.

«Dove vai? Dov'è tuo fratello?»

«Non lo so, *maman*.»

«Sarà andato da quella *bergère*. E dire che è gente che abbiamo anche invitato qui.»

Gregorio era uscito senza salutarla. Lei, indispettita, scontenta, si era chiesta con una punta di angoscia se suo figlio non avesse ragione.

Non si poteva certo salire al Valèt a quell'ora di sera, anche se, Ottavio lo sapeva, li avrebbe trovati in cucina, zio Spirito con un libro in mano che leggeva ad alta voce una storia agli altri raccolti intorno al fuoco. Ma li avrebbe messi in imbarazzo, soprattutto Anna.

Non si erano mai dati neppure un bacio, se non su una guancia, lei non l'avrebbe permesso.

C'era in Anna del Valèt un fascino, una fragranza che non aveva mai trovato altrove, di certo, pur essendocene di carine, in nessuna delle ragazze di Torino che sua madre si ostinava a presentargli. E le voleva bene da quando l'aveva vista per la prima volta, anni fa, in visita al castello. Si ricordava, di quel giorno, dopo che le sorelle Valetto erano andate via, la faccia scura del fratello, l'ispessirsi della sua gelosia: «Fai il filo a una contadina?»

«Hai di meglio?»

«Coglione. Certo diventerà bella, da farci un pensiero.»
«Levati di torno, Gregorio.»

Non fosse stato che per evadere dall'attaccamento di sua madre sarebbe rimasto sempre al paese. Ma naturalmente non gli era consentito, l'inverno lo si trascorreva in città e lui aveva scelto il collegio per ripararsi il più possibile dal tedio della casa di Torino e dai suoi soffocanti rituali. La guerra, paradossalmente, gli era venuta in aiuto. Chiuso il palazzo – il padre era morto l'anno prima – erano sfollati al castello. Ottavio aveva pagato con gioia lo scotto di dover abitare con la madre pur di stare in campagna e vedere Anna.

La marchesa aveva preteso di non rinunciare neppure in minima parte al treno di vita a cui era abituata. Al paese se n'erano rallegrati: gli uomini erano al fronte o nascosti in montagna, le donne facevano le domestiche al castello, c'era lavoro in quantità. Certo non faceva piacere servire a tavola i gerarchi invitati a colazione, ma era pur sempre un modo di avere notizie, carpire informazioni sull'andamento della guerra. A quei pasti Ottavio partecipava parlando pochissimo. La madre gli diceva risentita: «Guarda che questo è il nostro futuro, il tuo futuro. Sii gentile e non avremo che vantaggi da questa gente.» Ma Ottavio coglieva nel tono della madre un sotterraneo disprezzo: quelle camicie nere, quei saluti romani, quella sciocca e rumorosa pomposità. Ai fascisti la marchesa preferiva i tedeschi e lo confidava ad amici sicuri: «Tutto un altro tono, si vede che sono persone che sanno quel che vogliono. D'altra parte la cultura tedesca, la grande Germania...»

Ottavio, per farla arrabbiare, aveva stilato una lista di compositori di origine ebraica: «Certo, *maman*, Mahler non è più il caso di ascoltarlo, vero?»

«Sei un impudente, il fatto che fosse ebreo... ma era un

grande della musica. Il genio, l'arte sublime, riscatta qualsiasi origine.»

«E gli altri?»

«Chi?»

«Quelli che non sono dei geni, dei grandi artisti?»

«Mi secchi, Ottavio, basta così.»

In fondo era un gioco sterile, sua madre viveva in un altro mondo, un mondo d'inarrivabili sogni di gloria. O di futili meschinità. Ai figli: «Sposate chi volete, ma che siano di famiglie su, molto su. Io stessa, cari, prima di accettare vostro padre... Ah, sapeste, ho rifiutato i più bei partiti d'Europa.» O forse, ogni tanto Ottavio se lo chiedeva, forse il suo era un modo distorto e inconsapevole di proteggerli, di metterli al riparo nel caso, certo remotissimo, inimmaginabile, che la guerra la potessero vincere gli altri. Gregorio era ufficiale, senza illusioni ma pur sempre un soldato. Tra non molto sarebbe toccato anche a lui. Ma aveva altri progetti.

A fine agosto era andato a trovare lo zio Spirito. Si erano seduti in cucina, Spirito col suo gatto in braccio: «Non credere che la guerra sia una bella cosa, Ottavio.»

«Lo so, signore.»

«È una cosa stupida che prima o poi, sempre, scappa di mano a chi l'ha voluta. Mussolini sembrava persino una brava persona, uno che di politica ne capisse qualcosa, aveva tentato di fare un po' d'ordine. E dopo? Cosa c'entriamo noi con Hitler? Cosa vogliamo? Le colonie? Per far vedere alle altre nazioni che valiamo qualcosa? Poveri illusi, o meglio, poveri noi. Siamo un paese che arriva sempre in ritardo, che crede di essere una nazione forte, di poter intimidire gli altri. Guarda Roma» Spirito aveva ridacchiato, «l'impero romano è crollato duemila anni fa, e quel fesso di Mussolini crede di farlo rinascere sbraitando da un balcone.»

«E dopo cosa succederà?»

«Prima bisogna vedere se vinciamo. È brutto a dirsi, ma spero di no. Parlo come un sovversivo, un socialista, o peggio. Se mi sentisse la signora marchesa, tua madre...»

«Non voglio andare al fronte.»

«E cosa vuoi fare, disertare? Nasconderti? Mica vuoi metterti con i fuoriusciti? Bisogna far attenzione anche a quelli.»

«Perché?»

«Perché sono degli sbandati. Certo meglio loro degli altri. Ma tu sei un nobile, devi stare dalla parte di quelli come voi.»

«Non me ne importa niente della mia famiglia, di essere un nobile. Io odio questa gente.»

Spirito aveva sorriso: «Sei giovane e coraggioso, e questo fervore ti fa onore, ma attento ai colpi di testa.»

Era entrata Anna, arrossendo quando aveva visto Ottavio. Lui si era alzato salutandola. Zio Spirito aveva fatto un cenno di commiato ai due: «Be', io adesso vorrei riposare, andate a fare quattro passi.»

I ragazzi erano usciti, si erano diretti verso la sorgente. Seduti su un muretto, Ottavio aveva preso la mano ad Anna. Erano rimasti in silenzio per alcuni minuti, attenti al mormorio del vento nelle chiome degli alberi.

«Tra poco mi chiameranno per arruolarmi.»

La ragazza l'aveva guardato muta. Pensava al fidanzato di Lena, quel Giorgio morto in Grecia all'inizio della guerra. Pensava a sua sorella chiusa nel dolore anche se non ne accennava mai.

Ottavio aveva continuato: «Ma non voglio andare. Non pensare che sia un vigliacco. Lo pensi?»

Anna aveva scosso la testa.

«Vorrei restare qui, almeno qui vicino. Vorrei fare qualcosa contro i fascisti. Ma anche per essere vicino a te.»

Lei gli sfiora una guancia, abbassa gli occhi: «Quello che deciderai di fare per me va bene, ma non voglio che ti succeda niente.» Poi guardandolo seria: «Se vuoi puoi nasconderti qui al Valèt, il pa', zio Spirito, ti accoglierebbero volentieri.»

Ottavio fa una risatina: «Purtroppo qui sarebbe il primo posto nel quale mia madre verrebbe a cercarmi.» Ma colmo di riconoscenza: «Sarei felice di stare qui, non voglio solo bene a te, ma anche ai tuoi, lo sai.»

Negli occhi di Anna passa una nube: «Però quando la guerra finirà sarà diverso.»

«Cosa vuoi dire?»

«Dovrai terminare gli studi, e anche a me piacerebbe studiare. E la tua famiglia...»

«Se vorrai saremo tu e io la nostra famiglia».

«Siamo troppo giovani per pensare a questo.»

Ottavio le lascia la mano: «Credi che io non faccia sul serio? Che ti prenda in giro? Parli come Gregorio.»

«No, non lo credo» gli sorride un poco impaurita – e segretamente contenta – dal tono del ragazzo, «ma non sarà facile.»

Ottavio alza le spalle guardando la sorgente: «A me interessa che tu mi voglia bene, che io piaccia ai tuoi. Il resto non conta. Mia madre, mio fratello... be', se ne faranno una ragione.» Di colpo ridendo forte: «Così eredita tutto Gregorio, mia madre morirà di crepacuore e vivremo felici e contenti!»

«Non dire queste cose, tua madre ti ama e anche tuo fratello.»

«Massì, certo, però non voglio essere come loro. La mia vita sarà diversa, voglio costruirmela da me, la vita.»

È così bello Ottavio col volto teso, gli occhi brillanti. Anna pensa che non importa quello che succederà, adesso non ha nessuna importanza. Ora sono qui, in questa valletta fresca, salvi dal futuro che appare opaco, senza luce, lontanissimo. Non importa quello che accadrà, adesso.

A risolvere ogni cosa, così Ottavio aveva creduto, arrivò l'8 settembre.

Nessuno gli aveva chiesto da dove fosse sbucato, ma li aveva incuriositi col nome di battaglia che s'era scelto, Cioca.

«Perché campana?»

«Un nome come un altro.»

Lo divertiva aver pensato al predicato della sua famiglia, i marchesi della Campana, traducendolo in dialetto, uno sberleffo, peggio un insulto ai suoi. Non c'erano altri giovani del paese, per cui era al sicuro, un ragazzo fra tanti. Si era presentato al comando in Belbo. Il comandante lo aveva apostrofato: «Non sei un contadino, tu.»

«Sono di Torino, studio.»

«Sai qualche lingua?»

«Inglese, un po' il tedesco.»

«Bene, ci servirai. Ora vai.»

Faceva poca amicizia con gli altri, quelli della sua età, se ne stava appartato, sempre pronto agli ordini. Ma non era antipatico, mai troppo schivo. I partigiani avevano capito che ci si poteva fidare. I compiti non erano particolarmente duri, pattugliare di notte, nascondere le armi, dormire nei fienili. Quella nuova vita gli piaceva moltissimo. Si era reso conto che la disciplina del collegio – e di casa sua – gli tornava utile. Anche il coraggio fisico ereditato dagli avi era una risorsa. E c'era finalmente quel senso sconfinato di libertà, e di sentirsi parte di qualcosa che avesse un senso.

Sapeva che la madre era come impazzita. Gregorio era andato al castello a trovarla.

«È scappato, capisci? Un mostro, ho allevato un mostro. Cercalo, fallo arrestare, portalo qui. Subito.»

«*Maman*, non so dove sia, non posso fare niente.»

«Idiota anche tu, non bastava tradire i nostri alleati, bisognava anche che nella nostra famiglia...»

«Tornerà lui, è solo questione di tempo.»

Lei era furibonda: «Mi fa orrore, mi fa vergognare di me stessa, di averlo messo al mondo.»

Con una potente voglia di schiaffeggiarla Gregorio era uscito. Era sceso in paese dirigendosi verso la canonica di don Lovera. Il parroco lo aveva accolto con cordialità. Gregorio era passato subito all'argomento che lo interessava: «Lei sa dov'è, padre?»

«Perché me lo chiedi?»

«Non giochi con me, sappiamo che lei aiuta quella gente.»

«Io sono il parroco di qui, Gregorio, aiuto il paese.»

«È nella valle? O in Belbo? Se non me lo dice lei vado al Valèt, quelli parleranno.»

«Ti comporti da squadrista, vedo che hai appreso bene la lezione.»

«Non mi faccia ridere. Lo sa benissimo che non me ne importa niente della politica, di questo schifo di guerra. Voglio sapere dov'è mio fratello, in quali pasticci si è messo.»

«Se lui ha fatto questa scelta un motivo ci sarà.» Gregorio aveva mollato un pugno sul tavolo: «Cristo Iddio, padre, lei non si rende conto.»

«Bestemmia pure. Tuo fratello è migliore di te, almeno lui ha avuto il coraggio di ribellarsi.» Don Lovera aveva alzato la voce anche lui: «Tua madre ha fatto di tutto perché questo succedesse. È compromessa col regime da anni.»

«Ma non capisce che è stato anche un modo, il suo, per proteggere il paese? Per evitare cose peggiori? Chi farebbe del male alla gente della marchesa Fey? Lei è uno stupido, padre.»

«Sarà come dici, di certo la marchesa non è contenta della piega che hanno preso le cose. Quando la guerra finirà...»

«Cosa? Ci impiccheranno? Che facciano pure. Non è così spaventoso essere dalla parte del torto.»

«Ne sei sicuro? Li vedi i tedeschi cosa stanno facendo? I nostri ex alleati? Sei cieco, Gregorio.»

«Vado al Valèt.»

«Non sanno niente. Lasciali in pace.»

Gregorio era uscito sbattendo la porta. Quell'imbecille del parroco! Cosa si era messo in testa? Di salvare il mondo? I nazisti sarebbero arrivati anche qui, si sarebbero vendicati. Aveva guardato verso le colline. *Dove sei Ottavio? Coglione.*

Durante l'inverno anche i gemelli si erano imboscati rimanendo però nascosti al Bambin. Nuccia aveva sempre il cuore in gola per la paura, ma almeno erano tutti insieme, meno zia Madrina che continuava a insegnare ad Alba. Piero era in fabbrica – l'Acna lavorava a pieno regime – e appena poteva saliva anche lui al Valèt. Carla aveva avuto un aborto spontaneo. Il medico che l'aveva visitata a Cengio sembrava preoccupato per la sua salute – all'ambulatorio l'avevano accompagnata Nuccia e Lena –, ma Carla si era ripresa in fretta. Spirito e il pa' certe sere facevano finta, per rallegrare le donne, di essere dei soldati in difesa del forte: «Chi volete che venga al Valèt ben taparati come siamo!» Facevano il giro intorno alla casa chiamandosi l'un l'altro colonnello e signor maggiore. I gemelli erano i loro attendenti – Giachin l'avevano trovato morto in un fosso, ubriaco, nel '40. Nessuno lo aveva pianto.

Ad Anna, nel caldo della cucina o della stalla, quelle sere pareva proprio di essere in una sorta di fortezza. Come se i muri del Valèt fossero inespugnabili. Con Lena e il Carlin facevano azzardati progetti: «Io quando finisce vado a Torino a vedere le vetrine.»

«Io vado al mare, che voglia di vedere il mare!»

«Io vado fino in Francia. Chissà se ci sono ancora dei parenti di nona Françoise?»

«Speriamo di no, che magari pretendono di prenderci la terra.»

«Pa', nona Françoise aveva parenti a Bordeaux?»

«No, nessuno.»

«Ah, meno male.»

Lena, mentre cuciva: «Chissà quelli di Pieve? Saranno sfollati da qualche parte?»

«Qui al Mazzulin sarebbero al sicuro.»

«Una parte del tetto è già crollata. Che peccato però. È così bello il Mazzulin.»

Dal paese arrivavano notizie: la marchesa razionava la legna da ardere anche se l'unica cosa che non scarseggiava era la legna. Dicevano che fosse sempre più spaventata, più furiosa, sola nelle stanze del castello. Al Valèt avevano persino paura di vederla arrivare all'improvviso. Era invece salito una mattina Gregorio, il marchese giovane come lo chiamavano dopo la morte del padre. Gregorio era stato gentile, compito, però aveva chiesto senza tanti preamboli se avessero notizie di Ottavio. Non ne avevano ed era vero. Aveva salutato Anna con una curiosa espressione di trattenuta sorpresa: sì, si stava facendo una bellissima ragazza.

Scendendo a cavallo dal Valèt aveva pensato che anche suo fratello non aveva sbagliato ad innamorarsi di una ragazza così. Cosa sarebbe successo dopo la guerra? Avrebbe dovuto intercedere presso la madre a favore di Ottavio? L'avrebbe fatto, a momento debito, se si fosse presentato il caso. Durante quella passeggiata solitaria si era sentito di colpo solo ed esposto. E lui? *Se non mi fucilano resterò qui, farò restaurare il podere sotto il castello, riaprirò le cantine. Le uve potremmo comprarle in bassa Langa, a Dogliani, a Monforte. Potremmo imbottigliare, acquistare nuovi cavalli, disfarci di un po' di terra.* Solo e disperato, senza ammetterlo a se stesso. Una moglie, dei figli, la continuazione della stirpe? *E la mamma, e Ottavio?* La guerra aveva trasformato tutto, e il peggio, forse, doveva ancora venire.

Anna del Valèt, quella bambina con un nastro tra i capelli. E adesso una giovane bionda, dal tratto naturalmente elegante anche vestita modestamente come l'aveva appena vista. Ottavio non avrebbe tardato a dare notizie di sé.

Un inverno infinito. A Genova, nelle caserme requisite c'era fermento. Bisognava risalire le Langhe, quella tormentata regione di colline, così le descrivevano, tutte uguali, ossessive, fatte per nascondersi. Quei maledetti partigiani, italiani disgustosi e traditori. Aveva un bel fondare la repubblica di Salò il duce, come fidarsi ancora di quell'ex alleato esausto, impaurito? E poi gli ex alleati – e quel Savoia vigliacco anche lui – avevano dichiarato guerra alla Germania, un gran voltafaccia. Bastava organizzarsi bene, l'avrebbero pagata cara, il Führer non poteva sbagliare.

L'inverno scivolava in una torbida primavera e nelle caserme si attendevano ordini di smobilitazione.

Il soldato, poco più che un ragazzo, ogni mattina si preparava nella camerata insieme agli altri commilitoni. Sentiva che l'entusiasmo di una facile rivalsa contro gli italiani scemava di settimana in settimana ma gli ordini erano precisi, incalzanti, e gli ufficiali sempre più feroci. Erano stanchi ma non erano permessi cedimenti di nessun genere, il morale doveva essere tenuto alto a ogni costo. La speranza di vendetta era il miglior premio possibile.

Il soldato ogni mattina indossava l'elmetto, gli scarponi che gli erano diventati stretti, gli pareva di esserci cresciuto in quegli scarponi. Nella cassetta conservava una fotografia alonata, l'unica che possedeva di Sonja, sua moglie. L'aveva lasciata incinta lassù, in Germania, in un tempo che gli pareva ormai lontanissimo. Le poche informazioni che aveva, una lettera inoltratagli dal comando, erano che stava bene, che era nata una bambina in buona salute, non si preoccupasse per loro, lo aspettavano a casa, presto. Due anni prima. Non aveva mai visto sua figlia, sapeva solo che l'avevano chiamata Margarethe. L'avrebbe davvero aspettato sua moglie? Lavorava in una fabbrica, i suoi genitori l'aiutavano. Ma cosa c'entrava lui con quella guerra senza fine? Lassù faceva il contadino, sellava il cavallo e andava sui pascoli a governare le bestie. Il cielo, a casa, era più basso che in Italia, più tenue. In Italia ogni cosa era violenta, e non solo la guerra, ma i colori, gli odori – non ne poteva più dell'odore rancido dei corpi dei suoi compagni in quelle camerate –, il cibo sapeva di stantio eppure con improvvisi sapori inaspettati, brutali anch'essi. Li avrebbe rivisti quei boschi piani, quel cielo livido ma pacifico, conosciuto? Avrebbe respirato ancora il profumo cremoso del fieno della sua campagna?

In primavera le cose si erano sbloccate all'improvviso, si partiva alla conquista delle colline di cui tanto si discuteva. Gli autocarri erano pronti, i militari stipati, le mitragliatrici armate.

Come saranno queste campagne?, si era chiesto il soldato. Molto diverse da quelle docili, domestiche intorno a Darmstadt?

Il chierichetto porge a don Lovera la patena dorata con le ostie. Il parroco ne prende una, la benedice, la dà a un fedele inginocchiato davanti all'altare. Passa a un'altra persona che si segna prima di ricevere l'ostia. Il secondo chierichetto si gratta la testa in attesa che arrivi il suo turno di rendersi utile.

Quando la mama s'inginocchia davanti al parroco questi le mormora di aspettarlo in sacrestia finita la funzione. Nuccia, stupita, torna al banco. Bisbiglia a Lena quello che ha appena udito. Lena, che non si è comunicata, spalanca per un attimo gli occhi, li abbassa in fretta fissando il legno lucido del banco.

Questa mattina il pa' non è con loro. È andato a Neive, in bassa Langa, con il camion, insieme ad altri uomini del paese a prendere l'acqua salata. Sulla strada che da Alba va a Neive, infatti, ci sono delle sorgenti di acqua salmastra. Si riempiono delle botti e a casa si fa bollire l'acqua fino a ottenere qualche mucchietto di sale per cucinare. Si paga un modesto pedaggio ai proprietari del terreno, ci va mezza Langa a rifornirsi. Il pa' dormirà una notte ad Alba da zia Madrina e domani sarà di ritorno con i suoi compagni.

Finita la messa le donne si levano le quefe, gli uomini riprendono il mozzicone spento del sigaro cacciato in una tasca. Nuccia e Lena, svelte, raggiungono la sacrestia.

Don Lovera si sta togliendo la pianeta, congeda i due chierichetti che si spintonano strappandosi di dosso le tuniche. Fa un cenno alle due donne di avvicinarsi mentre lui va a chiudere la porta. Dice a voce bassa: «Ho un messaggio per voi da Ottavio.»

Mama si porta una mano alla bocca: «Per noi? Sta bene? Dov'è?»

«Vicino. Cercherà di venire al più presto a trovarvi.» Lena si guarda intorno furtiva: «Ha avvertito anche sua madre, la marchesa?»

«Non lo so. Non credo, era voi che voleva salutare. Mi hanno riferito così.»

A Nuccia salgono le lacrime agli occhi: «Povero ragazzo. Dunque sta bene, è con i partigiani.»

«Sì, sta bene. Non so esattamente dove sia col suo gruppo, credo a Mombarcaro. Non può muoversi da solo e non vuole farvi correre dei rischi.»

La mama china il capo: «Se lei ha modo di vederlo gli dica che lo aspettiamo.» Fissa Lena: «Non vuole vedere la sua famiglia.»

Lena la prende sottobraccio, sorride al parroco: «Non vanno granché d'accordo al castello.»

Anche don Lovera sorride: «Eh, no, per niente, anzi. State tranquille e salutatemi Bepìn. E anche Spirito.» Poi, con una risatina maliziosa: «Non è che lo vedo spesso in chiesa, Spirito.»

«Oh, lo sa com'è fatto il mio barba» anche Lena fa una breve risatina, «siamo una razza di mangiapreti.»

«Che Dio vi benedica, fossero tutti come voi i mangiapreti.»

Le due donne escono dalla sacrestia, riattraversano la navata della chiesa, sono fuori nel mattino piovoso: «Dobbiamo dirlo al pa', quando torna.»

«E ad Anna.»

Nuccia si volta verso la figlia: «Non voglio che Anna soffra come è successo...» fa per aggiungere qualcosa, si trattiene.

Lena guarda davanti a sé: «Non succederà niente, mama, stai tranquilla, ci siamo noi.»

Tanto era stato lungo e penoso l'inverno, tanto l'estate del '44 si annunciava magnifica, con larghi cieli smaglianti. Malgrado la paura delle incursioni in campagna si lavorava il più possibile. A Cengio Piero vedeva le autocolonne dirigersi sulla strada di fondovalle. La fabbrica era sicura, ma per salire al Valèt Piero faceva in bicicletta i sentieri secondari in costa, scollinando. Incontrava contadini fermi sull'aia delle cascine, il tridente in pugno, a scrutare la valle. I partigiani erano dappertutto, nascosti nelle stalle, nelle cantine. Le poche famiglie che a dicembre avevano macellato il maiale dividevano con loro carne e salami. Altri cuocevano il pane nei forni per intere borgate.

Una sera, un venerdì di fine luglio, Piero percorreva una stradina sconnessa che, con un largo giro, scendeva dai boschi di Niella al Valèt. All'improvviso un gruppo di uomini sbucò dal folto della boscaglia. Piero si gettò a terra storcendo il manubrio della bicicletta. Una voce gridò: «Fermi, lo conosco.»

Piero alzò gli occhi a quelli ridenti di Ottavio che gli correva incontro. Rimase stupito nel vedere il ragazzo aiutarlo a rimettersi in piedi mentre gli diceva in un sussurro: «Non fare il mio nome.» E voltandosi agli altri: «È un amico, uno del paese.»

Il gruppetto di giovani, erano in tre, gli si avvicinò. Quello che sembrava il capo disse: «Abbiamo bisogno di riparo per una notte.» Alzando il mento verso Ottavio: «Cioca dice che c'è una cascina sicura qui sotto.»

Piero e Ottavio si erano guardati brevemente. Piero: «Sì, ci sto andando anch'io, è la casa di mia moglie. È vicino.»

Ottavio si era messo a riparare il manubrio della bici: «È colpa mia, Pierin.»

«Lascia stare, l'aggiusto dopo.» Sottovoce: «Sono dei tuoi? Ci si può fidare?»

«Sì, dei bravi ragazzi. Speriamo che il pa' ci dia qualcosa da mangiare.»

«Quello è il meno.» Sorridendo: «Allora ti fai chiamare Cioca. Ben pensato.»

Avevano ridacchiato, gli altri tre li seguivano. I boschi si erano chiusi sopra di loro mentre calava la sera.

«Quando siamo al Valèt vai avanti tu, di' che siamo in quattro. Ricordati che mi chiamo Cioca.» Piero aveva fatto segno di sì.

Sull'aia c'era zio Spirito in piedi vicino al pozzo. Aveva alzato la testa sentendo dei passi. Piero si era fatto riconoscere, gli aveva mormorato: «C'è Ottavio, il figlio del marchese. Non chiamarlo per nome, è con altri tre partigiani.»

Spirito li aveva accolti con grande gentilezza, come fossero attesi. Aveva stretto con vigore la mano di Ottavio: «Ci sei mancato, ragazzo.» Li aveva intrattenuti qualche momento sull'aia per dare tempo a Piero di avvertire la famiglia.

Un attimo dopo erano usciti il pa' e Anna. La ragazza si stava togliendo il grembiule da cucina, i capelli erano annodati sulla nuca, lo sguardo emozionato. Si era fermata a guardare Ottavio – sembrava dimagrito, più alto di quanto ricordasse – col cuore che pareva saltarle in gola. Anche lui l'aveva vista. Trattenendo il desiderio di correrle incontro, di abbracciarla, si era avvicinato porgendole le mani. Anna glielʼaveva strette senza parlare. Spirito aveva invitato il gruppo a entrare in casa.

Le notizie non erano buone, i tedeschi attaccavano le postazioni, rastrellavano gli abitati. Chi era più in pericolo erano proprio i civili, la gente dei paesi in valle, anche se difficilmente i nazisti salivano fin sulle creste, nelle cascine isolate. Quello era territorio dei ribelli.

Al Valèt lo sapevano, spostarsi era diventato difficile. Mama e le ragazze avevano preparato la tavola, il paʼ era sceso nel crutìn a prendere una bottiglia di Dolcetto tenuta in serbo per le grandi occasioni. Carla era corsa a chiamare anche i gemelli. I partigiani – giovani dellʼetà di Ottavio – stavano seduti quasi con timore guardando quelle persone così sorridenti. Così rassicuranti. Una tregua di qualche ora nel mare nero della guerra.

«Dove siete diretti?»

Aveva risposto Ottavio: «In paese, da don Lovera che tiene i contatti con altre squadre.»

Spirito, ridendo: «Mi farà ricredere quel prete lì. Bisogna che vada a trovarlo uno di questi giorni.»

Nuccia: «Questa notte dormite qui, nel fienile. Ci andrete domani mattina in paese.»

«Grazie, ci muoviamo prima che faccia chiaro.»

«Diteci dei tedeschi.»

«Ci provano in tutti i modi, scendono da Bra, da Alessandria. Arrivano anche da Genova. Sono sempre più spietati. Si dice che ci sia stato un complotto per uccidere Hitler, ma sembra sia fallito.»

«In Germania?»

«Sì, cʼera anche Mussolini col Führer.»

«Potevano prenderne due in una volta sola.»

«Ma qualcosa non ha funzionato. Si parla di una bomba

allo Stato Maggiore. Ci saranno rappresaglie, chissà la gente che hanno già fucilato.»

Spirito aveva abbassato gli occhi sul tavolo: «Uccidere Hitler. Chi ci ha provato ha del fegato.»

«Ma adesso che l'attentato è fallito sarà ancora peggio.»

Uno dei ragazzi aveva detto: «La situazione è delicata. Dovete fare attenzione anche voi delle campagne.»

Nuccia stava per chiedere se Ottavio sarebbe andato da sua madre, si era fermata in tempo quando il partigiano più anziano aveva detto: «Sappiamo che nel castello del paese la padrona riceve gli ufficiali tedeschi. La pagherà cara, verrà il tempo.»

Nessuno della famiglia aveva commentato. Ottavio si era rivolto al pa', indicando la tavola: «Erano mesi che non vedevamo tutto 'sto ben di Dio. Ci sdebiteremo.»

«Adesso mangiate, che siete ben patiti. Poi a dormire.»

Mangiando, quasi in silenzio, con pochi discorsi più sulla campagna che sulla guerra, Ottavio e Anna non avevano smesso di guardarsi come scambiandosi, loro sì, infiniti discorsi lasciati in sospeso. Ottavio sentiva una grande serenità a essere in mezzo alla sua gente, con Anna, Piero e Carla stretti fra loro, Lena che tagliava fette di salame spesse un dito scostando una ciocca di capelli. Spirito parlava agli altri per distogliere l'attenzione dagli innamorati, si vedeva sì che lo erano.

Nella notte un cane ululava lontano, ed era l'unico suono nel niente pieno di speranze. I ragazzi erano saliti nel fienile a prepararsi un giaciglio. Ottavio era sceso un momento come per andare a urinare. Era invece tornato rapido in cucina. Lo aspettavano, le finestre sbarrate, un lume al minimo. Sottovoce: «Ci hai fatto prendere uno spavento!»

«Però stai bene.»

«Ma tua madre, la marchesa?»

«Davvero don Lovera vi aiuta?»

Per tutti un sorriso, una parola per tranquillizzarli: «Sì, tutto bene, le colline sono abbastanza al sicuro. Siate prudenti però.»

Spirito aveva chiesto: «Non ci hai neppure detto se sei con i fazzoletti azzurri?»

«No, con gli altri.»

«Davvero? Ma almeno quelli là sono monarchici!» Erano scoppiati a ridere. Ottavio aveva guardato Anna: «Io sono lassù, non temere.» Molto piano: «Ti voglio bene.» Aveva raggiunto gli altri nel fienile.

Nel buio, così vicini, a pochi metri l'uno dall'altra, era stata come la loro prima notte di nozze.

Ognuno nella vita, senza accorgersene, sfiora dei segreti altrui. Il medico di Cengio che aveva visitato Carla dopo l'aborto sarebbe stato molto stupito a sapere della nascita di Giovanni. Ma era riuscito a farsi trasferire a La Spezia, sua città natale, pochi mesi dopo e di quella paziente ricevuta nel '44 non si ricordò mai più.

Molti decenni dopo, sul finire degli anni Novanta, una domenica al castello erano ospiti di Gregorio il cugino Zeno di Lauriano e la sorella di questi, Anna Guarienti. Pranzavano all'ombra di un portico. Si parlava del passato, della guerra. Lauriano a un certo punto si era rivolto al cugino: «Proprio qualche giorno fa ripensavo a quelle due ragazze che mi chiedesti di ospitare a Cherasco nel '44. Era d'autunno, se rammento bene.»

Anna Guarienti aveva chiesto: «Due ragazze? Di qui? Non mi ricordo.»

«Eri troppo piccola, non puoi ricordare.» Ancora a Gregorio: «Due sorelle.»

Gregorio aveva annuito: «Sì, due sorelle.»

Anna si era sporta in avanti: «Come mai ti sono venute in mente?»

«Non so, erano educate, molto perbene. Anche molto belline, specialmente quella bionda. Una era incinta.» Alla sorella: «Gregorio mi aveva chiesto di prenderle a servizio durante quel terribile periodo, l'ultimo anno di guerra, dopo che il povero Ottavio fu ucciso.»

Fey aveva guardato il prato davanti a loro.

Lauriano aveva proseguito: «Quella incinta, non mi ricordo come si chiamava, faceva da cameriera a mamma, l'altra aiutava in cucina.»

Gregorio era rimasto ancora in silenzio. Anna Guarienti gli aveva sorriso: «Erano giovani?»

«Sì, molto giovani.»

«Stettero da noi finché la bionda non ebbe il bambino.»

Gregorio aveva scosso la testa: «Era la bruna che partorì.»

«Davvero?» Lauriano aveva corrugato la fronte: «Ero convinto che fosse l'altra, quella più carina, ad essere incinta.»

«No, ti sbagli.»

Anna Guarienti aveva chiesto: «Sono ancora vive? Voglio dire, abitano ancora qui?»

«Sì, nella loro cascina, in una frazione.»

«Le hai più riviste?»

«Sì, certo.» Si era alzato brusco: «Fa troppo caldo, non trovate? Faccio portare il caffè?»

«Grazie, sì.»

Gregorio si era avviato verso la casa. I due Lauriano si erano fissati un momento. Zeno, con un sospiro: «Ho fatto male a nominare Ottavio, l'ho turbato.»

La sorella gli aveva sorriso: «È uno strano uomo Gregorio. Gli vogliamo bene come a un fratello, ma, se ci pensi, ci ha sempre parlato poco di sé.»

Lauriano aveva annuito: «Ognuno ha i suoi segreti. E non è detto che vadano svelati.»

Gregorio era tornato. Per il resto del pomeriggio si era parlato d'altro.

L'erba di nessuno

L'ultima mattina della sua adolescenza Anna si era svegliata al suono amoroso della voce della mama: «Pelandrona, vuoi stare a letto tutto il giorno?»

«Non sono neanche le sette.»

«Vieni, zio Spirito ha la colazione pronta.»

Si era lavata in fretta indossando un vestitino leggero, di cotonina, di un rosso lampone che le piaceva molto. Gliel'aveva cucito Lena con una stoffa comprata anni prima al mercato. Si era annodata, tenuta stretta con due forcine, la treccia sulla nuca.

In cucina zio Spirito l'aveva apostrofata: «Qui se si aspetta che la signorina faccia il suo comodo le mucche imparano a mungersi da sole. Bevi il tuo latte e muoviti. Portale almeno al pascolo, poverette.»

«Pronti, colonnello!»

«Di', rispetto, signorina, rispetto! Ohi Nuccia, ma chi crede di essere questa qui?»

Il pa' era andato al forno, Lena era salita al Bambin. Faceva già caldo, le mosche ronzavano intorno al lume spento al centro del soffitto. Anna aveva sbirciato dalla porta aperta la curva in piena luce della collina di Prunetto. Il suo cane, Orso, era entrato nella cucina poggiandole il muso sulle ginocchia. Lei aveva intinto un tocchetto di mollica nel latte. Orso lo aveva lappato rapidissimo.

La mama, scuotendo la testa: «Mai visto un cane mangiare così volentieri il pane. Sarà che siamo in guerra!»

Spirito facendo finta di mollare uno scapaccione al cagnino: «Neanche il cane ha rispetto in questa casa, dove andremo a finire!»

Nella stalla le mucche avevano voltato placide i musi verso la ragazza. Lei aveva spalancato il battente del portone facendole uscire sull'aia. Orso saltava intorno alle vacche mordicchiando i garretti, loro falciavano l'aria con le code dirigendosi leste verso il sentiero del bosco.

Il pozzo, il vigneto del pa', i primi castagni, la sorgente. Una frescura deliziosa sotto le chiome delle querce.

Ottavio era tornato a trovarli tre giorni prima, il 2 di agosto. Aveva detto che i tedeschi sbandavano, avevano incendiato più di una cascina in Belbo, a Dogliani erano morti trenta civili in un bombardamento aereo. Arrivavano da Ceva attaccando Murazzano e Belvedere. La valle Bormida per adesso sembrava tranquilla, ma fossero previdenti, per carità. A lei, salendo alla Madonna dei Cavalli, sembrava quasi impossibile che qualcuno potesse spezzare l'incanto della campagna, che qualcuno volesse rapinare quella terra. Ottavio, prima di tornare dai compagni a Mombarcaro le aveva dato un bacio, un piccolo bacio sulle labbra, senza dir niente. E un attimo dopo non era più lì con lei.

Salendo Anna aveva diretto le vacche verso i prati della Madonna imboccando il sentiero che conduceva al Mazzulin.

Forse lo stavano già cercando, ma non gl'importava nulla. Sarebbe morto, lo avrebbero ucciso come si fa con i disertori. I tedeschi odiano i disertori. Anche lui aveva creduto, aveva cercato, di odiarli, era stato più volte nel plotone di esecuzione, aveva ucciso dei compagni, era un soldato.

Non era stato difficile andarsene, era bastato marciare nella retrovia, rallentare il passo a poco a poco guardando le schiene degli ultimi soldati allontanarsi davanti a sé. Entrare come per caso nel folto di un bosco.

Aveva iniziato a scrutare gli alberi riconoscendone le specie: i faggi imponenti, i carpini, il rovere. Alcuni li conosceva, erano gli stessi che in Germania, nell'Assia, altri, come i pini, gli sembravano più smilzi, storti. Ricordava con una convulsa commozione le fitte foreste lungo le anse del Meno.

Ma quelle colline erano luoghi mai immaginati, alte, impervie, con improvvisi baratri, inattesi scorci aperti sulla valle e poi di nuovo la giungla scura, ostile. Aveva visto le tane dei tassi, riconosciuto le fatte dei cinghiali. Il garrito stridulo di uccelli invisibili sulla sua testa. Forse stava girando in tondo, si era chiesto non capendo da che parte il sole stava tramontando. Dove stava andando? E il plotone che aveva abbandonato? Non aveva importanza. Faceva caldo, e dopo subito freddo appena il sole era sceso dietro la collina, e non era ancora sera. La notte era piovuta di colpo, fonda come il sonno. Non aveva neppure fame, avrebbe voluto assaggiare una manciata di terra per sentirne il sapore.

Nel buio – fermarsi, arrendersi a se stesso?, ormai l'aveva fatto, era ciò che desiderava – aveva scorto un muretto che, sfiorandolo, diventava una parete di pietre lisce, un varco, una stanza senza pavimento, senza soffitto. Nessun animale, e degli animali d'altra parte non aveva paura. Solo silenzio. Una tomba, calda, protettiva, la sua.

Aveva dormito a lungo, vestito. Svegliandosi a tratti sentiva lo zampettio di un ragno sulla guancia. Non aveva sognato, o non ricordava, ma la sensazione era di piacere, un piacere mescolato a debolezza. Forse, nel sogno, c'erano state delle fiamme e delle urla, o forse una canzone cantata da ragazzino con altri ragazzini. Vasti cieli, magari l'immagine sfuocata di una bambina, sua figlia mai vista. Ma netta, verso l'alba, c'era la figura di suo padre che piangeva quando lui era partito. Pensavano mai a lui, lassù? Sì, certo, ma quella guerra era un oceano in burrasca, che tutto confondeva, tutto annegava.

L'ultima alba della sua vita lo sorprese rannicchiato accanto a quello che un tempo era stato un focolare, cenere e pietre annerite. Dal soffitto crollato guardò un cielo pulito e violetto, appena increspato come un lago, il suo ultimo cielo.

Mi fermo a guardare una ragazza, ancora quasi bambina, con un grembiule rosso e la treccia avvolta sulla nuca. È in piedi al centro della radura, un bastoncino in mano. Osserva le vacche pascolare. Un cagnèt – eri amoroso e di gran carattere, Orso, e quanto ti ho pianto – guata vigile le bestie, poi gira di scatto il muso al folto del bosco, si rizza sulle zampe, un ringhio basso. La ragazza volta anche lei la testa, senza apprensione, verso il nero degli alberi.

Rimasi a lungo a guardare in quella direzione mentre Orso correva da me, il muso puntato agli alberi, e mi pareva che una voce mi chiamasse: «Anna, dove sei, Anna.»

Si guardano in silenzio per un attimo, come fosse naturale essere lì entrambi. La ragazza nel suo abito rosso, il soldato che tiene in mano l'elmetto per la cinghia, le braccia lungo i fianchi. Alto, biondo, smarrito.

Una ragazza, potrebbe essere Sonja, o sua figlia quando avrà la stessa età. Com'è calma, quasi incuriosita, non avrà mai visto un soldato tedesco così da vicino. Le chiede: «Di chi è questa erba?» Intendendo i prati.

«Di nessuno» risponde la ragazza. Ed è tutto ciò che si dicono.

Ma la tregua non dura che un altro attimo. Il cane si avventa contro il soldato e la ragazza, solo allora, grida.

Com'è naturale roteare il braccio e con il calcio del fucile fracassare la testa del cane, che vola a due metri con uno spento guaito. Perché lo odiano? Fa il suo dovere, si è arruolato, lo hanno scaraventato in questo paese nemico, tra gente che parla un'altra lingua. Vorrebbe sentire una voce femminile parlare la sua, accoglierlo, consolarlo. Non è che un soldato vinto.

Una breve corsa, afferra per il braccio la ragazza che sta fuggendo, lei scalcia ma è insieme rigida dal terrore. Le strappa il vestito di dosso. Una bambina con seni da donna, con gambe lisce e lunghe, rotondamente abbronzate. Persino l'odore della paura è buono, giusto, sconvolgente. Le mette una mano sulla bocca tirandola a terra sull'erba. Non è solo voglia di un corpo fresco – il soldato ha questo pensiero per giustificarsi, per non soccombere alla vergogna – ma l'unica vendetta possibile. O uno spasimo d'amore, un desiderio di riposo, per quanto assurdo e vile possa sembrare. Col sangue che macchia le gambe divaricate della ragazza scivola via il rancore, la tristezza, una pena infinita. Nella pupilla attonita della ragazza che si sta spegnendo come quella del cane, il soldato vede riflessa la propria fine. Sente i rebbi del tridente entrargli nella schiena, un saettare nella carne che finalmente sa di pace eterna. Non ha neppure il tempo di salutare se stesso e la sua bambina – e questa – che non rivedrà mai più.

Poi Lena estrae con un colpo secco il tridente dal corpo del soldato, lo rigira con un calcio, si china sulla sorella forse morta.

Se Dio esistesse

Se Dio esistesse non ci sarebbe il male. Perché si è assentato? Lena non lo sa, quel che vede la colma di orrore e di un'illimitata pietà. Abbassa le mani a toccare il corpo lacerato di Anna, le sfiora il volto cercando di farle aprire le palpebre serrate. Respira, sta respirando. Le prende la testa fra le mani: «Anna, parlami, sono io.» Ma la sorella si è per ora rifugiata nel ventre dell'incoscienza, in un torpore smemorato che l'allontana anche da se stessa.

Lena sente una voce chiamarla. È Germano che accorre, dietro di lui c'è il gemello. Si bloccano inorriditi davanti al corpo del soldato, vedono quello del cane in una pozza di sangue. Le vacche continuano a ruminare sul fondo del prato. Giacomo si china anch'egli accanto a Lena che mormora: «È viva, la porto a casa.»

«E lui?» indicando il soldato.

Germano: «Dobbiamo farlo sparire subito. Bisogna seppellirlo.»

«Dove?»

«Non qui, qualcuno potrebbe vedere la terra smossa.»

Giacomo alza la testa: «Là, al Mazzulin.»

«Sì.»

Mentre Lena solleva la sorella – Anna si abbandona senza resistere all'abbraccio – i gemelli trascinano il corpo del soldato fuori dal prato. Poche decine di metri, i muri gonfi di umidità del Mazzulin. Germano entra nella stanza da basso, nota la polvere accanto al focolare, il mozzicone di una sigaretta: «Si è nascosto qui.»

Giacomo si guarda intorno: «La cisterna.»

La vecchia cisterna ha una bocca non più larga di un metro, i muri sono corrosi, la volta è in parte crollata. Non stanno a riflettere, neppure perquisiscono la divisa del soldato. Issano il corpo nell'apertura, odono il tonfo sordo contro la pietra, tre metri sotto terra, nel dito d'acqua residuo sul fondo.

«Anche il fucile?»

«Sì.»

Gettano il fucile, l'elmetto che Giacomo raccoglie con disgusto, il mozzicone di sigaretta che Germano si è infilato in tasca un minuto prima.

«E il cane?»

«No, quello lo sotterriamo al Valèt.»

Stanno dritti davanti alla bocca della cisterna. E senza parlare salgono sul tetto curvo ricoperto di edera. Germano corre al Bambin a prendere degli attrezzi mentre Giacomo sputa per terra maledicendo il cielo. Quando Germano torna con una pala e un piccone iniziano a sferrare colpi su colpi sui mattoni della fragile voltina. Alla prima crepa se ne aggiunge una seconda, si apre uno spiraglio, un mattone si sfarina seguito da un altro. La volta crolla di colpo, con un botto attutito, solo un breve tuono, subito represso, di temporale. Sul mucchio di pietre e mattoni gettano della terra, germoglieranno in fretta radici e rampicanti selvatici. Della sepoltura presto non resterà traccia.

Chi inizia a morire quel mattino è Spirito. Accoglie il corpo di Anna fra le sue braccia, lo porta nella stanza del pa', chiude la porta lasciando Lena e Nuccia da sole nella camera. Ha gli occhi colmi di lacrime, abbraccia in silenzio il fratello sgomento.

Di sopra Lena e Nuccia la spogliano con massimo riguardo. I brandelli del vestito rosso giacciono ai piedi del letto in un mucchietto scomposto pronto a sparire fra poco nel camino da basso. La mama lava, accarezzandogliele, le membra della figlia, lasciando che il pianto scrosci senza ritegno. Chi si muove in fretta e precisa è Lena che strappa con i denti le bende per avvolgere le ferite della sorella, sorvegliandone il respiro, gli occhi sempre chiusi. Il petto di Anna si solleva e si abbassa con regolarità, ma piano, nient'altro che un tenuissimo sospiro.

Lena si distrae per un attimo quando sente in cortile i passi degli uomini dirigersi verso la vigna. Intravede dai vetri Giacomo con la pala. Vanno a seppellire Orso insieme agli altri cani di casa nell'angolo del vigneto. Allora lascia anche lei che le lacrime colino sulle guance mentre, con una spugna appena umida, toglie dai capelli della sorella frammenti di terra mischiata a fili d'erba.

Nessuno dovrà saperlo, solo quelli di famiglia, Carla e Piero che sono a Cengio. Forse neppure Madrina, povera donna. Ma tacerglielo sarebbe un'offesa ancora peggiore. E Ottavio? Se arrivasse all'improvviso? Non sanno, non c'è modo di pensarci ora.

Spirito ascolta il silenzio della casa, le deboli voci delle donne di sopra. Il pa' è seduto al tavolo, anche i gemelli sono lì, zitti, gli occhi bassi sui resti della colazione. I rebbi del tridente sono stati lavati dal sangue del soldato, le vacche chiuse nella stalla. Fra pochi giorni sarà Ferragosto. Quando si tornerà a festeggiare l'Assunta? Il ballo a palchetto in piazza, il tirassegno, le lotterie fino a notte fonda, cantando.

Sì, pensa Spirito, bisogna dirlo a Ottavio, ma soltanto se Anna lo vorrà. Venisse un gemito da sopra, un grido, un segnale che riporti Anna alla vita.

Inaspettato, nel tardo pomeriggio, sale a trovarli don Lovera. Il pa' se lo trova davanti mentre smonta dalla bicicletta: «Ohi, Bepìn.»

Il pa' si toglie automaticamente il berretto: «Padre.»

Il parroco gli batte una mano sulla spalla: «Posso entrare un momento?»

«Certo, venga.» Pa' getta un'occhiata alle finestre del piano superiore intravedendo Lena dietro una tenda. Anche lei li vede, sparisce all'interno della stanza.

In cucina, sorpreso, Spirito si alza dalla poltrona andando incontro al curato.

«Spirito, son contento di vederla.»

«Anche noi, si accomodi, un bicchiere di vino?»

«No, magari dell'acqua» indicando fuori, «non sono più quello di una volta, pedalare fin quassù.» Ride estraendo dalla tasca della tonaca un fazzoletto, se lo passa sul collo.

I gemelli, sentendo qualcuno arrivare, si sono nascosti nel sottoscala, mama è ancora di sopra con Lena e Anna.

«A cosa dobbiamo...»

Don Lovera si siede al tavolo: «Brutte notizie. Questa mattina è venuta in canonica una squadra di tedeschi con un ufficiale, un capitano. Sembra che uno dei loro sia sparito.»

«Un soldato?»

«Sì, un soldato semplice. Mi hanno chiesto se ne sapevo qualcosa, minacciano rappresaglie.»

«Quando è sparito?»

«Non si sa con certezza, all'alba o addirittura ieri. Sono acquartierati alla cascina del castello, la marchesa ha dato loro ospitalità. E si sono accorti che uno di loro mancava. Sono riuscito a mandare un messaggio a quelli di Niella, non ne sanno niente, non sono stati loro a catturarlo.» Don Lovera apre le mani: «Magari si è perso nei boschi, o si è sentito male ed è nascosto da qualche parte.»

«O può essere morto.»

«Sì, certo. Se è così speriamo di trovare il corpo, altrimenti i tedeschi...»

«Cosa può succedere?»

«Lo sa, Spirito, se decidono di fare una rappresaglia il paese è in pericolo.»

«Pensa che verranno nelle cascine a cercare il soldato?»

«È possibile, ma hanno paura delle imboscate dei nostri. Per ora minacciano me, vogliono che faccia da tramite. Sto facendo il giro delle frazioni, nessuno ne sa niente per ora. O non parla.»

Spirito e il pa' si guardano in silenzio. Spirito dice al fratello: «Chiama i gemelli.»

Germano e Giacomo, che hanno origliato dietro la porta, entrano nella cucina, salutano il parroco con un cenno del capo.

«Ah, ci siete anche voi, bene. Avete sentito qualcosa?»

I due scuotono il capo.

Don Lovera sospira: «Siamo in un guaio serio. Ho cercato di convincere i tedeschi che il paese è all'oscuro di questa vicenda, ma non molleranno certo facilmente, anche per un semplice soldato. Per uno che sparisce...»

Spirito cammina su e giù davanti ai fornelli. Bisognerebbe avvertire Ottavio, forse lui potrebbe intercedere presso la marchesa, far credere loro che, si blocca. È un'idea stupida, si dice, se prendono Ottavio lo ammazzano. E cosa potrebbe fare la marchesa?

Don Lovera alza il capo: «Nuccia, le sorelle?»

«Sono di sopra. Nuccia non sta bene.»

«Salutatele da parte mia» il parroco fa per alzarsi, «mi rimetto in cammino, una soluzione la troveremo. Forse il soldato si è solo smarrito o ha disertato.» Si ferma di colpo, e con lui gli altri, terrorizzati. Dal piano di sopra è giunto un urlo disumano.

Anna abbranca l'aria mulinando le braccia. Ha aperto gli occhi di colpo senza riconoscere la stanza, la sorella china su di lei. Grida con quanto fiato ha in gola, un urlo prolungato, agghiacciante. Nuccia è impallidita, Lena tiene i polsi alla ragazza.

La porta si spalanca, è il pa': «Anna.»

Gli risponde Lena: «Si è svegliata. Don Lovera?»

«È sotto, adesso dobbiamo dirglielo.»

«Sì, è meglio di sì.»

Da basso Spirito ha fatto di nuovo sedere il prete: «È successa una cosa grave, padre, molto grave. Ora le spiego.»

Lena del Valèt, i gemelli complici, il corpo del soldato nella cisterna del Mazzulin. Lo stupro di Anna.

Don Lovera guarda i bastioni del castello, lo scorcio della torre medioevale inglobata nelle ristrutturazioni settecentesche. La palma solitaria. Il cancello è presidiato da due nazisti armati. Li saluta con un cenno del capo, fa il nome del loro comandante. Uno dei due soldati entra nella portineria, dice poche parole al telefono interno, fa entrare il prete nel parco.

Percorrendo rapido il viale, è già sera, si chiede cosa dirà. Sulla porta del castello lo attende una cameriera dall'aria impaurita. Fa un breve inchino al parroco, lo introduce in casa. Subito arriva la marchesa. Anche lei ha un'espressione spaventata, i capelli sono spartiti in due bande, alle orecchie ha dei pendenti di corallo: «Padre, ci sono notizie?» Gli porge la mano.

«No, marchesa, nessuna.»

«Il capitano... venga è di qua.» Poi sottovoce: «Vorrei parlarle, dopo, se sarà possibile.»

«Certamente.»

Nel secondo salotto, una stanza non molto ampia con grandi specchiere, il capitano è in piedi accanto a un tavolino. Quando la marchesa e don Lovera entrano posa una fotografia incorniciata. Con un sorriso: «I suoi figli, madame?»

Lei, affabile: «Sì.»

«Questo» accenna ancora alla foto, «è ufficiale, ho sentito parlare di lui. E l'altro? Sembra molto giovane.»

«È malato da anni. È in Austria dai miei parenti.»

«Ah, poveretto. Bene, la guerra finirà, potrete ricongiungervi presto, magari in Austria.»

La marchesa non commenta, invita i due uomini a sedersi.

Il comandante resta in piedi. Parla un italiano fluente, fissa don Lovera: «Allora? Cos'ha da dirmi?»

«Nessuno sa niente, signor capitano.»

«Naturalmente.»

«Ho riunito il paese, anche le frazioni. Il vostro soldato, credo, potrebbe essersi smarrito.»

«Lei pensa che io sia uno sciocco, vero padre?»

«Non mi permetterei mai.»

«Siete così testardi, così indisciplinati. Non volete capire che vi distruggeremo, uno a uno. Questo paese verrà annientato a causa della caparbietà di quelli come lei.»

Don Lovera lo guarda negli occhi: «E io non farei di tutto per salvare la mia gente? Perché mentirle?»

«Perché è nella vostra natura di italiani. Lei poi è un prete, mi dispiace ma non ho una grande opinione di voi. Certo, siete dei fini diplomatici, ma non vi servirà a niente la vostra doppiezza.» Sorride alla marchesa con fare mondano: «Lei ci scuserà, madame, se fucileremo un po' dei suoi servi.»

La marchesa sostiene lo sguardo dell'altro: «Siete miei ospiti, capitano, ci sono delle leggi, se non umane, almeno di buona creanza.»

Il capitano scoppia in una risata: «Lei è formidabile, madame, l'apprezzo molto. E dica, non ha mai nostalgia dell'Austria, delle meravigliose montagne?»

«Certo, là ho amici cari, parte della mia famiglia.»

«Quando questa guerra finirà l'Italia farà parte di un unico impero, non saremo più nemici, madame.» Sporgendosi verso di lei: «Non lo siamo neppure ora, io non la considero una nemica. Ma la gente di qui? Sono solo dei contadini, in fondo.»

La marchesa getta un'occhiata a don Lovera impassibile, si sente gelare. La gente di basso rango. Quando si esprimeva così anche lei? Solo qualche mese prima. Avrebbe dovuto immaginare com'erano davvero i nazisti.

L'ufficiale cambia tono: «È fortunata, madame, a essere della nostra razza. Avrò del riguardo per lei.» Si gira verso don Lovera: «Domani mattina all'alba, non un'ora di più: o il corpo del soldato o dieci parrocchiani – si dice così? – al muro.»

Batte i tacchi senza più guardarli. Esce dal salotto.

La marchesa e don Lovera si fissano in silenzio. La donna mormora tremando: «Credevo di fare il bene dei miei, e della gente di qui. Ci credevo veramente, padre.» Passandosi una mano sui capelli: «Lei sa dov'è mio figlio, vero?»

«Sì.»

Lei subito non chiede altro. Si alza voltandogli la schiena: «Cosa si può fare?»

«Salvare il paese, marchesa.»

Ottavio è in piedi, batte i pugni contro una parete della stanza: «Maledetto bastardo, maledetto.» Si volta furioso: «Dovete lasciarmi andare, subito. Devo andare.»

Il capo partigiano gli fa segno di calmarsi, gli indica una sedia spazientito: «Smettila di gridare. Perché ci hai nascosto chi sei?»

«Non l'ho nascosto, nessuno me l'ha chiesto. E poi, che differenza fa?»

«L'essere figlio della marchesa Fey? Una bella differenza. Ci hai detto tutto, Cioca?»

«Mi pare di aver dimostrato di essere fidato, no?»

«Ti sei comportato bene, però hai raccontato un sacco di balle, o meglio, come dici, hai omesso un po' troppe cose di te. Che è la stessa cosa.»

«Ti prego, fammi andare.»

«Per farti ammazzare?»

«I nazisti vogliono impiccare la gente del mio paese.»

«E tu, noi, che possiamo fare?»

«Sei pazzo? Bisogna impedire un massacro.»

«Lo so, ma bisogna ragionare, prepararsi.»

«Non c'è tempo.»

Il comandante è molto irritato: «Non devi, non puoi, farne una questione personale. Va bene» si alza dalla sedia, «vediamo. Non abbiamo abbastanza risorse per scendere al tuo paese e attaccare i tedeschi, che, oltretutto, si aspettano una mossa da noi.» Con una mano blocca Ottavio che sta per ribattere: «E così, in poche ore, non riusciamo a mettere insieme rinforzi e mezzi necessari. Dov'è il corpo del soldato?»

«Io mi consegno.»

L'uomo picchia una mano sul tavolo: «Cristo! Ma non capisci? Chi stai coprendo?»

Ottavio non risponde. L'altro prosegue, duro: «Sei una testa calda, Cioca. Non permetterò follie. Non ti muovere da qui finché non avrò parlato con gli altri.»

Ancora non sono riusciti a farla parlare. Anna sta accucciata nelle braccia di mama, a tratti si addormenta. Al Valèt è scesa un'ombra livida, la notte avvolge come un sudario le persone e le bestie. I gemelli non sono tornati al Bambin, Spirito ha preparato due brande in cucina. Ma nessuno riposa.

Il pa' alza gli occhi al fratello: «Dobbiamo consegnare il corpo, Spirito, portarlo in paese.»

«Sì, ma le strade sono controllate. Ci ucciderebbero.» Germano li guarda: «Andiamo noi. È colpa nostra.»

Spirito fa un gesto stizzito: «No, lasciatemi pensare. Ci dev'essere un altro modo.»

«No che non c'è, prenderanno quelli in paese, li faranno fuori. E magari questo non basterà, magari metteranno a fuoco le case.»

Spirito guarda l'orologio: «Le quattro passate, ce la faremmo a disseppellire il soldato?»

«Non è difficile. Anche al buio.»

Giacomo si alza: «Andiamo, proviamoci.»

Qualcuno bussa piano alla porta sbarrata.

Le tiene una mano, gli occhi spalancati. Nuccia e Lena sono in un angolo della stanza rischiarata solo da una candela. Anna dorme in un letargo malsano, respira con un rantolo intermittente, penoso. Ottavio si volta alle donne: «Cosa si può fare?»

«Prima si è svegliata, ci vuole tempo.»

Saliranno fin quassù, li troveranno, scopriranno la verità. Deve salvarli, nessuno deve sapere cos'hanno fatto alla ragazza che ama. E la gente? La gente non è buona, e non dimentica. Anna del Valèt? L'hanno violentata durante la guerra. Povra fia, non troverà nessuno che la prenda. Dicevano che il fratello del marchese la volesse sposare, figurati la marchesa...

Ma non è questo il punto, non adesso. Potesse tenerla fra le braccia, svegliarla piano, rassicurarla, portarla lontano. Nasconderla. E sotto, in paese? La gente chiusa nelle case in attesa che i tedeschi vengano a prenderli.

Mia madre. Mia madre ci salverà. Non permetterà che mi uccidano.

Anna non si muove, gli occhi serrati, il candore delle lenzuola a celare il giovane corpo profanato. Lui non le dice addio, si china a baciarle la fronte. Si rivedranno, presto, e niente li potrà separare.

Scende a piedi dal Valèt mentre albeggia. Li lascia lassù con il dubbio di aver sbagliato, di non aver fatto in tempo a trovare una soluzione. Non ha importanza. Il sentiero è tutto a curve, ci sono rose selvatiche sugli steccati, le felci stillano l'umidore della notte. S'inoltra nel bosco delle torte ricordando antiche scampagnate con i ragazzi del paese della sua età. C'è l'approssimarsi del sole a levante, un volo di pernici si alza arruffato dal ciglio del sentiero. Ottavio respira a pieni polmoni la sua aria. Gli viene in mente quand'era piccolo, d'estate al castello. Il giardiniere di allora aveva costruito un'altalena, lui ci passava i pomeriggi indagando i cieli d'agosto. Quelle nuvole spumose che gli sembravano continenti sconosciuti, che sfaldandosi assumevano forme di golfi, penisole, arcipelaghi inventati. Oppure animali fantastici, un elefante con la proboscide rivolta a tramonto, un cane, un liocorno. Ricorda i temporali improvvisi quando il bianco accecante delle nuvole si faceva buio, di un cobalto fondo contro il turchese. Era il futuro? Un imperscrutabile futuro ricco di promesse. Sarebbe stato amato, desiderato? Che uomo sarebbe diventato? Ripensa ai pranzi sotto l'olmo, sua madre che parlava al padre in francese convinta che i domestici non capissero, la frivolezza del marchese che per indolenza annuiva alla moglie senza starla ad ascoltare. Gregorio, già da ragazzino col profilo rapace e la sua arroganza, che tirava con la fionda ai passeri. La sequenza sbiadita di ospiti e parenti in visita, come la zia Reginetta che li faceva ridere per la sventatezza. Una volta era rimasta chiusa a chiave in bagno per un bel po' senza riuscire a riaprire la porta finché la marchesa non aveva mandato un cameriere a vedere cosa le fosse capitato. Tornando in salotto aveva detto: «Be', in attesa che qualcuno mi salvasse mi sono data il rossetto.» Ah, le risate con Gregorio, seducente e feroce.

Quelle estati beate e insieme inquiete a domandarsi come sarebbe stata la vita. Intravede la strada di fondovalle, uscendo dal bosco taglia per i filari dei vigneti. Il castello è là, non lo vede da mesi. Un'improvvisa attanagliante nostalgia per quello che sarebbe potuto essere, per il suo futuro frantumato. Cammina verso casa.

Da vecchia la marchesa si pettinava per ore quei suoi lunghi ciuffi scoloriti da troppe tinture. Viveva in un appartamento del palazzo di Torino affacciato su un giardino interno, poco curato. Si era circondata di cani, la razza non importava, anzi più erano imbastarditi più le piacevano. Erano diventati la sua unica ragione d'essere. A uno, un grosso spinone, dava da mangiare con una forchetta d'argento, le cameriere avevano l'ordine di cambiare ogni giorno i piatti degli animali usando antichi servizi spaiati di delicata fattura. Li guardava leccare il cibo, e sovente rompere le porcellane, con un segreto moto di soddisfazione: «Sì, mangiate, crescete, *mes enfants.*»

Aveva a lungo sperato di impazzire, per dimenticare quello che era successo. Non riusciva a morire, a non ricordare. Si prendeva uno dei cani in braccio avvolgendolo in uno dei suoi scialli e rivedeva Ottavio sul viale del castello venirle incontro: «Sono stato io, mamma.»

Poteva stare ore vicino alla finestra socchiusa della stanza ad ascoltare il rumore attutito del traffico della città coperto dal suono assordante dei ricordi.

«Lei chi è?»

«È mio figlio.»

«Chi è, lo dica.»

«Sono il figlio della marchesa. Sono un partigiano, l'ho ucciso io il vostro soldato.»

«Il cadavere?»

«L'ho bruciato, nei boschi.» E a lei: «Sono stato io, mamma.»

L'avevano caricato su un autocarro.

«La prego, capitano, è solo un ragazzo, non sa quello che fa.»

«Ringrazi che non lo uccida subito, con le mie mani.»

«Dove lo portate? La prego.»

Il ghigno del tedesco: «Al sicuro, madame, visto che è suo figlio. Le ho promesso di avere dei riguardi, rammenta? Anche se lei mi ha mentito.»

«Me lo lasci, la scongiuro.»

Ottavio l'aveva fissata con uno sguardo interminabile, una lunga espressione come per scusarsi. L'avrebbe perdonata?

Il furgone era stato messo in moto, Ottavio con le manette ai polsi, e quello sguardo che aveva, nel fondo, un sorriso e del rimpianto. Che, lo sentiva, non era per lei ma per il fresco del viale, per l'ombra azzurrina della palma proiettata sui muri della casa.

Vederlo andare via, il cancello lasciato spalancato, il guardiano venirle incontro pallido come un morto.

Aveva mosso chi aveva potuto: il vescovo di Alba, il prefetto di Cuneo. Era stato quest'ultimo, pochi giorni dopo, a cercarla al castello. Ottavio lo avevano fucilato subito, appena arrivato nella caserma di Cuneo. Il corpo potrà venire a prenderlo oggi stesso signora marchesa, certo, faremo il possibile, sì è terribile, certo.

Gregorio che le riporta l'altro figlio, quello giovane, il preferito. Quel ragazzo irriverente, bellissimo, rapinoso. Il ricomporlo, quel figlio, e metterlo nella tomba sotto San Martino. Con don Lovera rauco nel benedire e tutto il paese a fare ala intorno alla sepoltura. Del Valèt aveva intravisto Spirito e la più anziana delle sorelle. Li aveva appena salutati.

Ma quello sguardo lungo, indimenticabile, anche dopo decenni e decenni. Con una sola domanda, per il resto della vita, senza risposta: aveva perdonato se stessa?

A metà settembre al Valèt ne erano certi, Anna aspettava un bambino.

Il tempo interrotto

Anni prima, ridendo dopo una gran mangiata, zio Spirito aveva detto: «In fondo si muore soltanto una volta.»

Ad Anna non lo avevano rivelato subito che Ottavio era morto, e come. Ora scendeva a tavola con gli altri, Nuccia cucinava le cose che preferiva, verdure, minestre. Anna mangiava poco ma accettava con gioia ogni piatto per non farli penare. Al Valèt, di colpo, la guerra era finita. Non ne parlavano mai, qualunque cosa fosse successa, la guerra non c'era più.

Il pa' spaccava la legna e curava l'orto, Spirito leggeva alla sera per loro. Carla e Piero stavano lassù il più possibile. Carla si era messa a cucire, Lena sembrava avesse all'improvviso dimenticato come si fa. I gemelli non si muovevano mai da lì, zia Madrina pregava e ogni tanto, invece, inveiva contro gli alberi, la pioggia o il sole, la terra. Anche se la vita quotidiana sembrava operosa come sempre, tutto era immobile, un tempo interrotto.

Quando si accorsero che Anna era incinta Spirito scese in paese per parlare a don Lovera. Lungo la strada incontrò Gregorio, non lo vedevano dalla sepoltura di Ottavio.

Ti chini, marchese, sul mio viso, e il tuo rimane sospeso così, a mezz'aria, specchiato nel mio, e i tuoi occhi cangianti, trafitti ancora da antiche furie, riflettono un rimpianto, un senso di spreco che non posso alleviare.

Mi guardi e capisco solo adesso cosa sei venuto a dirmi, la faccia sconvolta, le tue belle mani tremanti. Che tuo fratello non c'è più, ma questo già lo so. L'ho sognato così spesso Ottavio, è sempre con me, parliamo, e quello che abbiamo avuto, poco o tanto, nessuno lo porterà via. Ma non è solo questo che sei venuto a dirmi. Mi afferri un braccio gentilmente, come se avessi il terrore di toccarmi, per non ripetere il male che mi è stato fatto. Mi viene quasi da ridere pensando a quando eravamo piccoli e fischiavi ai pavoni e quelli facevano la ruota. Eri il migliore, volevi che lo credessi. Invece guardavo l'altro, il bagliore dei suoi occhi. Quella luce che infiammava l'orizzonte dalla terrazza del castello e mi accecava. Povero te e povera me, Gregorio.

Mi fissi, vicini come non siamo mai stati, e so che pensi anche al mio ventre ancora piatto, e non osi neppure sfiorarlo con lo sguardo. E mi dici, quasi gridando, e poi gridando davvero: «Sposa me, sposa me.»

Mi sei caro, lo capisco solo ora quanto. E vorrei consolare la tua ansia, la disperazione che sento nella tua voce. Comprendo a un tratto cosa dev'esserti costato misurarti con la grazia, la finezza dei gesti, lo spirito soave di tuo fratello. Cosa dev'esserti costato non essere lui.

Ti prendo una mano e ti chiedo scusa. Non sei lui. E non ascolto più le parole concitate che mi riversi addosso, cercando di trattenerti, di non spaventarmi, e via via lasciandoti pervadere da un'ira assoluta, dall'amore – ed è grande, lo sento – che mi porti. Ti amo anch'io, perché nei tratti del tuo volto intravedo i suoi e vorrei che tu fossi felice, e lo sarai, lo saremo ancora. Non siamo morti, e per questo ci tocca sperare che ancora potremo ridere, ancora godremo del sole e della pioggia contro cui Madrina impreca. E questa sofferenza nera e profonda si scioglierà, trovando persino un senso a ciò che è accaduto. Forse.

Lasciami, adesso, e non dirmi più che mi ami, lo so, e mi vorrai sempre bene e io a te. Ma lasciami, devo far crescere questo bambino, devo stare da sola con lui per capire chi è, come sarà. Sarà mio, anche un po' tuo se lo vorrai, sarà dei nostri, qui al Valèt.

Il segreto tra di noi

«Non lo deve sapere nessuno.» Anna voleva tenere il bambino e andava difesa, ma non poteva stare nascosta al Valèt per il tempo della gravidanza, le voci corrono.

Un pomeriggio a Cengio Piero guardò sua moglie e le disse: «Dopo il tuo aborto il medico, quello che hanno trasferito, aveva detto che non puoi più avere figli. Prendiamolo noi il bambino. Volevo dire, facciamo come fosse nostro. Se Anna vuole.»

Carla l'abbracciò: «Andiamo subito a dirlo a mama, ad Anna, sì.»

Ma anche a Cengio, troppo vicino al paese, erano conosciuti. La soluzione perché nessuno venisse mai a sapere la verità la trovò Gregorio.

«Ho due ragazze qui del paese che vorrei nascondere. Una aspetta un bambino.»

«Vorresti che le tenessimo noi a Cherasco?»

«Almeno per un po', te ne sarei grato, Zeno.»

«Chi sono, le conosco?»

«No. Non chiedermi di più. Ma sono ragazze come si deve.»

«Certo, portale quando vuoi, ne parlo con mamma.»

Piero si toglie il cappello salutando: «Signor conte, mia moglie Anna» presenta Carla che guarda imbambolata lo scalone di palazzo Lauriano. «E sua sorella Carla.» Anna fa un cenno del capo.

«Bene, vi aspettavo, mio cugino ha annunciato il vostro arrivo. Se volete seguirmi» getta una rapida occhiata al ventre di Anna già impercettibilmente rigonfio. Salgono lo scalone: «Qui ci sono gli appartamenti di mia madre, ve la presenterò fra poco. Di qua si sale alle vostre camere.»

Una bambina bruna, molto bella, intimidita, spunta da una porta. Zeno sorride: «La mia sorellina» si volta verso Carla, «che si chiama Anna come lei.» Alla bambina: «Vai dalla mamma, dille che tra poco scenderemo a trovarla.» La bambina guarda incuriosita le due ragazze e l'uomo che è con loro.

Al piano di sopra un lungo corridoio lucido che si affaccia sul cortile principale. Lauriano apre una porta, entrano in un'ampia stanza dalle pareti tirate a calce, due letti di ferro, un cassettone, una toeletta, un paravento.

«Ecco, spero vada bene.»

È Anna a rispondere: «Molto bene, signor conte.»

«Se volete rinfrescarvi. Vi aspetto di sotto.»

«Grazie, facciamo in un attimo.»

Il conte esce. Anna guarda Carla e Piero: «Staremo benissimo» alla sorella, ridendo piano, «e tu Carlin, ricordati che sei Anna e io Carla.»

Piero prende la moglie fra le braccia: «Come faccio senza di te?»

«Vai, di' ai miei che siamo ben sistemate.»

Piero abbraccia anche Anna: «Riguardati, neh. Vi vengo a trovare appena posso, porto Madrina che se no mi fa una testa così.»

«Stai tranquillo e rassicura gli altri. E, Piero, ringrazia ancora il marchese.»

«Adesso scendiamo, non possiamo far aspettare il conte.»

Tornati al piano di sotto incontrano Lauriano che fuma una sigaretta guardando il cortile da una finestra: «Ah, eccovi.»

Piero fa un leggero inchino: «Grazie signur cunt.»

I due uomini si stringono la mano, Piero fa un cenno di saluto alle ragazze, scende la rampa delle scale con un magone che gli strozza la gola.

«Venite, vi presento a mia madre, poi vi faccio vedere la casa.»

La contessa di Lauriano li attende in un salotto affacciato al giardino. È una donna attraente, alta e sottile, dal sorriso aperto, le accoglie con estrema gentilezza. È molto diversa dalla marchesa Fey.

«Ah, quel Gregorio, è un caro ragazzo... un po' brusco, forse, ma in fondo buono.» Osserva con ammirazione Anna, l'altra è molto meno bella. Il bambino potrebbe essere di Gregorio? Zeno non ne sa niente e lei ha deciso di rispettare il riserbo del nipote. Se Gregorio lo vorrà sarà lui a confidarsi.

«E mia cugina la marchesa? Da quando è successa la disgrazia di Ottavio non è più lei. È stato tremendo per tutti noi.» O potrebbe essere di Ottavio, il bambino?

Anna si guarda intorno di sfuggita. Librerie immense, un camino acceso anche se non fa ancora troppo freddo, cuscini un po' in disordine sui divani.

«Carla, vero? Vorrei che si occupasse di me. Oh, non sono molto esigente» sorride al figlio, «più che altro un po' di compagnia. Questa casa è troppo grande, sono spesso sola. La guerra finirà presto, ne sono sicura, gli alleati stanno risalendo l'Italia. Finirà tra poco se Dio vorrà.» Poi a Carla: «E lei è Anna, come mia figlia.» Carla sembra spaesata, dovrà abituarsi a questo cambio d'identità. «Be', troveremo qualcosa da farle fare, e potrà stare con sua sorella tutto il tempo che vorrà.»

Come Carla ricorderà molti anni dopo, sì, si stava bene dai Lauriano. Aveva stretto amicizia con la cuoca, si era offerta di dare una mano in cucina e anche nella scuderia, se era il caso. Ridevano, e anche molto, tra loro, soprattutto per il cambio di nome. Se la cuoca gridava: «Anna, Anna, dove sei?», Carla ci metteva sempre un po' a capire che stava chiamando lei. Entrava nella dispensa sudando: «Eccomi!»

«Ma sei sorda? Dove ti eri cacciata?»

L'idea di fingere di essere un tantino sorda era piaciuta al Carlin, la metteva al riparo da eventuali imbarazzi. Anna passava la giornata con la contessa, l'aiutava a riordinare il guardaroba. La donna alzava dubbiosa un vestito da sera di giaietto nero: «Ma quando rimetterò questa roba? Provalo tu, Carla.»

«Signora contessa, veramente...»

«Su, voglio vedere come ti sta. Anche col pancione hai una figura magnifica.»

Oppure erano vecchi cappelli dalla tesa larga, o ventagli appartenuti alla suocera, mantelli. Le regalava delle camicette di seta, della biancheria mai indossata: «Questa sottoveste dovrebbe piacere ad Anna, è della sua misura, cosa ne dici?»

Come giocassero alle bambole. In inverno, per paura dei tedeschi che presidiavano il paese, la figlia piccola fu mandata dai nonni che abitavano una villa in una campagna ritenuta più sicura di Cherasco. Fu un inverno straordinariamente quieto, ovattato dai muri del palazzo, nei due cortili e nel giardino al mattino coperto di brina. La contessa non voleva che le sorelle uscissero in paese per timore che la gente si chiedesse chi fossero quelle "forestiere". Specialmente Anna, che circondava di premure.

Il ventre di Anna ingrossava e lei, di sera, nella stanza, si cullava il pancione. *Cresci in un grande palazzo, pieno di bei mobili e persone gentili, con un bel giardino. Sarai un ragazzo, o una ragazza, felice, lo sento.*

Non osava chiedere di Ottavio alla contessa che, invece, ogni tanto ne accennava: «Povero ragazzo, uno dei più cari giovani che abbia conosciuto. Intelligentissimo e con un carattere delizioso. Mi chiedo da chi avesse preso, non certo da quella virago di sua madre, e ancor meno da suo padre. Mio cugino era un uomo di una stupidità fin sorprendente, neppure capace di amministrare la sua fortuna, che, credimi, era assai ragguardevole e in parte lo è ancora. La conosci la marchesa?»

«Sì, certo.»

«Lo snobismo di quella donna! Certo bella era bella, mi ricordo quando arrivò sposa dall'Austria. Ma poi, quella fissa dei capelli biondo cenere, ah! Senti un po', diamo un'occhiata a questo baule, non lo apro da una vita. Sarà pieno di tarli.»

Zia Madrina e Nuccia vennero tre volte: in autunno, in gennaio e infine a marzo inoltrato. La contessa le accoglieva cerimoniosamente: «Signora maestra! Le sue nipoti mi sono di grande aiuto.» E per non farle sentire in imbarazzo faceva servire il tè da un'altra domestica. Madrina era molto riconoscente e sotto sotto compiaciuta, le ragazze erano trattate con i guanti e Anna non era mai stata così bella e fiorente.

Durante la loro visita di marzo la contessa, conoscendo l'attaccamento alla religione di Madrina le aveva confidato: «Sa, ho pregato il Sacro Cuore di Gesù per il parto di sua nipote.»

Madrina l'aveva fissata scandalizzata: «Eh, no, signora contessa, è la Madonna che bisogna pregare in questi casi!»

Gregorio era venuto una sola volta, dopo Natale. Dallo sguardo che lanciò ad Anna vedendola scendere lo scalone la contessa si convinse che il bambino fosse veramente suo. Non mi stupirei, si era detta, se sposasse la ragazza. E farebbe un gran bene.

Il nazismo agonizzava, nessuno più diceva di essere fascista. La guerra forse stava davvero per finire.

E dopo? Anna guardava il glicine rinverdire intorno alla pergola in giardino. Saliva con fatica le scale. Carla una sera le aveva detto: «Senti, io muoio all'idea che non sia tu ad allevare il bambino.»

«Dobbiamo farlo per il pa', la mama. Non vuoi più tenerlo?»

«No, non è questo, lo sai che sono felice, e anche Pierin. Ma è come se te lo togliessi, non so.»

«Lo cresceremo insieme. E poi bisogna farlo per lui» si era accarezzata il ventre, «non voglio che sappia come è stato concepito. Non dovrà saperlo mai, promettilo.»

«Sì, sì. O Maria vergine, che vada tutto bene, a te, a lui.»

«Di' Carlin, come lo chiamiamo?»

«Tu cosa dici?»

«Se sarà una bambina mi piacerebbe Maddalena, come nona e come Lena.»

«Sì, anche a me. E se è un matòt?»

«Battista? Anzi Giovanni Battista, in onore di nona Françoise.» Facendo una carezza alla sorella: «Sono contenta che porterà il cognome di Piero.»

Carla si era messa a singhiozzare: «Ah, povr 'om, un santo! Ho sposato un santo!»

Così, man mano che Giovanni – o Maddalena – cresceva nel suo grembo, Anna si preparava ad accoglierlo, e anche un po' ad abbandonarlo.

26 aprile, un giovedì. D'impulso Gregorio sellò il suo cavallo. I primi a cui pensò di dirlo furono quelli del Valèt, anche se di certo lo avevano già sentito alla radio. La piazza del paese era gremita di folla, don Lovera faceva suonare a festa le campane. Gregorio scese da cavallo, si avvicinò al parroco. Prima si strinsero la mano, poi il prete lo abbracciò. Di colpo la guerra era finita davvero.

Giovanni nacque, un po' prematuro, l'11 maggio. Nuccia era con loro a Cherasco e tutto fu semplice. L'atto di nascita fu registrato il giorno dopo a Cengio da Piero.

Nessuno aveva mai visto degli occhi azzurri così in un bambino appena nato.

Come fratelli

Dopo Anna e Carla, che si era spenta tranquillamente una mattina di luglio, se ne andò anche Lena. Nell'ultimo anno della sua vita era diventata muta. Giovanni le porgeva un notes e una matita e lei, seduta sotto il noce, scriveva poche secche frasi con la sua calligrafia puntuta: «2 etti di prosciutto crudo buono, e fatti dare anche della pancetta. E guarda se c'è un melone non troppo maturo.»

Pochi giorni prima di morire scrisse: «Non vendere il Mazzulin e lascialo stare così com'è.»

Non era la prima volta che glielo faceva notare. Con tutta la pena che si era data per ricomprarlo dai cugini di Pieve, aveva sempre preteso di lasciarlo lì a marcire, anno dopo anno. Ormai del Mazzulin non rimanevano che pochi muri pericolanti invasi dall'edera. Giovanni, scuotendo il capo, puliva spesso dai rovi il terreno intorno al rudere. Sul mucchio di pietre che un tempo era la cisterna era cresciuto un robusto fico che dava i frutti migliori della proprietà. Ma che le mame non mangiavano mai.

La notte prima che Lena morisse le aveva a lungo tenuto la mano. Erano soli in casa. Lena lo aveva guardato fissa sciogliendosi in uno dei suoi rari sorrisi. Non l'aveva quasi mai vista così rasserenata, quieta. Lo aveva salutato finalmente placata.

Il giorno della sepoltura c'erano molti vecchi del paese, i sopravvissuti della generazione delle sorelle. Con Giovanni c'era Giacomo, magrissimo e curvo.

Quattro mesi prima Germano tornava a casa in bicicletta a sera inoltrata, col faro spento. Un'automobile lo aveva preso in pieno sulla fondovalle, qualche metro prima che lui svoltasse nella strada per il Valèt. Era morto sul colpo. Da quel giorno Giacomo aveva quasi smesso di mangiare e Giovanni lo aveva preso con sé in casa sistemandolo nella camera che era stata di Anna. Prima di Natale morì anche lui.

Ma la grossa novità di quell'anno fu la morte del marchese e una telefonata che Giovanni ricevette dal notaio Pennazio, nipote del vecchio notaio: «Signor Milano, ha tempo di venire nel mio studio?»

«Sì, certo.»

Si era presentato il giorno dopo. Il notaio lo aveva fatto accomodare: «Abbiamo aperto il testamento del marchese Fey. C'è una clausola che la riguarda.»

«Me? Veramente?»

«Sì, vediamo.» Il notaio aveva aperto un dossier: «Ecco, sì, il marchese le lascia un pezzo di terreno.» Aveva voltato una mappa verso Giovanni indicando un punto: «Qui, queste due particelle.»

Giovanni aveva osservato stupito la mappa catastale, il triangolo irregolare segnato a matita con i numeri di riferimento. Una larga porzione del prato alla Madonna dei Cavalli.

«È sicuro?»

«Di cosa?»

«Del lascito.»

«Certo, è scritto di pugno del marchese Gregorio: "Al signor Giovanni Milano vanno i terreni numero 415 e 416 segnati sulla mappa delle mie proprietà". Non ha aggiunto altro.»

Risalendo al Valèt Giovanni aveva continuato a rimuginare stupefatto: "Pensa il marchese, quel triangolo di terra proprio sotto il Mazzulin, una bella fetta, circa venti giornate." Vero che Gregorio era sempre stato particolarmente gentile con loro (si ricorda la commozione il giorno che era morta mama Anna), ma di lì a lasciargli un pezzo di terra...

Arrivato a casa si era tolto la giacca, aveva cambiato le scarpe, era salito ai prati della Madonna. Era una bella giornata di settembre con gonfie nuvole contro il cielo chiaro. Ma pensa, si era ripetuto. Poi era sceso in casa per preparare qualcosa da mangiare per sé e Giacomo. Gli aveva comunicato la novità. Giacomo aveva annuito senza ribattere, con un esangue sorriso.

Nel maggio del 2025 aveva passato il suo ottantesimo compleanno da solo, se n'era quasi dimenticato. Aveva preso gli album di fotografie che un tempo Anna teneva in perfetto ordine, sfogliando le pagine giallline protette una ad una da un foglio di velina opaca. Ecco zio Spirito davanti al cavalletto, una tavolozza di colori in mano. Zia Madrina con un enorme cappello e un fiocco – in una di quelle sue comiche smorfie – davanti al duomo di Alba. Lui piccolissimo in braccio a Piero nella casa di Pian delle Rocchette (che non esiste più, rasa al suolo con le altre abitazioni popolari nel 2006). Le tre mame davanti alla calandra. Che soddisfazione era stata vent'anni prima assistere al restauro del lavatoio pubblico e alla riapertura della calandra giù in paese. Finalmente Bormida era stata risanata, era tornata a luccicare azzurra e verde. Erano persino rispuntati i martin pescatore e le trote. Negli anni ogni tanto qualcuno saliva fin da lui per chiedergli se voleva vendere la terra, ripiantare il vigneto. Gli sarebbe piaciuto, ma per sé, e una piccola parte l'aveva rimessa a nuovo con l'aiuto di un enologo di Dogliani. Non era granché, ma una bella soddisfazione. E gli piaceva vedere che nella valle altri vigneti erano ricresciuti e prosperavano ma senza radere completamente al suolo i boschi com'era successo in bassa Langa. Ci si erano messi gli inglesi, gli svizzeri, qualche torinese, a difendere i boschi selvaggi di Bormida. E meno male che era andata così.

In altre fotografie si vedevano lui con le mame (alcune durante una gita ben stramba fatta allo zoo safari di Murazzano), i gemelli seduti impettiti davanti alla porta del Bambin, una del castello, forse una cartolina degli anni Cinquanta.

Gliene piaceva molto una, un gruppo con le mame e il fratello del marchese. Erano ai prati della Madonna, le tre a braccetto e il marchese Ottavio un po' discosto, sulla destra, con un cagnolino accucciato ai piedi.

Che bel ragazzo era Ottavio. Che brutta fine aveva fatto.

Quel giorno solitario Giovanni si era deciso anche a riordinare i cassetti, la donna che veniva due volte alla settimana puliva e spazzava ma lui preferiva essere il solo a mettere le mani negli armadi. Piegando una pila di federe di canapa, alcune con le cifre di mama Lena, aveva scostato un mucchietto di fazzoletti fino a trovare una sottile scatola di legno. L'aveva aperta senza batticuore. Nella scatola, piegato e profumato da un rametto di lavanda secco, c'era un fazzoletto di quando era ragazzo. Sui bordi, ormai quasi del tutto svanite, poche piccole tracce di sangue. Aveva portato al viso il fazzoletto sfiorandolo con le labbra. Poi lo aveva richiuso nella scatola.

Un mattino di giugno, quasi a mezzogiorno, stava pulendo un falcetto sull'aia. Il cane, un nipote di Tom chiamato Secondo, si era messo ad abbaiare puntando il muso verso il viottolo.

Era spuntato un giovane uomo, sui trent'anni, con l'espressione intimidita. Giovanni l'aveva osservato richiamando il cane: «Venga, non morde, fa un sacco di baccano ma è buono.»

«Mi scusi, non volevo disturbare.»

L'uomo si era avvicinato mentre Secondo gli annusava le scarpe da ginnastica: «Credevo che questa stradina portasse nei campi.»

«Oh, un mucchio di gente lo crede. E mi fa piacere avere delle visite, meno che le motociclette. Quelle non le posso soffrire.»

Il giovane aveva riso: «Meno male che la mia l'ho lasciata più in basso.»

«Di dov'è lei?»

«Abito a Milano.»

«Ed è arrivato fin qui in moto?»

«Oh, no, ne ho noleggiata una ad Alba. Mi piace girare la campagna. Specialmente questa.»

«Si sta sicuramente meglio che là» ridendo. «Lo sa che io mi chiamo Milano di cognome? Magari i miei avi venivano proprio da Milano, chissà. Lo vuole un bicchiere di vino?»

«Volentieri, grazie.»

Si erano seduti sotto il noce, Giovanni aveva stappato una bottiglia: «Lo produco io, spero le piaccia.»

Avevano brindato.

«E cosa fa? È in vacanza?»

«Sì, qualche giorno. Faccio il giornalista. Be', ho già scritto un libro, un romanzo.»

«Si guadagna?»

«Insomma. No, non tanto, bisogna fare anche altro. Scrivo per dei giornali di viaggio.»

«Davvero? Chissà che bello.»

«Sì, mi piace. A volte però viaggiare stanca, magari ti spediscono in luoghi di cui non t'importa nulla.»

«Bisogna andare in giro, fa bene alla testa.»

Il giovane aveva sorriso, che bel vecchio, che occhi straordinari.

«Ma adesso mi sto anche occupando d'altro. Ecco perché sono da queste parti.»

«Assì? Di cosa?»

«Autori piemontesi, il più formidabile mi sembra Beppe Fenoglio.»

«Fenoglio! Come no! Non ce n'è uno migliore.»

«Un grande scrittore.»

«Lo sa che veniva spesso in queste zone? Ha anche ambientato un suo racconto in quel paese laggiù, Gorzegno. La storia di un matto – qui in Langa siamo un po' svitati – che s'era messo a sparare alla gente. Una faccenda capitata saran cent'anni fa.»

«Ho letto il racconto. A Gorzegno ci sono andato ieri pomeriggio a vedere i ruderi del castello.»

«Che ormai è lì lì per crollare. Che peccato lasciarlo andare in malora.» Giovanni aveva scosso la testa, poi di buon umore: «Allora, le piacciono queste colline?»

«Sì, moltissimo. Nei libri di Fenoglio si ritrovano questi luoghi, le cascine, le storie della guerra.»

«Uh, storie qui ce n'è un mucchio, abbiamo solo di quelle.»

«Lei di che anno è, mi scusi se glielo chiedo.»

«Ma s'immagini. Sono del 1945. Sono nato nemmeno un mese dopo che era finita la guerra. C'era tanta miseria, mi hanno raccontato. Ma la mia famiglia non stava così male, avevamo della terra. Io ho quasi sempre abitato qui, era la casa dei miei nonni, i genitori di mia madre.»

«Come si chiamava?»

«Carla, Carla Valetto. Qui siamo conosciuti come quelli del Valèt» aveva indicato la facciata, «che è poi il nome della casa.»

«È incantevole.»

«Un po' fuori mano, ma a me piace così. E poi guido ancora, non sono mica così malmesso!»

«Direi proprio di no.»

«Senta un po', è mezzogiorno passato. C'è del salame e dell'insalata.»

«Non voglio disturbarla.»

«Ma cosa dice, anzi. Se veniva a rompermi i timpani con la moto, però, non l'avrei mica invitata.»

Pranzando Giovanni era venuto a sapere che il giovane, che si chiamava Stefano, era sposato e aveva due figli piccoli, un maschio e una femmina.

«Cosa fa sua moglie?»

«Insegna. Fra poco finiscono le scuole e vorremmo venire da queste parti per qualche giorno. Conosce per caso un posto dove...»

«Ah, sì, un posto molto bello con delle camere per gli ospiti. Si chiama la Cagnalupa, è qui vicino, si sta bene, hanno persino la piscina.»

«Magnifico. Ha l'indirizzo?»

«Certo, dopo se vuole telefoniamo, li conosco.»

«Grazie, sarebbe bello, sì.»

Stefano si era offerto di aiutare Giovanni a preparare il caffè. Lo aveva seguito in casa restando incantato dalla cucina: «Che meraviglia.»

Con una punta di civetteria: «Trova? Non ce ne sono più tante di case così. Così come una volta voglio dire. A me non piace cambiare.»

Il giovane aveva guardato il camino, le travi del soffitto, il solidissimo tavolo al centro della stanza: «È veramente splendida.»

«Dopo le faccio vedere il resto. Anche i quadri che faceva il mio prozio, era bravo.»

Erano tornati in giardino. Secondo russava sotto il tavolo.

«Fra poco sarà San Giovanni, ci venga con sua moglie, in paese si fa festa. Una volta, anzi, quando il castello era ancora abitato, i marchesi aprivano il parco la sera di San Giovanni. Le mie mame mi raccontavano che erano feste grandiose, con l'orchestra, persino.»

«Le mame?»

«Eh, ne avevo tre, mia mamma e le sue sorelle.»

«Non ci abita più nessuno nel castello?»

«Son morti tutti. Adesso è di certi loro parenti romani o toscani, non so, che non vedono l'ora di disfarsene, tirano sul prezzo col comune. È un peccato, speriamo non ci venga sulla testa come quello di Gorzegno.»

«L'Italia è ancora piena di tesori che la gente non conosce. Un luogo così, in Germania...»

«La conosce, la Germania?»

«Sì, piuttosto bene. Mia nonna è tedesca.»

«Vive là? Le piace?»

«È il suo paese. Le ho chiesto tante volte di venire a stare da noi, non ha più nessuno, ma non vuole saperne.»

«Eh, uno fa fatica a lasciare il posto dov'è nato. Se gli è affezionato. È sua nonna paterna?»

«No, è la madre di mia mamma. Mio padre era milanese, sono morti in un incidente d'auto quando avevo sedici anni. Ho vissuto un poco con la nonna e poi sono tornato a lavorare in Italia.»

«Oh, poverino. Ha fratelli?»

«No.»

«Anch'io sono figlio unico. Noi eravamo una famiglia numerosa, ma sono rimasto solo io.»

«Poi mi sono sposato, sono nati i bambini. Eccoci qua.»

«Venite in vacanza qui, starete bene, non c'è mica il traffico di Milano. Dove abita esattamente sua nonna?»

«Nella Germania centrale, in Assia. Una città non molto grande, si chiama Darmstadt.»

A Giovanni era passato in mente un ricordo. Darmstadt. Aveva chiesto scusa, era salito in camera sua. Aveva osservato la costa delle riviste di viaggio impilate in bell'ordine sugli scaffali. Ecco, Darmstadt. Aveva sfilato la rivista aprendola all'indice. Le pagine erano parecchio ingiallite, attaccate fra loro ai bordi.

Era tornato di sotto. Il giovane fumava una sigaretta con gli occhi chiusi. Aveva fatto cenno di alzarsi quando Giovanni era ricomparso.

«No, no, stia comodo. Guardi cosa ho trovato.»

Alla pagina segnata c'era il servizio sulla città. Avevano osservato insieme le fotografie. Stefano: «Oh, ecco la chiesa russa, vede? L'hanno restaurata di recente. E questo è il castello di Kranichstein.»

«Si può visitare?»

«Certo, ha visto il parco? La famiglia di mia nonna Margarethe viveva da quelle parti, una volta era aperta campagna. Come ha fatto a trovare...»

«Ah, ho una memoria di ferro. E mi piacciono le riviste di viaggio. Una volta ho visto queste fotografie, una vita fa, e mi ricordo che questo luogo mi aveva colpito.»

«Non è niente di speciale, in fondo, in Germania ci sono luoghi molto più affascinanti.»

«Sì, però la campagna... non so, una bella campagna.»

«Certo, ha ragione» sorridendo al vecchio; «forse è anche per le mie origini tedesche che mi sono messo a studiare Fenoglio e altri autori della sua epoca. Il padre di mia nonna era nelle SS, è morto in guerra, disperso qui in Piemonte.»

«E sua nonna è mai venuta da queste parti.»

«No, non ha conosciuto suo padre, era appena nata, nel '43.»

«Dovrebbe dirle di venire.»

«Forse non ha mai desiderato farlo. Dev'essere stata dura la guerra, anche per loro.»

«Sì. Non ha senso la guerra. Avremmo potuto vivere insieme tutti, in pace, come fratelli.»

Si erano telefonati più volte, e finalmente a metà luglio Stefano era tornato con la moglie, Laura, e i due bambini, Francesco e Margherita. Giovanni era stato invitato alla Cagnalupa dove il proprietario aveva fatto preparare una magnifica cena in giardino. Come gli piaceva la Cagnalupa a Giovanni, con i vecchi muri ricoperti di rose, le serre, il frutteto ben tenuto.

Era stata una splendida serata. Laura aveva la stessa età del marito, i capelli chiari tagliati corti, una gentilezza di modi del tutto particolare. E anche i bambini erano simpatici, educati.

Gli sarebbe piaciuto essere un nonno, non era stato padre e la famiglia finiva con lui. Si era inventato con quei due ragazzini questo nuovo ruolo. Dicendo a Stefano e Laura: «Bravi! Fateli crescere in città, 'sti poveretti. Non sanno distinguere un'ape da una vespa! E neppure l'ortica dalla cicoria. Bravi!»

Li portava a spasso nella vigna, insegnava loro i nomi

degli alberi, gli aveva fatto assaggiare le mele rusnente e la marmellata di ramasìn. Gli pareva che fosse l'estate più bella da tempo immemorabile. Alla sera, quando erano al Valèt, Francesco e Margherita ciondolavano dal sonno mentre i grandi bevevano un ultimo bicchiere di vino e Laura voleva essere lei a sparecchiare. Lucciole in quantità, stelle e nuvole, improvvisi acquazzoni. Quel freschetto dopo una giornata di caldo assassino. Li portava anche a Bormida a osservare i cavedani nascosti nelle pozze fangose.

E un pomeriggio che era solo fece una cosa che mai si sarebbe immaginato di fare.

Era sceso in paese per delle compere e, tornando verso casa, si era fermato vicino a un ponte. Lì sotto, un bel po' oltre il ponte, il fiume sagomava una curva morbida, un luogo solitario che gli era sempre piaciuto. Aveva parcheggiato l'auto in una piazzola camminando lungo la riva in mezzo ai canneti e ai sambuchi, in un fitto silenzio. Il sentiero finiva in una spiaggetta sabbiosa che conosceva bene. La curva del fiume era chiusa da una falesia di tufo e roccia, una quinta vagamente drammatica, costellata di piante di cappero e arbusti spinosi. In cima un manto di lecci. Il sole spariva presto dietro lo strapiombo e l'acqua si colorava di un verde opaco marezzato di grigio. Ma ora il sole era ancora alto e picchiava secco. Giovanni si era seduto su un masso scrutando l'acqua. Pensava che *a una certa età* si vive di ricordi. I gemelli gli avevano raccontato che da ragazzi andavano a Bormida a fare il bagno anche se era inquinata e che Lena si era disperata perché un loro terreno – un pezzetto di prato incolto sulle rive – era stato letteralmente risucchiato in una piena. Colpirla nei possedimenti quella mama!

Si era tolto gli scarponcini e le calze. Aveva infilato i piedi nell'acqua. Tiepida, non troppo. Aveva mosso le dita come un ragazzino, ridacchiando fra sé. Sudava sotto la camicia di cotone. Se l'era prima sbottonata e poi tolta. Così la canottiera. Si era visto riflesso nell'acqua. Che cosa offensiva la vecchiaia, aveva considerato. *Be', comunque sono stato bello.*

Un momento dopo si era disfatto dei pantaloni di vecchio fustagno e delle mutande. Aveva fatto un mucchietto dei vestiti sopra il masso, all'asciutto, ed era entrato in acqua fino al petto.

Il fresco gentile dell'acqua. Non faceva il bagno in un fiume da... non lo ricordava. Il mare era bello, le onde, il sale sulla pelle, ma l'acqua di Bormida ripulita, vuoi mettere? Una cosa che si fa da giovani, soli o con gli amici, anche di sera tardi, con qualche brivido, non si capisce se per il freddo o per un improvviso spaesamento. Guardava il fiume incresparsi muovendo lento le braccia, le dita delle mani a filo d'acqua. A valle, alla fine della curva, lontano, avevano attraversato, incedendo con una certa cerimoniosità, due cavalli. C'era un maneggio da quella parte, si ricordava. I cavalli non erano sellati, e questo conferiva alla visione qualcosa di antico, di solenne. D'intatto. Gli erano tornati in mente i gemelli. E un attimo dopo la sua perduta innamorata, Bruna, l'unica donna che avesse amato. Si era sentito solo e in pace, come sempre. E come il ragazzo che era stato, uscendo dall'acqua, si era rapidamente rivestito senza quasi asciugarsi. Neanche un colpo di tosse, meno male. Ma non l'aveva raccontato a nessuno.

A metà agosto, qualche giorno prima di partire, Stefano – erano passati al tu – gli aveva detto: «Perché non vieni con noi in Germania? Andiamo a trovare mia nonna.»

Anche Laura aveva insistito: «Ci hai detto che ti piace viaggiare, dài, vieni»

«Siete carini e gentili ma non me la sento. Ho viaggiato, e lo faccio ancora con la fantasia, sin troppo: dal Valèt fino in paese. Vado persino a Cortemilia se mi 'tacca!»

«Uffa, organizziamo tutto noi, se preferisci si va in aereo, o in macchina. Anche in treno, decidi tu.»

«In aereo? Mai salito su un aereo! Non se ne parla nemmeno.»

«E allora in auto, facciamo un bel giro.»

«No, no, davvero. Chi fa la guardia al Valèt? Piuttosto, facciamo così, porta tua nonna Margareta qui. Quando volete, anche a Natale. Si sta mica male a Natale da queste parti, capace che nevica e i bambini si divertono.»

«Sei un guastafeste, Giovanni.»

«No, vi dico che è meglio. E poi, me lo hai detto anche tu, è ora che veda l'Italia tua nonna, no?»

Dopo la festa di Ferragosto – diventata nel tempo un po' troppo tecnologica per i gusti di Giovanni – erano partiti. Stefano gli aveva telefonato il giorno dopo: «Siamo a Darmstadt.»

«Di già? Ci avete messo niente.»

«Mia nonna ti vuole salutare ma con l'italiano non se la cava granché.»

«E ben, passamela.»

C'era stato questo breve dialogo, per modo di dire, fitto di «Jovani?» «Margareta?» «Buongiorno» e «buonasera», «*Gutentag*» e «*Auf Wiedersehen*». Non una gran conversazione. Giovanni sentiva ridere i bambini in sottofondo. Stefano aveva ripreso il ricevitore: «Un disastro!»

«E tu portala qui che a gesti ci capiamo.»

«L'idea le piace molto, ma è una vecchietta.»

«È del '43, no? Mica tanto vecchia, ha solo due anni più di me. Convincila!»

«Due teste dure. Dimmi tu se io devo passare le mie vacanze a trasportare dei nonni su e giù per l'Europa.»

«Di', attento a come parli.»

«No, sul serio, non è in gran forma, magari più avanti.»

«Dille di riguardarsi. L'invito è sempre valido.»

Invece, a fine settembre, erano tornati per qualche giorno Stefano, Laura e i bambini. Giovanni al telefono aveva insistito: «Ma questa volta state da me, non sento ragioni.»

Per Stefano e Laura aveva preparato la camera dei nonni, che era stata per decenni di Lena, mettendo le lenzuola ricamate nel lettone. I bambini li aveva sistemati in quella di Anna. Il mattino che li aspettava aveva tagliato in giardino un mazzo di rose, le ultime dell'estate, da mettere in un vaso sul cassettone della camera di Lena. Si era guardato intorno mentre la donna a ore brontolava che non c'erano più strofinacci puliti, li aveva usati tutti lui per lucidare ben benino i mobili.

In quei pochi giorni erano stati in pace, a ridere, fare una breve gita a Prunetto (da cui il Valèt s'intravedeva minuscolo), preparare il brasato al Barolo come, tramandando inalterata la ricetta, lo preparava il bisbisnonno Giuseppe.

Stefano aveva confidato a Giovanni che si era messo a scrivere un nuovo romanzo, che procedeva tra mille impegni di lavoro e non solo: «Coi bambini che giocano e urlano. Ah, che mestiere!»

«E tu vieni a scrivere qui.»

«Mollando Laura a Milano da sola?»

«I bambini li mettiamo in collegio. Ai miei tempi c'era ancora il collegio.»

«Sarebbe un'idea!»

«O li tengo io mentre scrivi. Un paio d'ore li reggo.» In paese, quei pochi della sua età che incontrava, lo prendevano in giro: «Era ora che ti facessi una famiglia, Giuanin.»

«E delle più belle, ho saltato moglie e figli e mi trovo con dei nipoti già bell'e fatti.»

«Beato te, per la moglie.»

Il maggio successivo, per il suo compleanno, finalmente la nonna Margareta si era decisa al viaggio.

Piove, e questo infastidisce sommamente Giovanni che avrebbe voluto una giornata radiosa. Ma le stagioni, si sa.

A mezzogiorno una schiarita. Secondo sta in casa accovacciato sotto il tavolo in cucina. Lui, aiutato dalla donna – altri brontolii, ah, le fumne! – ha preparato un pranzo freddo, caso mai ritardassero. Invece, Secondo drizza un orecchio, ecco il rumore dell'auto. Giovanni esce sull'aia mentre una nuvola scurissima scivola via e una lama tagliente di sole colpisce il parabrezza della macchina in arrivo.

Giovanni si porta una mano alla fronte. Intravede nel bagliore delle mani che si agitano e, un attimo dopo, i bambini gli abbracciano le gambe. Lui si china ad accarezzarli: «Allora, fatto buon viaggio? Di' tu, sei ben cresciuto!»

Alza la testa mentre anche Laura gli viene incontro per abbracciarlo: «Uh, mi è mancato il Valèt.»

«E io no?»

Vede Stefano aiutare la nonna a scendere dall'auto. Una

vecchia signora alta e magra, un poco curva, con i capelli bianchi raccolti sulla nuca. Lei lo guarda, ha gli occhi azzurri, ancora molto belli.

E Stefano, vedendo quei due andare uno verso l'altro e stringersi la mano, osserva sorpreso che a volte le persone anziane si somigliano. Come fratelli.

Una misteriosa tenerezza

Potrebbe anche finire qua, l'essenziale è stato raccontato. Ma un'altra estate passa in fretta e l'inverno è lungo. E c'è un altro compleanno, il maggio seguente.

Ottantadue anni sono una bella età. Giovanni ci ha pensato e ripensato, per settimane. Si è messo una camicia stirata e una cravatta appartenuta a Piero, suo padre.

Guida con una lentezza esasperante sulla strada di fondovalle. Fa caldo e siamo solo ai primi di maggio. Un'auto dietro di lui strombazza impaziente – questi vecchi al volante! –, così lui mette la freccia a destra, rallenta ancora, praticamente è fermo, e si fa sorpassare da questo nervoso imbecille.

A proposito del clima gli è venuta in mente zia Madrina che una volta d'estate, con tono eccezionalmente indignato per la temperatura e l'afa aleggiante su Alba, aveva decretato: «Che barba! D'estate fa caldo e d'inverno fa freddo!»

Mette la freccia a sinistra e, con comodo, riparte. Nella notte ha fatto dei sogni agitati, c'era un po' di tutto, in un roteare da giostra: la stanza dove una volta si mettevano i bigàt (lui quel tempo se lo ricorda appena), molti cani e gatti che correvano come ossessi in cortile. E farfalle, a migliaia, come quel pomeriggio che l'Italia aveva vinto i mondiali di calcio. Un sacco di cose incongruenti, così capita sognando: la vecchia bottega di Nino il barbiere (ora, al suo posto, c'è un Blockbuster), le ciminiere di Cengio, una bilancia che doveva andare a ritirare a Clavesana l'anno che c'era stata l'alluvione, il parroco che l'aveva cresimato e poi era morto qualche mese dopo, il cé che gli diceva come faceva bollire l'acqua di Neive per ottenere il sale, vari guanachi e chiese russe e spaventosi animali impagliati e una sala del Museo della Scienza e della Tecnica a Monaco. Le tamerici salmastre (saranno dei pesci?) e delle gran fette d'anguria addentate a Porto Maurizio. Le lettere di Bruna erano arrotolate nei bicchieri di Murano e lui, attraverso il cristallo, non capiva più cosa ci fosse scritto. E colline e colline, in Germania e Livorno, in Langa e Roero.

E ancora, come fosse il sogno di un altro, un cupo bagliore di cascine incendiate, le bestie accovacciate le une contro le altre con l'occhio umido e spaurito, le colonne di tedeschi al bivio del Pian delle Rocchette con Piero che voltava la bicicletta e spariva fra gli alberi. Il viso sorridente del marchese Ottavio, una volta che Anna aveva aperto l'album di fotografie mostrandoglielo. E il sorriso specchiato e assente di Anna mentre guardava quella foto. Le mame immaginate in quella guerra di cui non parlavano mai, se non a tratti, per brevi accenni. Mai più guerre, gli aveva detto una volta mama Lena osservandosi le mani.

Un attimo prima che il sole lo svegliasse – non era spaventato, nel sogno, però si era chiesto cosa avesse mangiato la sera prima – a deciderlo definitivamente era stata l'immagine di mama Anna che scendeva dalla Topolino color crema con un vestito leggero e i guanti di filo. Gli aveva sorriso dicendogli: «Sì, fa' così, è la cosa giusta.»

Così adesso è fresco e riposato – seppur in leggero ritardo all'appuntamento – davanti al notaio Pennazio. Che gli stringe gioviale la mano: «Signor Milano, lei è un fiore! A cosa debbo?»

«Son qui per fare una donazione, non so se si dice così.»

«Alla parrocchia?»

«Oh, no, no, niente parrocchia. È per un testamento, il mio naturalmente.»

«Ma via, è il caso?»

«Di fare testamento? Direi di sì. È che, infatti, non vorrei farlo.»

«Mi faccia capire.» Il notaio intreccia le dita sotto il mento.

«Testamento l'ho fatto sette anni fa quando ho compiuto settantacinque anni. Ma adesso l'ho buttato.»

«Nel senso?»

«Strappato, buttato via. Anzi l'ho bruciato.»

«Ma pensa.»

«Sì, non c'era niente di speciale. Parenti materni non ne ho più, e neppure da parte di papà. Ci sarebbero dei nipoti di una cugina di mia mamma, gente che una volta stava a Pieve di Teco, ma non so neppure se siano ancora vivi. E comunque con quel ramo lì ci siamo già aggiustati cinquant'anni fa.»

«Sì, ricordo vagamente, era ancora vivo mio padre.»

«Buonanima. Al comune vorrei donare un pezzetto di terra che taglia la strada per salire al Valèt. Così magari quel tratto lo riparano a spese loro, una volta tanto.»

«Benissimo.» Il notaio prende un appunto.

«Il resto vorrei regalarlo.»

«Prego?»

«Sì, prima di chiudere gli occhi. Lo so i giri che fanno i soldi dopo che uno è morto. Denaro non ce n'è, ma ci sono la casa e la terra.»

«Un mucchio di terra, se non sbaglio.»

«Quella che mi hanno lasciato i miei. Più quel pezzo del marchese.»

«Rammento, certo. Ma mi spieghi...»

«Vede, notaio» Giovanni si sporge avanti con un sorriso, «cosa mi porto a fare la terra nell'aldilà quando posso far contento qualcuno nell'aldiquà? Me lo dica lei.»

«Ma è sicuro?»

«Oh, già. Prenda nota, se vuole.»

Si erano molto piaciuti lui e Margareta in quei pochi giorni passati insieme al Valèt l'anno prima. Aveva ragione Giovanni: a gesti si capiscono tutti, tedeschi, africani, cinesi, italiani. Se ne stavano seduti in cucina o nella sala da pranzo – purtroppo pioveva in continuazione – a dirsi con gli occhi un mare di cose. Di come fossero diversi eppure uguali, che vite distanti ma non così dissimili. La campagna, il cibo, la stupidità del mondo e la sua bellezza. Seduti uno accanto all'altra, con i bambini che traducevano confusamente, si erano raccontati tutta la vita. Che, come tutte le vite, si riduce a pochi episodi, a pochissime cose davvero importanti. Si erano piaciuti provando l'uno per l'altra una misteriosa tenerezza. Come succede a certi vecchi che, incontrandosi, è come se si fossero sempre conosciuti.

E infine, qualche anno più avanti, una sera, rientrando in casa, Laura aveva trovato Francesco e Margherita inginocchiati in sala da pranzo davanti al cassettone con le foto di famiglia in cornice. Erano già grandicelli, e sorprenderli in quella posa l'aveva divertita ma anche turbata.

«Cosa state facendo?»

Francesco, di undici anni, si volta, serio: «Preghiamo.»

«Pregate? Perché?»

Margherita col capo chino, una ruga sulla fronte: «Ci ha detto di farlo.»

«Chi vi ha detto cosa?» Laura posa la borsa sul tavolo.

«L'uomo seduto lassù.»

Il maschio annuisce: «Era seduto là, sul monticello di erba, sotto il fico.»

«C'era qualcuno lassù?» di colpo allarmata.

«Sì, te lo stiamo dicendo. Ci ha detto di pregare per il nonno e la nonna.» La bambina indica i ritratti affiancati di Giovanni e Margarethe.

Laura è impallidita: «Mi state prendendo in giro? C'era un uomo sotto il fico del Mazzulin? Lo conoscete?»

I ragazzini annuiscono.

Laura si piega vicino a loro: «Bambini, mi state facendo morire di paura, chi era quell'uomo?»

Margherita allunga l'indice verso la fotografia di zio Spirito, quella in divisa del '18: «Lui.»

La madre volta lo sguardo al ritratto. Si passa una mano sugli occhi. Le esce un sospiro, non capisce lei stessa se di sollievo o ancora di spavento. La figlia la tira per una manica: «Ci ha fatto ciao con la mano, e prima di sparire, ha detto: "siate buoni, così sarete anche felici".»

Nota

Scrivendo questo romanzo – che essendo tale è frutto di fantasia per cui personaggi e situazioni sono di pura invenzione – ho attinto ai ricordi delle mie famiglie, quella paterna e quella materna (non me ne voglia zia Madrina se ho largamente approfittato della sua formidabile verve mischiando fatti realmente accaduti ad altri del tutto immaginari. Lei, suppongo, avrebbe apprezzato).

Il paese così come è narrato non esiste, ma è la mescolanza di luoghi a me cari anche distanti fra loro. Alla campagna in Bormida (e chi conosce questa valle può intuire la sua posizione, diciamo fra Gorzegno e Monesiglio più volte citati), ho sovrapposto Castellinaldo, nel Roero oltre Tanaro, paese d'origine della famiglia di mia madre: il castello, i prati della Madonna dei Cavalli e il bosco delle torte. Ai romanzieri si consenta qualche licenza geografica.

Devo molto allo studio dei nostri maggiori, primi fra gli altri Beppe Fenoglio e Nuto Revelli. E alla memoria di Ugo Cerrato, appassionato narratore di Fenoglio e amico affettuoso. Anche a lui, che ci manca, dedico questo lavoro.

Vorrei segnalare un saggio nel quale ho trovato molte notizie riguardanti la fabbrica di Cengio: *Cent'anni di veleno. Il caso Acna, l'ultima guerra civile italiana* di Alessandro Hellmann, edito nel 2005 da Stampa Alternativa.

Un grazie di cuore a mio fratello Giuseppe, puntuale e severissimo esperto di storia della Seconda guerra mondiale e della Resistenza. E a Elisabetta e Maria Rosa, loro sanno perché.

Mi scuso se qualche termine dialettale risulterà oscuro, ma, come in ogni altra regione e latitudine, la gente ha la propria voce e bisogna rispettarla così com'è.

Infine riporto la ricetta del celebre brasato al Barolo di nonno Giuseppe tramandata da mia madre. A lei, e solo a lei, dunque, vanno ascritti eventuali errori, imprecisioni o licenze, questa volta culinarie. Pigliatevela con lei se qualche ingrediente o procedimento non vi convince.

IL BRASATO AL BAROLO

Un bel pezzo intero di manzo, la parte migliore è il «Capel del preive».

La sera prima preparare gli ingredienti e lasciar marinare una notte la carne nel Barolo con cipolle, carote, un gambo di sedano, foglie di alloro (che in Piemonte chiamiamo lauro), qualche chiodo di garofano (cinque o sei), un rametto di rosmarino, un pezzetto di cannella e un mezzo bicchiere di bianco secco, facoltativo.

Al mattino togliere la carne dalla marinata, asciugarla e infarinarla leggermente. Mettere in casseruola, con poco olio e burro, e uno spicchio d'aglio, a fuoco vivace fino a che si forma la crosta intorno alla carne. Abbassare il fuoco bagnando la carne con la marinata e lasciar brasare a lungo e lentamente. Salare e pepare. Ogni tanto la carne va girata. Verso la fine della cottura aggiungere un poco di brodo di carne.

Lasciar raffreddare prima di tagliare a fette non troppo sottili (su questo punto mia madre, così zia Tersilla e zia Rosanna, sono inderogabili: la carne tagliata a freddo non si sfilaccia). Riscaldare, passare al colino il fondo di cottura e servire ben caldo con cipolline glassate e purea. E Barolo.

A Natale, e comunque nei mesi freddi, meglio se in campagna.

A Torino, settembre 2007

Indice

MARSILIO ED